LOS ANGELES

Peter Moore Smith vit à New York. Il a publié quelques nouvelles très remarquées dans des magazines littéraires américains. Après *Les Écorchés*, paru en 2001, *Los Angeles* est son second thriller.

DU MÊME AUTEUR

Les Écorchés
Grasset, 2001
et « Points Thriller » n° 1564

Peter Moore Smith

LOS ANGELES

ROMAN

Traduit de l'anglais (États-Unis)
par Simone Arous

Éditions Grasset

TEXTE INTÉGRAL

TITRE ORIGINAL
Los Angeles
Little, Brown and Company
© Peter Moore Smith, 2005

ISBN 978-2-7578-0202-1
(ISBN 2-246-60951-8, 1re publication)

© Éditions Grasset & Fasquelle, 2006, pour la traduction française

À ma mère

À y repenser, je suis pris de terreur – une terreur totale, absolue – comme si je vivais une de ces séquences familières de violence en direct aux infos. Mais ce jour-là, à cet instant, j'étais dans ma cuisine, les pieds nus sur le dallage frais, enveloppé dans mon peignoir de bain anthracite, en train de siroter mon cocktail quotidien de café et de psychotropes. J'avais pour une fois remonté le store vénitien parce que je cherchais la chatte. Elle avait miaulé dehors toute la nuit, comme un bébé qui pleure, et maintenant, alors que je me décidais à aller la voir, elle était bien sûr partie. Probablement sous l'effet des médicaments, je me sentais comme hypnotisé par la luminosité, si peu familière pour moi, celle de six heures du matin, fasciné par le soleil qui se réverbérait sur les carrosseries déglinguées des bagnoles et des 4 × 4 garés dans le parking en bas. La scène me paraissait étrangement composée. Les jeux de lumière subtils sur les jacinthes bleues et blanches du jardin luxuriant du vieil homme, à côté, les durs rayons qui se reflétaient sur les feuilles vernissées de son laurier, tout semblait pensé, réfléchi, comme mis en scène par quelque génie du cinéma. Dans le léger bruissement des branches en surplomb, il m'avait même semblé entendre le réalisateur chuchoter « *Action* ».

Brisant ma rêverie, le téléphone sonna.

J'attendais un appel du bureau de l'avocat de mon père car je venais d'avoir un problème chez Vons avec une de mes cartes de crédit. J'avais laissé un message à l'un des assistants pour qu'il s'en occupe. Ma seule pensée en décrochant fut : pourquoi appellent-ils si tôt ?

Je fis « Allô ? »

Elle dit mon nom.

Puis, *clic*.

C'était elle, c'était Angela, pas de doute là-dessus.

Contrairement à la chatte, Angela avait été absente toute la nuit. J'étais resté éveillé longtemps après l'heure à laquelle elle rentrait d'habitude puis, gagné par l'ennui d'attendre, j'avais mis à profit ce temps libre pour récrire quelques pages de mon scénario avant d'avaler une paire de Restoril et de me traîner au lit.

Je raccrochai, pensant qu'elle allait me rappeler d'une seconde à l'autre. Elle voulait probablement m'expliquer où elle avait passé la nuit, et avait été coupée, c'est tout.

Je regardai à nouveau par la fenêtre. Un homme que je n'avais jamais vu auparavant sortait de mon immeuble et se dirigeait vers sa voiture. Il enleva son veston gris et le déposa soigneusement sur le siège du passager avant de faire démarrer sa vieille Honda et de s'éloigner. J'essayai d'imaginer l'endroit où il travaillait – un bureau, un ordinateur, un gobelet plein de crayons, peut-être même une plante en pot aux vrilles bouclées.

Trop de temps passa, trop de minutes bleues inscrites sur le cadran digital bleu de la machine à café. Je n'arrêtais pas d'y penser, quelque chose n'allait pas. Elle aurait déjà dû rappeler. Je décrochai à nouveau, fis * – 69 et écoutai la douce voix électronique de l'opérateur-robot me donner le numéro du dernier appel reçu. Ne perds pas les pédales, me disais-je. Je pensais, Reste calme, concentre-toi. Je notai le numéro du mobile d'Angela sur une vieille ordonnance vierge et le composai immédiatement. Cinq sonneries impersonnelles, puis ce fut son message enregistré : « Salut, c'est moi. » Trop chaleureuse, trop spontanée. C'était une annonce de répondeur qui ne reflétait rien de sa personnalité. « Laissez-moi un message, je vous rappellerai. »

Cela n'avait pas de sens. Si Angela venait de m'appeler de son mobile, pourquoi ne me répondait-elle pas maintenant ?

Je replaçai à nouveau le téléphone sans fil sur son socle et pris ma tasse de café pour une dernière et grumeleuse gorgée.

Je baissai les stores.

Je collai mon oreille au mur mitoyen de nos appartements.

J'allai sur le palier et frappai à sa porte, même si je savais qu'il n'y aurait pas de réponse.

Je réfléchis à la façon dont elle avait dit mon nom, au ton de sa voix, et attendis, un peu moins calme.

À chaque seconde qui passait, j'étais moins calme.

Je refis son numéro, laissant cette fois un message. « C'est moi. » J'essayai de donner à ma voix un ton détaché. « Au fait, qu'est-ce que tu voulais ? » Mais comme je n'avais encore parlé à personne de la matinée, ma voix se cassa.

Je laissai s'écouler une dizaine de minutes, puis rappelai.

« Est-ce que tout va bien ? » Je parlai beaucoup plus clairement. « Angela, qu'est-ce qui se passe, merde ? » Toujours le répondeur.

Je raccrochai. Puis composai le 911.

« Une femme, ma voisine. » Je savais que c'était un peu alarmiste, mais je commençais à paniquer.

« Qu'y a-t-il à son sujet, monsieur ?

– Quelque chose lui est arrivé. Elle a peur.

– Pouvez-vous être plus précis ? »

Je donnai à l'opérateur de police secours l'adresse d'Angela ; qui, sauf le numéro de l'appartement, était aussi la mienne.

« De quoi a-t-elle peur ? »

Je bredouillai. « Je ne sais pas. Elle appelait… Elle appelait dans le noir. Quelque chose dans sa voix. C'était incontestablement la voix d'une personne qui appelait dans le noir.

– Dans le noir ? »

Je sortis de la cuisine. « Dans le noir. » Je voyais Angela. Elle était à l'intérieur d'un placard, sous un lit, tout au fond d'un épais fourré. Elle se cachait, terrifiée, en danger.

J'étais agité, je le reconnais, et de plus en plus irrationnel.

« A-t-elle dit que quelque chose n'allait pas ?

– Pas de façon aussi explicite. »

Il y eut une pause, puis le bruit d'ongles durs pianotant sur le clavier d'un ordinateur.

Je crus détecter aussi le son de l'incrédulité, le soupir révélateur du scepticisme.

« Pouvez-vous envoyer quelqu'un ? »

La lumière, vous l'avez peut-être remarqué, a une influence sur la voix humaine. En pleine lumière, les gens ont tendance à parler en appuyant sur les mots, à moins que leurs yeux ne soient fermés et dans ce cas, ils parlent doucement. Dans la lumière d'après-midi, les gens parlent normalement, leur voix vient du fond de la gorge. À mesure que le jour baisse, la voix humaine baisse aussi. L'alcool, je l'ai constaté, encourage une voix claire et forte même si la lumière disparaît. Alors que la nuit avance, que les yeux s'habituent au clair de lune ou à un rayonnement artificiel, la voix se fait plus calme, sereine, plus intime ; dans l'obscurité, ou le noir total, la voix n'est souvent plus qu'un murmure.

Essayez. Fermez les yeux et parlez :

Une voix forte dans le noir est aussi anormale qu'un cri.

Quand Angela a appelé et dit mon nom, sa voix n'avait plus grand-chose à voir avec une voix, mais elle contenait tout – la confusion, la panique, la peur. Elle contenait tout ce que je devais entendre.

*

Quelques semaines auparavant, deux mois peut-être, je n'arrive pas encore à préciser le jour, à un moment incertain, il y avait eu un léger coup à la porte. C'était tôt dans la soirée, l'heure du dîner pour la plupart des gens, le matin pour moi. Je regardai par le judas et vis l'image brouillée et convexe d'une jolie jeune femme tenant une cocotte orange vif, les mains fourrées dans des gants fleuris. Je crus que c'était un témoin de quelque mission évangélique, aussi en ouvrant la porte je lui présentai mon sourire le plus glacé.

J'attendais une réaction. J'attendais au moins la marque d'une vague appréhension.

Mais elle restait là, paralysée.

La lumière sur le palier était bleu fluorescent, une lumière sinistre d'un éclat appauvri qui n'offrait que le côté froid du spectre, mais c'était encore trop brillant pour des iris si pâles. Je plissai les yeux par réflexe, mis ma main en visière et attendis impatiemment qu'elle me dise quelque chose.

Une fille noire, pas loin de la trentaine, relativement grande, avec de longs cheveux lisses et teints d'un blond tirant sur le roux peu naturel, elle portait un jean et un t-shirt des Guns N'Roses. Ses pieds étaient nus, les ongles des orteils vernis d'un vert métallisé brillant. Bizarrement, ses yeux étaient d'un bleu cobalt, azur, iridescent – une nuance de bleu que je ne connaissais pas aux yeux humains.

Cinq bonnes secondes passèrent.

« Je suis désolée », dit-elle finalement. Et quelque chose de particulier apparut dans ces yeux, quelque chose que je n'attendais pas. « Je ne voulais pas… »

Mes propres yeux, je dois le dire, sont de la couleur du nouveau-né. Ma peau est comme du marbre veiné, ivoire, translucide. Mes cheveux sont blanc de neige, aluminium, un faisceau de fibres optiques. Je suis blanc, blanc, tout blanc, même mes cils sont blancs, et ce qui n'est pas blanc est rose vif. Je suis, si vous ne l'avez pas encore deviné, un albinos. Je lui dis : « Ça va. Je sais que vous ne vouliez pas. » Je dus m'éclaircir la gorge parce que je n'avais parlé à personne depuis des jours. « Cela surprend les gens quelquefois, c'est tout. » J'affichai sur mes lèvres ce que j'espérais être un sourire plus chaleureux. « Mon apparence. »

Il y avait quelque chose d'autre chez cette femme, quelque chose de sincèrement… pas exactement contrit, pas même désolé – son expression était passée presque instantanément de la stupeur à la compréhension, comme si cela coulait de source – *gentil*, je crois que c'est le mot.

« Je suis Angela ? dit-elle, comme si c'était une question. Je viens d'emménager de l'autre côté du palier ? »

Une odeur appétissante d'épices, que je ne reconnus pas, s'échappa de la cocotte.

Je reniflai discrètement, cherchant à l'identifier.

« Je vous ai entendue. Je veux dire, hier j'ai entendu le camion dehors. » Il y avait eu le chuintement des freins pneumatiques et les hurlements des déménageurs qui s'interpellaient dans l'escalier.

« J'espère que le bruit ne vous a pas dérangé. »

Je haussai les épaules. « Je dors le jour. »

Elle s'exclama : « Moi, aussi ! Je dors aussi le jour. » C'était comme si nous partagions un ordinaire si incroyablement extraordinaire, comme si nous étions les deux seuls humains de West Hollywood qui ne dormaient pas la nuit. Puis son visage montra son embarras, et à nouveau cette gentillesse. « Je suis vraiment désolée. » Sa voix était légèrement rauque, cassée. Et comme si de parler bas maintenant pouvait excuser la gêne d'hier, elle se mit à chuchoter : « Est-ce que je vous ai réveillé ? »

Je remarquai soudain mon peignoir de bain défraîchi, ma peau crayeuse dessous. Je le refermai soigneusement sur ma poitrine, serrai la ceinture. « Cela n'a aucune importance. Je ne vais nulle part. » À peine sorti du lit, je n'avais pas encore eu ma dose de médicaments et, de plus en plus embarrassé, je ressentis une étrange émotion depuis longtemps oubliée.

Elle fit un pas en avant, ses yeux d'un bleu intense devenaient de plus en plus grands, et d'une certaine manière de plus en plus bleus. « J'ai toujours pensé que c'était gentil, vous savez, quand je m'installe quelque part, de préparer quelque chose de spécial pour mes voisins, surtout pour celui d'à côté. » Elle rit, d'un rire un peu forcé. « Vous voyez ce que je veux dire ? Une façon de m'excuser par avance. Mais peut-être –, peut-être que je vous dois déjà quelque chose à cause du bruit. » Elle ajouta « De toute façon, j'ai fait du sauté d'agneau. Si vous êtes… »

Je ne cherchai pas à cacher ma surprise. « Ben ça alors !

– … végétarien, je peux toujours…

– Non. Non, non.

– Bien… » Elle me tendit la cocotte, en arquant les sourcils. « J'espère que vous l'aimerez. »

Je saisis l'étincelante cocotte et les gants fleuris d'un geste maladroit, car, ne nous connaissant pas, nous devions pratiquer l'échange sans nous toucher.

« Ma mère faisait souvent du sauté d'agneau, lui confiai-je.

– Vraiment ? »

Il y eut une autre hésitation, donnant l'impression qu'une partie du dialogue avait été coupée dans le script. Nous restions là, silencieux, à nous regarder l'un l'autre, attendant avec un sourire gêné. Finalement, je lui offris un de ces mouvements de tête il-faut-que-j'y-aille-maintenant, quelque chose de terriblement important m'attend à l'intérieur de mon appartement.

« Heu… » Elle se mordit la lèvre. « Vous ne voulez pas me dire votre nom ? »

Ce fut mon tour d'hésiter.

Mon nom.

C'est toujours embarrassant pour moi. Quand je suis né, mon père travaillait sur pas mal de films comme une sorte de producteur associé. Il trouvait les acteurs, faisait les repérages, arrangeait les rendez-vous. C'était, c'est toujours, son plus grand talent. Dans le film *Barbarella*, où il remplit ce rôle auprès de Dino De Laurentis, il y avait un personnage absurde avec des cheveux blancs et des ailes de plumes blanches, dont le nom était *Pygar the Angel*. Et mes parents, sous l'influence psychédélique de l'époque, dit l'histoire, me donnèrent son nom.

Je devrais être reconnaissant, sans doute ; j'aurais pu m'appeler Pygar.

Je dus me forcer pour lui dire mon nom, mais quand je le fis, tout son corps sembla s'éclairer. « Combien y avait-il de chances ? demanda-t-elle.

– De quoi ?

– Que je m'appelle *Angela*, et vous *Angel*. »

Pour dire la vérité, je n'avais pas du tout fait le rapprochement. Et puis la probabilité me semblait relativement élevée, il ne s'agissait que de prénoms.

Mais cela n'avait déjà plus d'importance parce qu'à cet instant, la femme qui disait s'appeler Angela me tourna le dos et disparut dans son appartement, provoquant, en fermant sa porte d'un geste vif, un courant d'air dans le couloir.

*

Dans mon séjour, *Blade Runner*, le super-thriller SF noir de Ridley Scott, défilait sur ma télé grand écran. À l'époque, je laissais le film tourner en boucle sur le lecteur DVD, le son coupé, comme une source de lumière douce et, la plupart du temps, unique point lumineux de mon appartement. Je n'avais pas besoin du son, je connaissais les scènes par cœur. Celle qui passait à ce moment se situait au début du film, quand Tyrell, le savant qui a créé les répliquants, croise ses mains dans le dos et dit : « À Tyrell, le commerce est notre but. Plus humain qu'humain est notre devise. »

« Plus humain qu'humain », murmurai-je à l'unisson.

Pour le cas où vous ne le sauriez pas, c'est un film à propos d'une bande d'androïdes renégats, ou répliquants, qui sont à la recherche de leur créateur. Harrison Ford joue le rôle de Rick Deckard, le policier dont le boulot est de traquer les répliquants et de les tuer. Le film me plaisait surtout pour son esthétique, ses ombres et ses lumières futuristes, ses noirs brillants et ses néons colorés.

Mais là, j'entrai dans ma minuscule cuisine et bousculai toute la rangée de flacons de ma psychopharmacie – les Valium, Librium et Centrax, l'Activan et le Xanax, les Inderol, Prolixin et Navane, les Adapin, Vivactil et Ludiomil, aussi bien que l'Ambien et le Restoril – toutes les drogues que l'on m'avait prescrites pour lutter contre l'anxiété, la dépression et la sociophobie, aussi bien que celles qui devaient contrebalancer leurs effets secondaires. Dépassant légèrement les autres flacons de médicaments, se trouvait celui que j'appelais simplement *Réalité*. Mon traitement de fond, celui qui semblait n'avoir jamais d'autre effet que de me rendre la bouche sèche et d'effacer mon imagination.

Je mis la cocotte sur le comptoir et soulevai le couvercle avec l'un des gants fleuris d'Angela, humant l'arôme du romarin, de la sauge et du poivre. Je remarquai les gros morceaux de viande brune qui se défaisaient, les pommes de terre blanches, les carottes orange. Il y avait aussi des petits pois, bien verts, ce qui signifiait qu'elle les avait probablement cuits à part et ajoutés à la dernière minute, car autrement ils auraient été réduits en purée grise. Je fermai les yeux et revécus une vie entière dans ce parfum, et lorsque je piquai une bouchée dans la cocotte, debout sur les carreaux froids de la cuisine, j'imaginai ma vibrante voisine aux yeux bleus et aux orteils vert-brillant-métallisé prenant sa voiture pour acheter tous ces ingrédients – romarin, thym, poivre, carottes, petits pois, pommes de terre, agneau, au Vons Market sur Sunset Boulevard. Je voyais son si beau visage sous la lumière crue du magasin, illuminé tel le portrait d'une sainte médiévale, et me demandais douloureusement quand je la reverrais.

Cependant, un bruit étrange me parvenait du parking sous la fenêtre de ma cuisine, un hurlement indéfinissable, haut perché, que depuis quelques minutes déjà je m'efforçais d'ignorer.

C'était quoi, ce bordel ? Ça gémissait, ça se lamentait, ça criait.

Je remontai le store pour voir.

C'était cette putain de chatte, en chaleur vu la façon dont elle hurlait. Quelque part entre le brun et le gris, entre le moucheté et le tigré, elle s'étirait sur ses pattes avant, plantée sur le capot rouillé d'une vieille Celica blanche, sa queue dressée en point d'interrogation.

*

Histoire de régler ça une fois pour toutes, mon nom complet est Angel Jean-Pierre Veronchek. Mon père est Milos Veronchek, et à moins que vous n'ayez vécu les vingt-cinq dernières années sur la face cachée de la lune, vous avez vu au moins dix de ses films. Des superproductions pleines d'explosions impressionnantes, de courses de bagnoles spectaculaires, de scènes d'amour extravagantes, qui génèrent le plus grand nombre d'entrées dans les multiplexes, sans parler d'immenses profits pour Universal. Mon père avait été réalisateur jusqu'à la fin des années soixante-dix, avant de laisser tomber ce qui lui restait de prétention artistique pour se consacrer uniquement à l'aspect financier de la production. Mes plus anciens souvenirs sont donc faits de caravanes sur les lieux de tournage, de petits lits où je dormais près des tables de maquillage, entouré d'innombrables assistantes, coiffeuses et actrices qui me prenaient dans leur giron doux et parfumé. Elles faisaient toujours des commentaires sur ma peau, mes cheveux, mes yeux, ces filles, elles disaient : « Il est si blanc », ou alors « Je ne savais pas qu'on pouvait être aussi blanc ». Et ainsi j'ai cru, non, on m'a convaincu, que j'étais spécial, que ma bizarrerie, rose vif et blanc de neige, était une qualité exceptionnelle.

Cependant, quand mon père s'est mis à coucher avec d'autres femmes – il baisait ces mêmes assistantes, coiffeuses et actrices, quelle coïncidence ! – ma mère et moi ne sommes plus allés sur les tournages. Nous avons vécu longtemps dans des hôtels luxueux. Je me souviens des halls de marbre gris, des suites moquettées de blanc, des piscines, dont le fond était éclairé par des spots bleus, où j'avais le droit d'aller nager la nuit par autorisation spéciale de la direction, des hôtels où le repas le plus insignifiant était mis en scène. Imaginez des macaronis au fromage présentés sur un plateau d'argent apporté sur une table roulante par un serveur en veste blanche. Ou un cocktail à la vodka dans un décanteur à vin.

Plus tard, quand mon père s'est élevé dans la hiérarchie du studio, on s'est installés, ma mère et moi, dans notre maison de Beverly Hills, une villa à colonnades sur North Rexford Drive, avec des murs en adobe et des sols recouverts de carreaux de terre cuite. Ma mère partageait sa vie entre le shopping et une entreprise d'autodestruction cosmétique, rendant visite tous les deux ans à son chirurgien jusqu'à devenir une caricature bizarre de la jeunesse vue par Hollywood. Je passais des semestres dans le froid glacial de Montréal, à la si mal nommée Vancouver School, et les étés dans l'obscurité fraîche du sous-sol familial. Toujours convaincu que j'étais spécial, plus que jamais singulier, particulièrement exceptionnel, je me voyais comme un jeune savant, un adolescent surdoué, un champion du microscope, un prodige de la chimie. Ces matins d'été, après avoir avalé un anémique petit déjeuner de pamplemousse et de café noir préparé par mon anémique de mère franco-suisse, je m'accordais le plaisir de me laisser emporter par une sorte d'ersatz de rêverie intellectuelle ; je rêvais d'endosser le costume du scientifique, sinon de me mettre dans la peau du personnage.

Quoi qu'il en soit, quand mes parents ont divorcé, comme il est écrit pour tous les couples à Hollywood, je finissais le lycée. Mon esthétiquement retouchée de mère conservait la maison et une généreuse pension. Mon père, à qui tout réussissait, continuait de baiser les assistantes, coiffeuses et actrices. Finalement, mais là j'anticipe sur mon histoire de près de cinq ans, mon père a épousé Melanie, une jeune productrice aux yeux de biche qui appartient plus à ma génération qu'à la sienne. Un an ou deux après, ils ont adopté un bébé, un petit garçon afro-américain nommé Gabriel, et bâti un monstre déconstructiviste de verre et d'acier au-dessus d'un Pacifique aux reflets métalliques. J'avais eu mon diplôme de la Vancouver School et m'étais inscrit à l'Université de Los Angeles. J'aurais bien aimé aller sur la côte Est pour continuer mes études, mais je m'étais senti obligé de rester à cause de ma mère. Mon intention était d'étudier la physique et, si tout allait bien, de me spécialiser dans la science de la lumière.

Ma condition physiologique a été, vous vous en doutez, la cause d'une sensibilité accrue à la lumière et, pour cela, elle a provoqué en moi une sorte de fascination perverse. Croyez-moi, il n'y a personne qui ait une meilleure connaissance intuitive des comportements et propriétés de la lumière qu'Angel Jean-Pierre Veronchek. C'est inscrit dans mon code génétique ; c'est inextricablement mêlé aux brins de mon ADN et imprimé sur mes ultra-sensibles rétines rouge sang. Je me suis laissé obséder, au cours des années, par la poésie de la lumière de Los Angeles, la façon dont elle perce le brouillard et fait scintiller les voitures dans le trafic matinal, ou lance les feux qui périodiquement brûlent jusqu'aux fondations des périmètres entiers de la ville. À l'époque, j'aspirais aussi à découvrir toutes ses caractéristiques scientifiques, à comprendre la polarisation, la réflexion, la réfraction, la diffraction, la radiation électromagnétique, et plus loin encore, à remonter aux théories, la constante universelle d'Einstein, les expériences par la pensée de Schrödinger, les fondements du principe d'incertitude de Heisenberg, les éléments essentiels constitutifs de notre univers, de la réalité elle-même. J'étais intellectuellement passionné, brûlé plus que jamais par cet ambitieux rêve de science, sinon entièrement préparé à faire face à ses implications philosophiques.

Tout ne se passa pas si bien que ça à l'Université. Il s'avéra, bien entendu, que je n'étais ni exceptionnel, ni extraordinaire, ni quoi que ce soit. Même si j'étudiais les concepts, lisais les textes que j'étais supposé étudier et lire, je ratais les examens, je restais sans voix quand je devais présenter un mémoire, je ne pouvais dire un mot en classe. J'étais fasciné par le sujet, obsédé même, mais quand il fallait que je m'exprime, je me figeais, paralysé, tétanisé par la peur. J'avais toujours été gauche, mais à la fac ma timidité maladive se transforma en une phobie des autres radicale.

Je n'étais plus bizarrement spécial, finalement…

J'étais tout simplement bizarre.

Puis, au cours du second semestre de ma seconde année, je me retrouvai un après-midi en train de loucher sur les tubes fluorescents fixés au plafond du service de psychiatrie de l'hôpital, tandis qu'il fut décidé qu'il serait peut-être de l'intérêt de tous que je quitte l'université, au moins pour un temps ; que c'était sans doute un poil trop stressant pour quelqu'un d'aussi délicat, d'aussi physiquement insolite que moi. On me rendait aux soins de mon bon vieux psychiatre, le distingué Dr Nathan Silowicz, et grâce à son strict régime d'analyse freudienne et de médicaments psychotropes, je retrouvai un équilibre mental précaire.

Je n'ai jamais guéri ; il va sans dire que personne ne guérit jamais de ce genre de chose, mais plus tard, après une période de réajustement, le Dr Silowicz et moi-même avions décidé que je ferais mieux de vivre seul, que l'influence de ma mère était psychologiquement… quel est le mot qu'il a utilisé ?

Débilitante.

C'est alors que je me suis installé dans mon trou sombre, un petit appartement dans un modeste immeuble de San Raphael Crescent, cul-de-sac chic près de Hollywood Boulevard – un immeuble habité par les largués de l'industrie du cinéma, les auraient-pu-être et les ont-presque-été, des scénaristes qui travaillent dans des librairies, des acteurs qui tiennent des bars, des réalisateurs qui dirigent des pharmacies de nuit. Je pensais, en déménageant, pouvoir consacrer ma toute nouvelle indépendance à quelque chose d'important, quelque chose d'artistique. J'avais toujours été doué pour la description. Aussi j'entrepris d'écrire le scénario définitif sur Los Angeles, l'histoire, vécue de l'intérieur, des désillusions de la ville-paillettes. Puisque je devais vivre seul, me dis-je, romantique, je serais un écrivain reclus, un génie énigmatique, en quête de ce que je voyais écrit en lettres capitales hautes de trois mètres, éclairées au néon : la VÉRITÉ.

Mais celui qui a essayé le sait, écrire est difficile, et la vérité insaisissable.

*

Était-ce l'expression de son visage, cet air de gentillesse ? Ou cette voix sourde, voilée, qui donnait toujours l'impression qu'elle partageait avec vous un fabuleux secret ? Ou alors ses yeux, si bleus le jour où je l'ai rencontrée, et qui depuis avaient changé de couleur ? Il m'est difficile de dire ce qui fut à la source de ma fascination. Je crois donc qu'il vaut mieux conclure que, pour une large part, et compte tenu du fait que l'explication la plus simple est en général la bonne, c'était parce qu'elle était belle, amicale, disponible…

Et parce que j'étais très seul.

Quoi qu'il en soit, du moment où je saisis cette première transformation sur son visage, ce glissement fluide de l'appréhension à la compréhension – elle ne s'arrêta pas un instant sur ma peau incolore, j'ai vu le phénomène se produire, je l'ai lu sur son visage qui ne cachait rien de ses émotions – je fus obsédé, possédé par elle, je ne pouvais penser à rien, ni à personne d'autre.

C'est pourquoi, trois jours après la scène de l'offrande du sauté d'agneau, je fis suivre deux comprimés d'Inderol, mon remède à la sociophobie, d'un pousse-au-courage encore plus stimulant, un plein gobelet de Jack Daniel's, puis passai de mon vieux peignoir anthracite à des vêtements civils, pris la cocotte vide et bien récurée d'Angela et m'engageai sur le palier fluorescent. Je l'avais entendue toutes les nuits passer devant ma porte vers deux heures et demie, le clac-clac-clac des talons aiguilles de ses sandales sur les marches de béton poncé.

23

J'attendis quelques minutes, le temps pour elle de s'installer, pensai-je, puis frappai à sa porte, de trois coups soigneusement orchestrés.

« Angel ? » Quelques instants plus tard, Angela jetait un regard inquiet, la porte à peine entrebâillée.

J'essayai un sourire chaleureux, une tentative au résultat toujours déplorable chez moi, une véritable aberration sur mon visage. « C'était exactement tel que dans mon souvenir. »

Il y eut une note de surprise dans son chuchotement. « Que dans votre souvenir de quoi ?

– Tel que ma mère avait l'habitude de le faire. » Ce n'était que partiellement vrai : les essais culinaires de Monique étaient en général voués à l'échec, et son sauté d'agneau, dans mon souvenir, manquait d'un certain… bref, il était épouvantable.

Mais Angela ne réagit pas. Je crus presque qu'elle planait. Les pupilles de ses yeux dont, dans la lumière violente du palier, je n'arrivais pas à discerner la couleur, étaient complètement dilatées, deux trous vides. Elle restait là, hésitant à me débarrasser de la cocotte.

« Voulez-vous que je la rapporte plus tard ? lui demandai-je après un moment.

– Rapporter quoi ?

– La cocotte ? » Je la lui tendis.

« Non, non, dit-elle, reprenant pied. Merci, Angel. Merci. » Elle détourna le regard, timide tout à coup. « Vous l'avez vraiment aimé ? Le sauté ? »

J'acquiesçai. « Il était formidable. »

Elle eut à nouveau sur le visage cette expression de générosité, de compréhension. « Désolée, je – », commença-t-elle. Il émanait d'elle des odeurs mêlées, celles de son parfum trop capiteux et de sa transpiration de la nuit. « Je suis assez fatiguée, et un peu – » Elle avait quelque chose de brillant sur la peau. Elle était phosphorescente, lumineuse, une vraie source de lumière.

« Vous n'avez rien à expliquer », lui dis-je.

Elle prit enfin la cocotte, et cette fois, quand Angela et moi avons échangé les gants, nos doigts se touchèrent.

Mon cœur s'agitait dans ma poitrine comme un prédateur en cage.

Elle quitta le pas de la porte pour aller ranger la cocotte dans son appartement.

« Je suis vraiment désolé de vous déranger si tard. Je vous préparerais bien quelque chose à mon tour, proposai-je d'une voix forte, mais tout ce que je sais faire, c'est réchauffer au micro-ondes des plats cuisinés de chez Stouffer's. Je veux dire, je ne suis pas un grand –

– J'*adorerais*. » Elle revint sur le pas de la porte, les yeux écarquillés.

« Vous êtes sérieuse ?

– Je n'ai rien à la cuisine, répondit-elle, et je n'ai plus mangé à la maison depuis une éternité. »

Je proposai « des spaghettis avec des boulettes de viande, ou du poulet avec une sauce aux champignons et du riz sauvage ? » C'étaient les plats que je consommais en ce moment, mais il m'était aussi arrivé de rester branché des semaines sur un truc du genre pizzas au pain français.

Elle me suivit sur le palier. « Du poulet – elle prit une profonde inspiration – avec une sauce aux champignons et du riz sauvage. »

Je me précipitai dans ma cuisine, ouvris le congélateur, et attrapai une barquette de Stouffer's. « Vous êtes à sept minutes du paradis », lui dis-je en réglant le micro-ondes.

Elle regardait autour d'elle, et malgré tous les médicaments que j'avais pris, je me sentis immédiatement embarrassé.

Mon appartement n'était pas exactement fait pour recevoir. Les murs étaient tapissés de livres de poche ; et comme je n'avais pas d'étagères, je les avais entassés en piles précaires dont certaines s'étaient écroulées et répandues sur le plancher. Au milieu de la pièce se trouvaient un vieux fauteuil pivotant qui grinçait et une table de conférence en métal gris sur laquelle se nichaient mes ordinateurs entre des tas d'imprimés publicitaires et de papiers divers. On ne pouvait s'asseoir que sur le tapis noir doux et floconneux, appelé flokati – un cadeau que ma mère m'avait fait quand je m'étais installé quelques années auparavant, pour ajouter un peu de confort. Ce qui m'embarrassait le plus étaient les piles de papier de couleur tout autour du bureau, une couleur pour chaque brouillon du film que j'étais censé écrire, et que j'avais ordonnées selon celles du spectre électromagnétique.

« C'est si… étrange, s'étonna Angela.

– Ouais, d'accord, dis-je depuis la cuisine, je n'ai pas vraiment beaucoup de visiteurs.

– Vous êtes écrivain ?

– Je révise des manuels techniques. » C'était un mensonge, bien sûr. Je l'avais dit parce que j'étais gêné d'expliquer que j'acceptais de l'argent de mon père et que je n'avais jamais eu un travail. « Mais je suis en train d'écrire un scénario, vous savez, c'est ça mon vrai boulot. »

Elle pianota du bout des ongles sur une rame de papier. « C'est votre scénario ?

– Ouais. » Je revins dans le séjour. « Un premier jet.

– Ça s'appelle comment ? »

Je lui dis la vérité parce que je n'avais pas eu le temps de trouver une meilleure réponse. « *Los Angeles*. C'est juste un titre de travail. J'en ai d'autres –

– Wow ! J'aime beaucoup.

– Vraiment ?

– Ça fait important. »

Personne n'avait manifesté de l'intérêt pour mes écrits jusque-là, pas même mon psychiatre, et je dois reconnaître que je ne savais pas comment réagir. « Important ? Vous pensez réellement –

– Pourquoi est-ce que c'est allumé ? »

Angela s'était retournée vers la télévision et la considérait, couleurs atténuées, son à peine audible. À ce moment passait la scène où Deckard est attaqué par Pris, la plus belle des répliquantes. Pris, un modèle-plaisir, bondit et serre le cou de Deckard avec ses jambes, fait pivoter sa tête en pinçant ses narines, puis le cogne.

« Vous êtes en train de regarder ça ? » demanda Angela en mettant un doigt sur l'écran.

Je fus pris par un vent de panique. « *Ne touchez pas à ça.* »

*

On se partagea le poulet au riz sauvage surgelé sur le flokati, puis insensiblement on se mit à parler et à boire, moi sirotant du Jack Daniel's et du café, Angela rapportant de chez elle sa bouteille de vodka Stoli et une brique de jus d'orange. Au cours des semaines qui suivirent, la transition fut encore plus fluide, on passa de la conversation et de la boisson au baiser et à l'échantillonnage des prescriptions qui encombraient l'étagère du haut dans ma cuisine. Je tombai dans un délire, un rêve éveillé nourri de toutes ces drogues mais aussi d'un emballement irrésistible. Les yeux d'Angela, que j'avais d'abord pensé si bleus, changeaient mystérieusement et étaient passés du bleu au brun au vert, et même au violet, virtuellement chaque couleur du spectre. Les yeux de certaines personnes peuvent changer légèrement selon leurs vêtements ou la lumière ambiante, mais ceux d'Angela changeaient du tout au tout, selon, semblait-il, son état d'esprit, comme des anneaux d'humeur [1]. Ses talons claquaient bruyamment

1. Les anneaux d'humeur (*mood rings*), très à la mode à la fin des années 1970, renferment des cristaux liquides thermiques sensibles aux réactions du corps et indiquent l'humeur par des changements de couleur. (N.d.T.)

sur les marches devant ma porte, et quelques minutes plus tard, elle apparaissait, souriante, les yeux transformés.

On s'allongeait sur le flokati et écoutait les messages sur le répondeur… Le Dr Silowicz, si profondément concerné par mon bien-être psychologique, avait appelé pour reprogrammer les séances ; Melanie, la jeune épouse de mon père, pour m'inviter, non, me *supplier* de venir voir le petit Gabriel et mon papa ; l'avocat de mon père, le satanique Frank Heile, Esquire, avait aussi téléphoné, apparemment pour me transmettre un détail pratique, m'interroger à propos d'un retrait d'argent sur une de mes cartes de crédit, mais surtout pour me rappeler que j'asséchais les comptes, que mon personnage menait à la faillite la production entière et qu'on ferait donc mieux de le supprimer du script. Angela et moi – nous mangions, buvions, satisfaisions réciproquement nos appétits. Nous dormions, nous nous embrassions, nous nous regardions – amoureusement, il n'y a pas d'autre mot, je le jure – les yeux dans les yeux. C'était ainsi toutes les nuits, et je dois reconnaître que je commençais à penser à elle comme à un peu plus qu'une voisine. J'hésitais encore à utiliser les termes *petite amie* dans une phrase, mais j'envisageais quelques scénarios, me projetant pour la première fois de ma vie, autant que je m'en souvienne, à plus d'un jour dans le futur.

Et pendant ce temps-là – cela a son importance – il y avait cette chatte. Cette putain de chatte. Vagissant, gémissant, criant, hurlant tel un esprit déboussolé évadé d'un roman gothique, elle se traînait de bagnole en bagnole, gueulant comme une dingue sous la fenêtre de ma cuisine, miaulant pathétiquement à la lune hollywoodienne.

*

« Je veux que tu viennes me voir », m'avait dit Angela. C'était une semaine, peut-être deux, après la scène du sauté d'agneau. Elle s'assit et écrasa le mégot de son Ultra Light sur une assiette. « Je veux que tu viennes me voir au travail. »

Je n'étais pas sûr de ce qu'elle voulait dire. Je la regardai dans les yeux et vis qu'ils étaient bruns ce soir, tachetés de minuscules points jaunes. « Venir où ?

– Je veux que tu viennes voir comment c'est. » Elle parlait à voix basse. « Je te ferai une *lap dance*[1] gratuite. »

Je le savais, en fait, je l'avais deviné par ses vêtements, le brillant sur sa peau, ses talons ridiculement hauts, ses horaires bizarres.

« J'apprécie ton offre. » Je secouai la tête.

Angela me frappa sur le haut du bras de son poing garni de bagues, un peu trop fort pour que cela ressemble à un jeu. « Qu'est-ce qui ne va pas chez toi ? *Tout le monde* veut une *lap dance* gratuite. »

Ce qui n'allait pas chez moi c'était que j'étais terrifié. Un lieu public est bien assez effrayant comme ça. Au cours des dernières années, j'avais fini par avoir le courage, avec un petit coup de pouce des psychotropes, bien sûr, d'aller au supermarché, à la pharmacie, chez Supercuts et même chez Gap. Mais un club de nus…

« J'ai des problèmes quand je ne connais pas.

– Alors allons là où c'est plus familier. » Angela m'entraîna vers la chambre à coucher et me poussa sur le matelas. Elle remonta ma chemise au-dessus de ma tête. Elle défit le bouton de mon pantalon, tira sur la fermeture

1. *Lap dance.* Attraction de boîte de nuit, différente du strip-tease, au cours de laquelle une hôtesse déshabillée danse et se frotte contre le giron *(lap)* du client, tout contact plus intime étant interdit. La pratique est décrite dans le film d'Atom Egoyan, *Exotica* (1994). (N.d.T.)

éclair, fit glisser le pantalon sur mes jambes, puis sur mes pieds. Elle s'attaqua alors à mon caleçon.

« Qu'est-ce que tu fais ? » J'attrapai ses mains.

« *Chhut.* » Elle joua avec l'élastique.

« Angela, s'il te plaît. » J'avais une érection. Mon pénis était manifestement tout prêt à ça, mais pas moi.

« D'accord. » Elle haussa les épaules. « On le laisse. »

J'essayais de garder les yeux ouverts, mais je ne pouvais pas. Un peu plus tôt, une heure environ, j'avais pris plusieurs comprimés d'Ambien. Je sentais la chaleur de son corps, sa peau aussi douce que des draps de coton. Je sentais son souffle tiède dans mon oreille. « Qu'est-ce que tu es en train de me faire ? » Cela faisait trop longtemps que je n'avais pas fait l'amour et j'étais très inquiet.

Et j'étais si fatigué. Si incroyablement fatigué.

Et effrayé.

Elle tendit le bras vers la petite table, brancha l'ambiance aquatique électronique puis se nicha contre moi en tortillant des hanches. « Qu'est-ce que tu aimes ? »

Nous avions dormi ensemble, nous nous étions embrassés, serrés, blottis, enchevêtrés, nous avions soupiré les yeux dans les yeux, nous avions tout fait, tout, sauf l'amour. « J'aime le sorbet à l'orange, répondis-je, puéril. J'aime le Jell-O vert.

– Je veux dire sexuellement. » Puis elle rit. « Ou c'est ce que tu veux dire ? »

Une onde électronique balaya la chambre, un océan placide de bruit synthétique submergea le vacarme des télévisions trop sonores des appartements au-dessus et des voitures qui démarraient dans le parking dehors. La machine d'ambiance aquatique m'avait été recommandée par le Dr Silowicz quelques années auparavant pour m'aider à dormir, et là, justement, je regrettais son efficacité.

Angela saisit une autre cigarette sur la petite table. « Je suis sérieuse, Angel. Tu n'aimes pas le sexe ? » Elle alluma sa cigarette et tira une bouffée.

Je sentis la chaleur de la fumée sur mon visage. « Je ne pense réellement – Je ne pense réellement pas beaucoup à ce genre de chose. »

C'était un mensonge, bien sûr. Je ne pensais qu'à ça. Le sexe était la seule chose à laquelle je pensais tout le temps.

Elle me caressa les joues de ses lèvres. « Tu ne me fais pas confiance ?

– Je te fais confiance.

– Alors, dis-moi.

– Je te dis quoi ?

– Quelque chose de pervers.

– Tu *veux* que je sois un pervers ?

– Ça ne me gênerait pas. »

Je me mis sur le côté, pour la regarder.

Elle laissa tomber sa cigarette dans un verre près du lit, se glissa vers moi et colla son corps contre le mien. Angela enfouit son visage au creux de mon épaule et enroula ses jambes autour des miennes. Ses bras étonnamment forts me serraient la poitrine.

« Tu n'es pas vraiment blanc, Angel, tu le sais ?

– Je ne suis pas blanc ?

– Ton aura, tes vraies couleurs.

– Mon aura ? » Cette érection ne partirait pas. « Je suis de quelle couleur, alors ?

– Rouge. Orange. Jaune vif. » Elle rit. « Feu. »

Je réfléchis un moment au sens que ça pouvait avoir, et lui demandai : « De quelle couleur es-tu ? »

Elle murmura : « Bleu. Bleu, bleu électrique.

– Comme tes yeux ? »

Elle glissa la main dans mon caleçon et la mit sur mon pénis. Ses doigts étaient frais. Il devait être six heures du matin car une raie incandescente apparut sur le mur de ma chambre, une fine bande jaune clair qui devenait de plus en plus brillante.

Rouge. Orange. Jaune vif. Feu.

Elle filtrait entre les lames du store vénitien comme à travers une fissure de la coquille de l'univers.

« Bien sûr, répondit Angela, comme mes yeux.

– Tes yeux sont bruns, dis-je comme si je lui révélais un terrible secret.

– Dis-moi quelque chose, insista Angela une autre nuit. Dis-moi n'importe quoi. » Elle pressait les lèvres contre ma nuque, et je pouvais sentir l'humidité de sa bouche, et je pensais que je pouvais entendre les fluides à l'intérieur de son corps.

« Il n'y a pas de n'importe quoi.

– Tu aimes ça ? » Elle fit courir sa langue sur ma peau, juste sous mon oreille. Elle poussa ses genoux au creux des miens.

Je ne répondis pas.

« Ça ? » Elle mordit le bout de mon oreille. Ses dents semblaient très fortes.

Je restai sans bouger.

« Ça ? » Elle me chatouilla le cou de ses lèvres humides, puis les promena sur tout mon corps.

Le matin, quand elle partait, je descendais et cherchais la chatte dans le parking. Elle avait l'air si malheureuse, appelant l'attention par ses cris, que j'avais envie de voir si je pouvais la calmer, arrêter ses hurlements ne fût-ce qu'un instant, en grattant ce point de peau sensible derrière les oreilles. Mais dès que je mettais le pied dehors, elle disparaissait, se cachait sous une voiture ou filait vers le jardin du vieil homme à côté. C'était devenu, en fait, une sorte de jeu auquel je ne savais pas trop pourquoi je jouais. Je ne savais pas davantage ce que je ferais si je la trouvais. Je n'étais certainement pas prêt à prendre un chat de gouttière dans mon appartement. Vous imaginez les puces ? J'avais juste envie de la toucher, je crois, pour voir si elle s'arrêterait de gémir, au moins quelques minutes.

Et parfois, je restais figé, pris par la sublime grandeur du matin de Los Angeles, en catatonie devant ce phénomène trop beau, trop cinématographique pour être vrai.

C'était parce que ses yeux n'arrêtaient pas de changer de couleur. Parce que ses seins étaient refaits. Parce qu'elle arrivait à trois heures et demie du matin mais se comportait comme s'il était trois heures de l'après-midi. Parce qu'elle se disait végétarienne et me cuisinait un sauté d'agneau. Parce qu'elle était plus âgée que moi mais ne voulait pas l'admettre. Parce qu'elle se contredisait sans cesse, niant des conversations entières. Parce qu'elle était menteuse et moi aussi. Parce qu'elle se mettait beaucoup trop de parfum, beaucoup trop de maquillage et des talons aiguilles beaucoup trop hauts. Parce que lorsqu'elle dormait, elle posait le dos de la main sur son front comme Scarlett O'Hara. Parce que son rire était doux, étouffé et malicieux. Parce qu'elle me mordait parfois. Parce qu'elle se collait à moi comme si elle essayait littéralement de se glisser sous ma peau. Parce qu'elle avait ces petites rides au coin des yeux. Parce qu'elle ne m'avait jamais demandé pourquoi je vivais seul, à rester éveillé dans la nuit de Hollywood, à écrire mes scènes absurdes et inutiles. Parce qu'elle comprenait toutes les choses folles que je disais, ou le prétendait en tout cas.

Parce que la première fois où je l'avais vue, quand elle était venue dans mon appartement, elle avait souri, m'avait souri, à moi, parce que j'étais moi.

C'était à cause de toutes ces choses que quelques jours plus tard je garai la Cadillac dans le parking derrière le strip-club, puis affrontai l'éclairage jaune des réverbères de Sunset Boulevard et m'approchai de l'entrée. Le videur qui la gardait portait des jeans de prison et des lunettes de soleil encore plus sombres que les miennes. Je lui payai mes dix dollars d'entrée et tiquai quand il essaya de me tamponner la main.

« Je n'aurai pas besoin de ça. » Je secouai la tête, en reculant. Je n'aimais pas l'idée de cette encre infrarouge touchant ma peau.

Le videur haussa les épaules. « Vous en aurez besoin si vous voulez retourner à l'intérieur.

– Si je m'en vais, c'est que je ne veux pas revenir. »

Il ne prit même pas la peine de me regarder, perché tel le *Penseur* de Rodin sur un tabouret de bar, et dit « *Tout le monde* veut retourner à l'intérieur. »

J'étais passé devant cette boîte pendant des années. J'avais toujours pensé que seuls les touristes venaient au Velvet Mask, ou des hommes d'affaires japonais, ou des mecs de la pub new-yorkais. Rien que des blaireaux.

Je parcourus un couloir étroit, le grondement de la musique à l'intérieur du club se faisant de plus en plus fort, et débouchai par des portes battantes style saloon dans la grande salle.

Qui était exactement telle que je me l'étais imaginée, exactement telle qu'Angela me l'avait décrite : les éclairs des lasers, les néons rouges, jaunes et bleus qui s'enroulaient autour de la scène dans un clignotement sauvage. La musique ne pouvait pas être pire. On se serait attendu à du rapide, du léger, du sexy, mais non, c'était de l'industriel sinistre, du disco pour psychos. Les filles dansaient sur des estrades séparées, chacune sous un cône de lumière qui les métamorphosait, et autour de chaque danseuse était assis un groupe d'imbéciles à la bouche ouverte, des hommes d'affaires japonais en

costume sombre et cravate de couleur vive sur une chemise blanche impeccable, la coupe de cheveux nette du
cadre modèle, qui souriaient béatement au sexe rasé
d'une blonde si mince qu'elle serait passée inaperçue à
Buchenwald, et une bande d'employés de drugstore en
goguette pour leur soir de repos. Une tonne de gel dans
les cheveux et la moustache sous-développée, ils portaient de lourdes chaînes en or et des t-shirts arborant des
slogans fumeux et quelque peu orduriers. La fille qui
dansait dans leur cercle de lumière était une beauté brune
aux hanches ondulantes, aux petits seins hauts, aux yeux
tels des hiéroglyphes et aux cheveux si brillants qu'ils
crépitaient, reflétant tous les éclats des lasers comme un
rideau de pluie scintillante.

Dans le fond, à la sortie de secours, je remarquai un
colosse en costume classique, un spécimen d'homo erec-
tus encore plus énorme que le gorille de l'entrée. Il avait
une de ces cravates très larges, gris argent, que les major-
domes dévoués portent dans les vieux films. Ses épaules
étaient plus étroites que son ventre, et sa calvitie totale
lui donnait l'allure d'un Bouddha en route pour des funérailles. Il laissait pendre ses bras, les yeux réduits à deux
fentes impénétrables, assis sur son tabouret, une masse
meurtrière dangereusement inerte.

Je m'assis sur la banquette le long du mur et regardai
autour de moi, espérant voir enfin Angela pour me tirer
d'ici au plus vite avec elle.

« Il faut prendre au moins deux consommations, et
nous ne servons pas d'alcool », me dit une voix. Celle
d'une serveuse, une ancienne danseuse probablement.
Périmée depuis quelques années, elle était cependant
encore assez sexy pour faire loucher un groupe de parti-
cipants à une convention installés à une table voisine.

Je risquai. « Vous avez de l'eau ? »

Elle avait des cheveux bruns coiffés à la Betty Page et
un visage rond et doux. Elle portait une mini-robe pourpre

et un petit masque de velours noir du genre qu'on mettait, des décennies auparavant, dans un bal costumé. Je remarquai que toutes les serveuses portaient des masques noirs. Elle repoussa le sien sur son front afin de pouvoir battre des paupières lourdement maquillées. Puis récita : « Pellegrino, Evian, Mountain Spring, Vittel, ou du robinet. Mais si vous prenez du robinet, vous paierez quand même huit dollars. Alors, à votre place, je prendrais du Pellegrino. » La serveuse me fit un clin d'œil. « C'est plus avantageux.

– Pellegrino, dis-je, ajoutant : Je suis pour les avantages ». Avec la quantité d'Inderol ingurgitée avant de quitter l'appartement, j'avais suffisamment confiance en moi pour bavarder avec quelqu'un que je ne connaissais pas. Malheureusement c'était à double tranchant – j'étais assez sûr de moi pour plaisanter, mais pas certain d'être compris.

« Deux Pellegrino, à suivre.

– Oh… » Je tendis la main et frôlai presque sa hanche, mais un coup d'œil au Bouddha furieux de la sortie de secours me fit changer d'avis. « Désolé… mais est-ce que vous connaissez… vous connaissez Angela ? Je devais la rencontrer ici.

– Vous voulez dire Cassandra ? Elle est derrière, probablement en train de se changer. » La serveuse me fit un petit sourire. « Vous êtes donc Angel. »

Bizarre. Elle ne m'avait jamais parlé de cet autre nom. « Cassandra ?

– Nous avons toutes des noms différents ici, mon chou. » La serveuse me fit un clin d'œil. « Es-tu réellement un ange ? »

Il est possible que j'aie rougi. « C'est juste mon nom.

– Ce n'est pas ce que dit Cassandra. »

Il était étrange d'entendre parler d'Angela sous un autre nom ; plus étrange encore de l'imaginer parlant de moi. « Qu'a-t-elle dit ?

– Seulement que tu venais. » La serveuse fronça le nez. « Et d'être gentille avec toi.

– Vraiment ?

– J'aurais dû m'en douter en te voyant. » Elle leva un sourcil, qui disparut sous le masque. « On voit de tout ici, tu sais, mais pas beaucoup… – elle s'interrompit, se demandant comment elle pourrait bien m'appeler – … d'anges. »

*

« Ne bouge pas. » C'était un autre matin, avant ou après la nuit au Mask, je ne sais plus très bien.

« *Pourquoi ?* Angela se figea. Il y a une bestiole sur moi ?

– C'est la lumière. » Un rayon de soleil dardait à travers le store vénitien de la fenêtre du séjour, et le visage d'Angela s'en trouvait en partie illuminé, *chiaroscuro*, comme un Rembrandt. Je courus dans la chambre chercher mon appareil photo. Je l'avais depuis des années, depuis la fac, un Leica perfectionné que mon père m'avait acheté dans l'espoir futile que je m'intéresserais à quelque chose qu'il comprenait. Je l'avais retrouvé récemment dans une vieille boîte à chaussures, au fond de mon placard, bizarrement encore chargé d'une pellicule.

Je le rapportai dans le séjour. « Prête ? »

Angela se tourna vers moi, le visage ombré, romantique. Je fis le point. « Prêt. » Alors que le flash se déclenchait, elle ricana et me fit un doigt d'honneur.

« Pourquoi as-tu fait ça ? »

Elle haussa les épaules. « T'as qu'à en prendre une autre. »

Je vérifiai sur le petit cadran le nombre de photos qu'il me restait. « C'était la dernière. »

Elle alluma une autre cigarette. Ce jour-là, elle fumait des Salem dont les vapeurs mentholées polluaient l'atmosphère. « Peut-être que je n'aime pas toujours qu'on me prenne en photo. » Parfois, Angela fumait sans arrêt, écrasant ses cigarettes dans des petites soucoupes qu'elle semait dans tout l'appartement. Quand elle partait, je devais faire le tour, nettoyer, épousseter, passer l'aspirateur. D'autres fois, elle ne fumait pas du tout.

Je soupirai et m'enfonçai dans le tapis près d'elle. J'avais pris l'habitude de sortir la nuit pour aller faire les courses, une autre bouteille de Stoli pour Angela, du Jack pour moi, renouveler mes médicaments et les plats surgelés Stouffers. Je me dis que je jetterais au passage le rouleau de pellicule dans la boîte du labo photo qui développait en une heure. J'irais chercher les photos dans quelques jours.

« Tu me fais confiance ? » demanda Angela tout à coup. Ses bras, je m'en souviens, s'enroulaient autour de ma taille.

Mais c'était quelques semaines plus tard, des semaines pendant lesquelles nous avions progressé de connaissances à amis, puis vers quelque chose de tout à fait autre, mais je cherchais encore à comprendre ce qu'était ce quelque chose d'autre. « Te faire confiance ? » Je laissai échapper un soupir. Il contenait de la méfiance, du doute, de l'appréhension. Je la regardai dans les yeux et vis qu'ils étaient à nouveau bleus. Ces derniers temps, ils étaient verts. « Qu'est-ce que tu vas faire ? demandai-je à ses yeux bleus.

– Où sont tes clefs de voiture ? »

Les clefs étaient sur une pile de bouquins près de la porte. Je fis un petit signe de tête dans cette direction.

Angela se tourna, les vit, puis se leva d'un bond. « Habille-toi, dit-elle, et fais vite, avant que ça passe.

– Avant que quoi passe ? » Je me levai, beaucoup moins sportivement, et allai dans la chambre. J'enfilai un pantalon cargo et boutonnai ma chemise.

Quand je me retournai, je la vis s'emparer de mon peignoir et sortir la ceinture des brides.

« Qu'est-ce que tu fais ?

– Tu as dit que tu me faisais confiance. »

Cette fois, je ne soupirai pas ; cette fois, je baissai les yeux. « As-tu l'intention de m'attacher ? »

Elle rit et me saisit la main. Elle prit la ceinture, m'entraîna dans l'escalier. Elle me fit passer devant les deux palmiers nains qui gardaient l'entrée de l'immeuble pour rejoindre la voiture. Cela faisait quelques jours que je n'avais pas pris la Cadillac, et elle était recouverte de feuilles vernissées jaunies tombées du laurier de mon voisin, le vieil homme.

J'en profitai pour chercher la chatte. Je voulais toujours la trouver.

« Elle n'est pas par là, Angel, me dit Angela. Laisse tomber.

– Mais je l'ai entendue ce matin même.

– On lui a fait peur. »

Dans la nuit sombre, l'air était désagréable et desséchant. Le santa ana, un vent vicieux qui vient des collines du désert, avait soufflé pendant des heures et l'asphalte était encore chaud du soleil de la journée. Angela ouvrit la porte côté passager et je montai. Elle attacha ma ceinture de sécurité.

« C'est quoi ? dis-je finalement.

– Elle est en chaleur, c'est tout.

– Non, c'est quoi… » Je voulais demander à Angela ce qu'elle faisait, ce qu'elle avait prévu, mais je changeai en cours de phrase. « C'est quoi ça ? Qu'est-ce que tu fous avec moi ? Qu'est-ce que tu vois en moi ? »

Elle sortit du parking, prit la courte et sinueuse rue qui va de San Raphael Crescent à Hollywood Boulevard, puis Sunset Boulevard où, quelques minutes plus tard, la voiture dépassa le strip-club. Les bars et restaurants branchés avaient fait leur plein de silhouettes de jeunes gens, les cheveux en pétard, une bouteille de bière à la main, de filles au corps sculpté, avec leur rouge à lèvres brillant et des robes très décolletées, et j'entendais leurs éclats de rire, les vibrations des basses d'une pop insipide qui polluait l'air déjà chargé de la nuit. « Je vois toutes sortes de choses angéliques en toi... » me dit finalement Angela, « de l'authenticité, de la sincérité, de la pureté, mais maintenant... – elle me tendit la ceinture de mon peignoir, qui serpentait sur ses genoux – ... maintenant, j'ai besoin que tu ne voies rien. »

Je fus d'abord troublé par sa logique alambiquée, puis je crus comprendre ce qu'elle voulait dire : « Tu veux que je porte un bandeau sur les yeux ?

– Tu as dit que tu me faisais confiance.

– Je sais, mais... » Je respirai et sentis l'odeur de l'habitacle de ce qui avait été la Cadillac couleur bordeaux de ma mère, la poussière accumulée depuis des années, le relent persistant, nauséeux, du lait que, dans un lointain passé, j'avais renversé sur le siège arrière, et le parfum que portait Angela ; je respirai aussi la foi, la conviction, la confiance.

Je cédai et attachai la ceinture autour de mes yeux.

« Tu ne dois rien voir.

– Combien de temps ça va durer ? » Je cherchai une indication, un signe, n'importe quoi, même vague.

Angela hésita. « C'est difficile à dire. »

Je baissai la vitre et sentis le vent chaud sur ma peau. J'aspirai profondément l'air de la ville, les gaz d'échappement des voitures et l'odeur des fleurs, de l'herbe fraîchement coupée.

Je passai ma tête par la fenêtre comme un chien.

Je hurlai : « Nous sommes sur l'autoroute. » Le vent balayait mon visage. Il sentait l'essence et les gardénias.

« Tu es un parfait détective. » Je pouvais entendre le petit sourire narquois sur ses lèvres. Je pouvais entendre l'arc froncé de ses sourcils. « Mais est-ce que tu sais dans quelle direction nous allons, Lieutenant Columbo ? »

J'avouai mon ignorance.

On a ainsi roulé dans la nuit, moi sous mon bandeau, fenêtre ouverte, jusqu'à que je sente la circulation ralentir.

Angela, arrêtée à un feu rouge, allait tourner.

« Est-ce qu'on peut me voir ? » demandai-je.

Elle ricana. « On ne voit que toi. Les gens te montrent du doigt, Angel, ils rient.

– V*raiment ?*

– Bon Dieu, dit-elle, ce que tu peux être parano.

– On est presque arrivés ?

– Presque. »

On a roulé encore un moment. J'écoutais les bruits provenant des autres véhicules, les roues sur la chaussée, le vacarme des autoradios. Nous étions partis depuis environ quarante-cinq minutes, ce qui à L.A. veut dire que nous pouvions être n'importe où.

« Nous y voilà », dit-elle enfin en arrêtant la voiture.

J'allais enlever le bandeau, mais Angela retint mes mains.

« Pas encore, dit-elle.

– Ça commence à être… » Je cherchai le mot juste. « *Vertigineux.*

– Bientôt, me promit-elle.

– Est-ce que je peux au moins descendre ?

– Fais attention. »

J'ouvris la porte et descendis sur la chaussée, mains tendues pour être sûr qu'il n'y avait rien devant moi. De ne rien voir me perturbait. J'avais le sentiment qu'un pas en avant me précipiterait du haut d'une falaise, un saut dans le pur espace, ou peut-être pire, quelque chose de pointu, un cactus ou un mur de clous. J'avais serré si fort le bandeau qu'une troublante galaxie d'étoiles, des guirlandes de néons et des motifs commencèrent à illuminer l'écran de cinéma dans ma tête.

Je sentis la main d'Angela sur mon poignet, une légère pression. « Par ici », dit-elle. Elle me guida à travers ce que je pris pour un parc de stationnement, puis me fit attendre tandis qu'elle ouvrait une porte. Un bruit de métal contre métal, et quelque chose se ferma derrière nous avec un lourd *clang*. « Par ici », dit-elle, m'entraînant plus loin.

On est arrivés dans ce qui semblait être une grande pièce, avec un sol de marbre. Nos pas résonnaient.

« Qu'est-ce qu'on attend ?

– Pas de question. Tu me fais confiance, n'est-ce pas ?

– Tu sais combien c'est dur pour moi ?

– Je sais, petit prince, dit-elle, je sais.

– Ma mère avait l'habitude de m'appeler comme ça. » Tout le temps. C'était le surnom qu'elle m'avait donné, en fait. Elle disait toujours que je lui ressemblais.

« Tout seul sur ta petite planète, tout seul dans ton appartement de fou, cerné par tes bouquins et tes piles de papier de couleur… Je comprends pourquoi.

– Tu es en train de me sortir de ma coquille, dis-je. C'est ça ? C'est un stage de reconversion ?

– Absolument. Ce sont des cours du soir. »

J'entendis le chuintement des portes d'un ascenseur et je fus poussé dedans. Il y eut une courte perte de contact quand Angela appuya sur un bouton, puis une pause, un infinitésimal affaissement, puis je sentis l'ascenseur monter, toujours plus haut.

Je me demandai quelle était la hauteur de l'immeuble. On montait trois étages, ou trois douzaines ?

L'ascenseur s'arrêta, et les portes s'ouvrirent dans un bruissement électrique.

Elle me guida dans un hall, puis on tourna. « Attention, me dit-elle en me pilotant par la taille. Il y a des escaliers droit devant toi. »

Je levai un pied, hésitant, et sentis la première marche.

« Pas trop vite. »

Je levai un pied à nouveau, marche après marche.

« Un palier, dit-elle. Tourne ici. »

Je tournai, grimpai trois marches, et entendis le grincement d'une porte qui s'ouvrait.

« Prêt ? »

Je sentis une brise, un vent frais qui se mêlait à la chaleur. Et quelque chose de vaguement familier, quelque
chose de pénétrant, âcre, presque chimique.

Je dis « Tu ne peux pas savoir à quel point je suis terrifié.

– N'enlève pas encore le bandeau, en aucun cas… » Je
la sentis déboutonner ma chemise.

Je reculai, inquiet. « Seigneur, qu'est-ce que tu fais
maintenant ?

– Aie confiance, Angel. Tu as dit que tu me faisais
confiance. Tu te souviens, non ? »

J'abandonnai et laissai Angela m'enlever la chemise.
Puis elle commença à s'occuper du pantalon.

« Est-ce qu'il y a du monde ici ? je lui demandai dans
un souffle. Est-ce que quelqu'un peut voir ?

– Tu entends quelqu'un ? »

Je tendis l'oreille. Rien, sauf le sifflement du vent et le
grondement lointain de la circulation, et quelque chose…
quelque chose d'étrange, comme du verre qui se brisait,
très loin.

« Il n'y a personne, dit-elle. Rien que nous.

– Tu le jures ?

– Je le *jure*. Maintenant enlève tes sandales. »

Je me baissai et les retirai avec regret.

Elle défit le bouton du pantalon, fit glisser la fermeture
éclair de la braguette, et tira sur la taille.

J'en sortis, conscient qu'il ne me restait plus que mon
caleçon gris, ne sachant ni où j'étais, ni qui me regardait.

Je demandai « *Maintenant ?*

– Attends. » J'entendis le bruit de ses chaussures
qu'elle balançait, de son jean qu'elle faisait glisser, de
son t-shirt qu'elle passait au-dessus de sa tête. « Je veux
que tu fasses un pas en avant. » Elle était quelque part

derrière moi. » Avance, un petit pas à chaque fois, Angel. Tu peux faire ça ? »

Je fis comme elle le demandait, les bras tendus, tâtonnant.

« Encore un pas, dit Angela. Encore un tout petit… pas. » Je sentis son corps nu s'approcher, se coller au mien. Je sentis ses lèvres contre mon oreille, murmurer « Garde les yeux fermés jusqu'à ce que je te dise de les ouvrir, d'accord ? »

Je hochai la tête, et elle retira la ceinture de mes yeux.

Je luttai contre l'envie d'ouvrir les yeux et de voir où j'étais.

Ses lèvres étaient tout contre mon oreille, et je sentais sa bouche humide. « *Prêt ?*

– Prêt », répondis-je. Mais je ne le désirais presque plus. L'obscurité était devenue subitement réconfortante.

« Ouvre les yeux. »

*

Le temps d'accommodation est beaucoup plus important pour une personne qui a des yeux aussi pâles que les miens. La transition de l'obscurité à la lumière prend quelques secondes de plus que chez la plupart des gens. Dans un œil normal, l'iris agit comme l'obturateur d'une caméra et règle la quantité de lumière qui passe vers la rétine. Quand la quantité de lumière diminue, le muscle dilatateur de l'iris modifie les dimensions de son orifice central, dilatant la pupille pour permettre à la lumière d'atteindre la rétine. Quand trop de lumière pénètre dans l'œil, le muscle de l'iris la rabat sur le centre, la pupille rétrécit et laisse entrer moins de lumière. Une personne atteinte d'albinisme, cependant, n'a aucune pigmentation de l'iris. La pigmentation normale entraîne l'opacité, ce qui bloque la lumière ; une absence de pigmentation permet à la lumière de se répandre dans tout l'œil. C'est ce qu'on appelle une *transillumination*.

C'est pourquoi je bats toujours des paupières. J'essaie de réguler la quantité de lumière qui explose sur mes rétines non protégées.

À cet instant, j'imagine, mes pupilles étaient très fortement dilatées, permettant au maximum de lumière de pénétrer.

La mélanine est aussi importante dans le fonctionnement et le développement de la rétine. Parce que je suis un albinos oculo-cutané, mes rétines ne se sont pas développées correctement dans la petite enfance, ce qui veut dire qu'elles ne traitent pas la lumière aussi efficacement qu'elles le devraient. J'ai la chance que ma vision soit relativement normale. Beaucoup d'albinos sont pratiquement aveugles.

Quoi qu'il en soit, la lumière provoque une réaction chimique dans les photorécepteurs, ou les cônes et bâtonnets dans la rétine. Les photorécepteurs activés stimulent les cellules bipolaires, qui stimulent en conséquence les cellules ganglionnaires. L'excitation périphérique remonte le long des axones des ganglions avant d'atteindre par le nerf optique le centre de la vision, à l'arrière du lobe occipital. Surprenant, le cerveau peut détecter *un simple photon de lumière* absorbé par un photorécepteur.

Au début, je ne saisis qu'une lueur blafarde, vacillante.

Je vis une tache de bleu, puis une ondulation argentée.

Or.

Le reflet d'une lune lumineuse, liquide.

Des lampes couleur safran brûlaient sous une surface vitreuse, un plan qui oscillait sous un jeu de lumière ondoyante créant des formes éphémères… des formes qui se divisaient, puis se regroupaient, s'étoilaient comme du verre.

Je n'avais jamais de ma vie ressenti le besoin de retenir mon souffle.

Je retins mon souffle.

Angela était encore juste une voix à mon oreille, des lèvres douces contre ma peau. Elle disait « *Regarde* ».

Je levai les yeux.

Les fenêtres avaient des phosphorescences de lucioles. Des silhouettes sombres s'élevaient contre un ciel orange-bleu cendré piqueté par les écrans perlés des enseignes lumineuses bleues et blanches et rouges et vertes et le scintillement des feux de circulation.

« Où est-on ?

– Avance. »

« Comment as-tu… »

Il n'y avait personne ici. Personne, sauf nous.

« Avance, dit-elle. Encore un pas. Encore un tout petit pas, petit prince. »

J'étais tout à fait au bord. Je fermai à nouveau les yeux et avançai d'un pas.

Un éclair blanc. Aveuglant. Une sensation de froid.

Je m'abandonnai, laissai mon corps s'engloutir et ma peau s'adapter à la nouvelle température. Une fois au fond, j'ouvris les yeux et regardai vers le ciel noir et la surface de l'eau argentée par la lune. Puis Angela sauta à son tour dans un éclaboussement, et je vis son visage s'approcher rapidement, les dents éclatantes, les yeux souriants. Elle était nue. Alors, je retirai mon caleçon et, remontant à la surface, le lançai sur le bord de la piscine.

J'étais nu, aussi.

Elle surgit dans une gerbe d'eau en repoussant de son visage les mèches mouillées de ses faux cheveux blonds.

« Je connais le gérant, me dit-elle, à bout de souffle. C'est un club de mise en forme. Mais il ne reste pas ouvert si tard. Il est rien que pour nous, cette nuit. »

Je découvris que j'avais pied au milieu de la piscine, l'eau à hauteur des épaules. Angela nagea maladroite-ment dans ma direction. « Je ne suis pas une très bonne nageuse, dit-elle en riant. Tu devras venir à mon secours si je coule. » Elle barbota vers moi et mit ses mains sur mes épaules.

« Qu'est-ce que c'est ? demandai-je à nouveau. Qu'est-ce que tu vois en moi ? »

Elle regarda vers le haut, vers le bas, sur les côtés, tout à la fois. Tout à coup, elle était comme une enfant timide. « Tu veux connaître la vérité, Angel ?

– La vérité. Oui. S'il te plaît. »

Elle s'éloigna alors brusquement, avec un rire étrange.

« Tu veux vraiment savoir ?

– Je veux vraiment savoir.

– Vous êtes tous les mêmes, tu sais ?

– Qui, tous les mêmes ?

– Les hommes.

– Quels hommes ? »

Elle roula les yeux.

Je répétai. « *Quels hommes ?* »

Soudain, elle coula, disparut sous la surface.

J'attendis qu'elle remonte, regardant la forme de son corps s'agiter au fond comme un écran de télévision qui scintille.

Mais elle ne remonta pas.

J'attendis encore cinq secondes… et encore dix…

Qu'est-ce qu'elle pouvait bien fabriquer ?

Je n'allais pas attendre plus longtemps. Je plongeai et essayai de placer mes bras sous les siens. Je dus me battre pour retenir ses membres glissants. Elle luttait contre moi, lâchant des bulles, et cherchait à se dégager. Il me fallut l'empoigner pour la tirer vers la surface.

Elle suffoquait. Elle chercha à retrouver son souffle, toussa.

« *Bon sang, c'était quoi ça ?*

– Tu vois ? dit-elle, en continuant de tousser. Tu m'as sauvée. Je me noyais, et tu m'as sauvée. »

Je la soutenais dans l'eau, en m'assurant qu'elle pouvait respirer. « Tu veux dire métaphoriquement ?

48

– Métaphoriquement. » Elle secoua la tête, toujours en toussant. « Oui, Angel… métaphoriquement.

– Ça ne peut pas être que ça. » Je la relâchai. « Que je te sauve, que je sois là quand tu…

– Pourquoi pas ?

– Parce qu'alors je pourrais être n'importe qui.

– Tu es *tellement* le contraire de n'importe qui. » Angela me repoussa à nouveau et se dirigea vers le côté peu profond de la piscine.

« Mais tu tomberais amoureuse de la première personne qui te sauverait ? Un pompier, un policier…

– Qu'est-ce que les gens voient chez les autres ? demanda-t-elle. Pourquoi tombe-t-on amoureux de quelqu'un ? » Elle m'envoya de l'eau au visage. « Si tu y regardes de près, dit-elle d'un ton enjoué, ça disparaît.

– Tu penses réellement ça ?

– Angel, est-ce que tu te rends compte, continua-t-elle, de ce que tu as fait ? Tu es venu ici avec un bandeau sur les yeux et tu n'as pris aucune de tes pilules.

– Peut-être que j'en ai pris tellement qu'il m'en reste encore dans l'organisme et ça me soutient psychologiquement. Peut-être que le bandeau a en quelque sorte joué un tour à mon mental. » C'était une suggestion.

Elle se contenta de rire.

Je laissai tomber. J'avais une autre idée en tête. « Je veux te dire quelque chose.

– Quoi donc ?

– Quand tu n'es pas là, lui confessai-je, je m'effondre, je reste allongé en pensant à toi, je ne mange pas, je ne dors pas, je ne prends pas mes médicaments, je souris tout le temps, je ris très fort et il n'y a personne à côté… Je regarde dans le vide. »

Angela rit. « Moi aussi. » Elle nagea vers moi. » Moi aussi, comme toi. »

Je regardai autour. « Comment as-tu su ?

– Su quoi ?

– Quand j'étais petit, c'était ce que j'aimais le plus. Ma mère m'emmenait, dans tous ces hôtels. Elle parlait au directeur. "Mon fils, à cause de sa peau." Alors ils ouvraient la piscine la nuit et me permettaient de venir nager. Comment as-tu su ? Je te l'ai dit ? »

Angela ferma les yeux et tendit le bras sur la surface de l'eau pour poser sa main couleur d'automne sur mon épaule couleur d'hiver.

*

Je le lui racontai une nuit. Quand j'avais sept ans, je m'étais mis en tête que si je m'exposais une fois à un bon coup de soleil, ma peau prendrait de la couleur, développerait de la mélanine, n'importe quoi, et je serais débarrassé de ce teint pâle en rose et blanc. Il me suffirait de prononcer le mot *bronzage*, en levant les bras dans la lumière californienne, de fermer les yeux comme en prière pour m'en protéger, et ce mot dit à haute voix stimulerait magiquement la pigmentation. Je me souviens que j'étais étendu sur une chaise longue près de la piscine aux carreaux de mosaïque bleu et or de mes parents, dans notre ancienne maison sur Rexford Drive, laissant mon corps mariner dans l'huile de bronzage maternelle. Ne portant que mon slip, je me tournais et retournais comme un poulet sur sa broche. Je fermai les yeux sous le ciel de mi-juillet de Beverly Hills, au rayonnement si dur qu'il s'enflammait et ondulait sous mes paupières, les couleurs oscillant de l'ultraviolet à l'infrarouge.

Rouge. Orange. Jaune vif. Feu.

La gouvernante me découvrit. Elle m'arracha de la chaise longue et m'emporta dans la cuisine, tout en marmonnant en portugais. La pauvre Annabelle me badigeonna de gras. Elle avait pris un rouleau de beurre dans le réfrigérateur, et se graissant les mains, elle l'étala sur ma peau. Au début, le beurre me parut frais, puis progressivement, il se réchauffa et ramollit. Partout, il fit des bulles, fondit. En quelques minutes, les couches superficielles de mon épiderme se soulevèrent en un fin tissu cloqué. Des petites nodosités, dures au début, comme du braille, se formèrent, courant le long de mon dos, sur ma poitrine, mon front, mes joues et mon nez, une chaîne de cloques couvrit mes jambes jusqu'aux genoux. Mes jambes et mes bras se mirent à gonfler, puis mes paupières et mes lèvres à enfler aussi, et tout mon visage ne fut plus qu'une énorme boursouflure.

Ma mère, chargée de paquets, entra à ce moment-là dans la cuisine dans un bruissement de papier de soie pastel. Elle posa les paquets et porta une main osseuse à sa bouche. « Qu'est-ce que tu as fait ? dit-elle. Angel, Angel, Angel… *qu'est-ce que tu as fait ?*

– J'ai bronzé.

– Jamais, jamais, jamais. » Elle se tourna vers Annabelle. « Qu'est-ce que vous lui avez mis dessus ?

– Du beurre, expliqua Annabelle.

– Du *beurre* ? Allez chercher des serviettes. » Ma mère était grande et blonde, avec des yeux gris clair, intelligents. Elle était encore belle à l'époque, encore humaine. « Allez chercher des serviettes et trempez-les dans de l'eau froide, dit-elle. *Vite.* »

Annabelle courut vers le placard à linge tandis que les doigts agiles de ma mère, telles des pattes d'araignée, parcouraient la peau cloquée et beurrée du gamin de sept ans que j'étais.

Je me souviens. J'ouvris la bouche et me mis à crier.

*

« Allô ? »
Angela dit mon nom.
Puis, *clic*.

51

*

Maintenant aussi, j'avais envie de crier.

Tenant toujours le téléphone, j'entrai dans le séjour.

Dans la scène qui passait à la télévision à ce moment, Deckard est assis en face de Rachael et dirige sur ses yeux un instrument futuriste de test d'empathie. Il récite un scénario après l'autre.

« Vous avez un petit garçon, dit Deckard. Il vous montre sa collection de papillons, plus le bocal où il les tue. »

Rachael porte nerveusement sa cigarette à ses lèvres rouges et charnues, et ses yeux sont si liquides qu'ils semblent sur le point de déborder.

« Je le signale à la police, me répondit l'opérateur du 911. Je leur transmets tout ce que vous m'avez dit. »

Je passai le reste de la journée à faire des allers et retours sur le flokati, attendant que le téléphone sonne, espérant le bruit familier des hauts talons d'Angela sur les marches de l'entrée. J'avais dû appeler son mobile une centaine de fois, laissant des messages de plus en plus affolés. Pourquoi ne répondait-elle pas ? J'étais incapable de m'asseoir, incapable de penser à autre chose qu'au son de sa voix et à la terreur que j'y avais perçue, ce murmure, presque inaudible, qui disait mon nom.

Je me la représentai : elle était ramassée sur elle-même, les lèvres tremblantes, les bras serrés autour des genoux, des larmes aux yeux, avec comme unique source de lumière le cadran de cristaux liquides lumineux de son mobile.

Avait-elle appuyé sur mon nom ? Y avait-il marqué *Angel* ?

« Mask », répondit un homme.

Le jour était fini. La nuit sombre s'était installée.

52

On entendait de la musique dans le fond, si on pouvait appeler ainsi ces hurlements stupides sur un rythme toxique. C'était du disco monstrueux, de la musique de danse transformée en marche funèbre accélérée.

Et pourquoi ne m'avait-elle pas rappelé ? Qu'attendait-elle ? Tout cela confirmait que j'avais raison.

Quelque chose était arrivé. Quelque chose de grave.

« Je me demandais si Angela travaillait ce soir », dis-je en essayant d'avoir l'air détaché.

J'avais pensé que c'était une bonne idée de vérifier. Je me trompais peut-être à propos du noir, de l'obscurité. Elle avait peut-être appelé du club et son téléphone était mort. Ou réfléchi à quelque chose qu'elle devait faire et changé d'avis juste au moment où je répondais.

« *Qui ?*

– Angela. Une danseuse. Elle est plutôt grande, la peau brune – ah, merde. » Je me rappelai tout à coup. « Je veux dire *Cassandra*. Je pense qu'elle danse sous le nom de Cassandra.

– Les danseuses utilisent leur propre téléphone.

– Elle ne répond pas sur le sien. En fait, je n'ai pas besoin de lui parler, je veux juste savoir si elle est là.

– Il y a plein de filles ici. Pouvez-vous attendre un moment ? »

J'attendis.

Je restai à l'entrée de mon appartement, espérant l'entendre monter les escaliers.

« Hé ! » Le type du téléphone criait à quelqu'un. « Y a un mec qui veut savoir si Cassandra est ici ! » J'abaissai des lames du store de la cuisine et jetai un œil sur le parking. L'horloge bleue de la machine à café indiquait neuf heures trente. Il avait dû obtenir une réponse car le type revint en ligne et me dit : « Cassandra ne travaille pas ce soir. Peut-être une autre fois, okay, chef ? »

Les carreaux du sol de la cuisine se transformèrent tout à coup en glace sous mes pieds. Je ressentis une crampe, comme si un poing s'était incrusté dans la plante. Je raccrochai le téléphone et retournai en sautillant dans le séjour, m'installai sur le flokati, puis massai mon pied. À la télévision, le répliquant Roy était en train de casser les doigts de Deckard. « Ça c'est pour Zhora », disait-il en les faisant craquer l'un après l'autre. « Ça c'est pour Pris. »

Je m'assis à mon bureau, pivotai sur le vieux fauteuil grinçant et continuai à me masser le pied.

D'où j'étais, je pouvais voir dans la cuisine l'étagère envahie par les bouteilles d'alcools et de médicaments. Je pouvais voir la bouteille à moitié pleine de Jack Daniel's sur le comptoir, et la bouteille presque vide de Stoli. À côté, des flacons plastique d'antidépresseurs, antipsychotiques et anxiolytiques. C'était un exposé, je le compris, de mon propre déclin, un site archéologique révélant les artefacts de ma déchéance.

« Angel ? » avait dit Angela.

Je repensai tout à coup à mon aura :

Rouge. Orange. Jaune vif. Feu.

Le téléphone sonna.

« Angela ?

– Angel, c'est moi, me dit une voix douce. C'est Melanie. »

Merde. Foutre. Con. C'était la femme de mon père. Je poussai un gros soupir. « Comment vas-tu, Melanie ?

– Je suis si contente de t'entendre. » Elle eut un petit rire nerveux. « D'habitude, j'ai ton répondeur. Qui est Angela ?

– C'est juste, hum… » Je ne savais pas quoi lui dire. « C'est quelqu'un… c'est une amie.

– Oh, dit Melanie. Bien, je voulais t'inviter à dîner samedi ou dimanche. Ton père ne tourne pas en ce moment, donc il passe pas mal de temps à la maison, et j'ai pensé que ce serait formidable si tu pouvais venir voir Gabriel. » Gabriel, leur fils, a quelque chose qui ne va pas. Ses yeux sont vides, ils ne réagissent pas. Il se balance d'avant en arrière et parle charabia dans ses genoux. « Tu sais… Il commence à sortir de sa coquille, et…

– Melanie, excuse-moi, j'attends un coup de fil d'un instant à l'autre. Est-ce que je peux te rappeler ?

– Bien sûr, Angel, c'est juste que… »

*

La nuit où elle m'avait emmené à la piscine, Angela m'avait regardé longuement dans les yeux, un de ces regards qui vous mettent mal à l'aise et gâchent l'instant. Je me retenais de l'interroger sur son passé, d'où elle venait, quel était son nom, où habitaient ses parents, tout ce qui pouvait me révéler la vie qu'elle avait vécue avant de sonner à ma porte, la cocotte orange dans les mains, la gentillesse inscrite sur son visage. Je m'étais retenu parce que j'avais peur, si je grattais trop la surface de la réalité, de m'y perdre.

Mais je veux que vous la voyiez. Je veux que vous voyiez Angela comme je l'ai vue, que vous viviez le moment où elle est apparue à ma porte, tenant cette cocotte ridicule, l'odeur du ragoût qui se répand comme un parfum dans l'escalier, la façon dont elle s'est approchée de moi cette nuit-là au club, le bonheur irradiant de son corps tout entier. Je veux que vous sentiez ses poignets, tout os et si peu de chair, ses cuisses tout de chair et pas d'os. Je veux que vous sachiez ce que c'est que de sentir ses pieds secs sur mes pieds, la fraîcheur de sa peau sur ma peau, la chaleur de son souffle qui se fond dans mon souffle, ses membres emmêlés aux miens. Que vous imaginiez la façon dont ses vrais cheveux, sombres à la racine, se séparent sur sa nuque, et le léger duvet noir au creux de ses reins qui tournoie comme une galaxie miniature. Je veux que vous vous représentiez les délicates rides au coin de ses yeux comme le plissé d'une feuille de paraffine et les implants de gel dans ses seins, les fines lignes de cicatrices qui tirent sur la peau.

Elle était un univers.

Le mascara qui lui coule autour des yeux, le rouge à lèvres qui barbouille sa bouche après tant d'heures, de nuits passées en baisers. La sensation de sa langue, de ses lèvres, cherchant, goûtant, de ses mains fraîches sur mon corps, ma peau, de ses doigts longs et fins. Je veux que vous la voyiez comme je l'ai vue, la sentiez comme je la sens encore, comme je la sentirai toujours.

Si je pouvais, je laisserais chacun de vous partager ces souvenirs, ces images d'Angela, je laisserais entrer le monde en moi juste pour qu'il la rencontre, si seulement vous pouviez comprendre ce que j'ai ressenti quand elle a disparu.

On ne donna visiblement pas à mon appel un caractère d'urgence car la police n'arriva pas avant deux heures et quart du matin. Entre-temps, en dépit de la quantité conséquente d'Ativan que j'avais absorbée, assortie d'une ou deux prises calmantes de Jack Daniel's, mon anxiété s'était transformée en complète hystérie. Incapable de rester assis, j'avais marché de long en large pendant des heures. À l'appel de l'interphone, j'avais foncé vers le petit écran noir et blanc de la caméra de surveillance.

Ils étaient là, entre les deux palmiers nains, deux flics, un mince, un gros, tels Laurel et Hardy. Je déclenchai l'ouverture et écoutai leurs pas lourds sur les marches de béton poncé de l'escalier.

« C'est moi qui ai appelé », dis-je aux flics quand ils frappèrent à la porte d'Angela. Agressé par la cruelle fluorescence, je détournai les yeux. « Angela n'est pas là. »

L'un des deux, le maigre, demanda « Quel est le problème, monsieur ? »

L'autre soupira et mit une main sur son arme, en me lançant un regard de total désintérêt.

« Ma petite amie. Quelque chose lui est arrivé.

– Avez-vous entendu quelque chose ?

– Elle m'a appelé.

– Elle vous a appelé.

57

– Elle a appelé et dit mon nom. »

Le maigre ôta sa casquette et repoussa ses cheveux en arrière. « Okay… » Il remit sa casquette.

« Et puis elle a raccroché.

– Quel est son nom déjà ?

– Angela.

– Son nom de famille ? »

Je me rendis compte que je ne le connaissais pas.

Silence. Les flics me regardèrent attentivement. « C'est votre petite amie et vous ne connaissez pas son nom de famille ? »

Je n'avais pas de réponse.

« Vous êtes albinos ? »

Je soupirai.

Un des flics essaya la poignée de la porte, qui s'ouvrit sans difficulté.

Je m'en voulais de ne pas avoir essayé moi-même. J'avais dû frapper à la porte une bonne cinquantaine de fois. Pourquoi n'avoir pas tourné cette stupide poignée ?

« Depuis combien de temps la connaissez-vous, monsieur ? » Le gros, qui louchait de l'œil gauche, paraissait intelligent. L'autre flic, le maigre, les traits anguleux, semblait fatigué, et clignait des yeux injectés de sang. Il enleva sa casquette et se passa à nouveau les doigts dans les cheveux. Un geste qu'il n'arrêtait pas de faire et de refaire.

« Elle s'est installée ici il y a quelques semaines à peine. » J'essayai de me souvenir du nombre de séances de psychothérapie que j'avais annulées. Je n'avais pas vu une seule fois le Dr Silowicz depuis qu'Angela et moi nous étions rencontrés. « Peut-être un peu plus. Je ne sais pas, un mois, six semaines ?

– Je me demande pourquoi elle n'a pas fermé la porte.

– Elle fait confiance.

– Ah ouais ? »

Je rectifiai. « Elle oublie aussi.

58

« – C'est plus vraisemblable. »

La réflexion venait du maigre. « Vous dites qu'elle vous a appelé ? » Il retira sa casquette et fit courir ses doigts dans ses cheveux.

« Et je pouvais sentir au son de sa voix qu'elle appelait d'un endroit clos, dans le noir, donc je crois –

– Attendez, attendez. Vous dites que vous le sentez au son de sa voix ? »

J'acquiesçai.

Il marqua une pause, me regarda longuement. « J'essaie de comprendre ce que vous voulez dire par là, monsieur. »

Je laissai passer une demi-seconde avant de répondre. « Elle appelait d'un endroit… à l'intérieur de quelque chose… Je pouvais l'entendre. Je pouvais l'entendre à la façon dont elle a dit mon nom.

– Elle parlait bas, en chuchotant ?

– Exactement. Donc, il devait faire très sombre. Cela devait être –

– Vous êtes capable de dire qu'il faisait noir à l'endroit d'où elle appelait ? » C'était le maigre à nouveau, incrédule.

« Elle a dit mon nom. »

Les deux flics entrèrent chez Angela et le gros alluma le plafonnier. Comme d'habitude, je portai une main à mes yeux pour me protéger de la lumière.

« Votre nom ?

– Quoi ?

– Vous avez bien dit qu'elle avait prononcé votre nom ?

– C'est ce que je vous ai dit.

– Et c'est quoi ?

– Angel.

– Angel comment ? »

Je lâchai, réticent : « Veronchek.

– Ohé ? Ohé ? Y a quelqu'un ? » demanda le gros à la cantonade.

Je restai sur le pas de la porte et regardai à l'intérieur, soudain conscient que je n'étais jamais entré dans l'appartement d'Angela.

De toute façon, il n'avait rien de spécial. Un petit canapé bleu. Un fauteuil à bascule en rotin blanc. Une table de cuisine assortie, en rotin blanc aussi, avec un dessus de verre, et deux chaises pliantes en aluminium. Le tout était flambant neuf et semblait avoir été livré la veille. Les murs étaient blancs, sans aucune décoration.

« Regarde dans la chambre à coucher, Trip. »

Je suivis le flic nommé Trip, le gros, dans la chambre à coucher, qui sentait le citron, les épices et le musc, comme Angela, en fait – ce devait être le parfum qu'elle portait. Le plafonnier était déjà allumé. Quelques boîtes en carton vides s'empilaient sous la fenêtre qui donnait sur le parking. Le lit, dont je pouvais voir qu'il était neuf aussi, était recouvert d'un édredon bleu pâle et de coussins assortis, avec les étiquettes NE PAS ENLEVER encore attachées. Son emballage plastique avait été roulé dans un coin. Sur le sol, se trouvaient un réveil digital avec des chiffres rouges, énormes et lumineux, et deux valises, des Samsonite à la coque rigide, de même taille, une bleue, une rouge, d'où dépassaient en vrac des jeans, des t-shirts et des sous-vêtements.

Trip se tourna vers moi. « Oh merde ! dit-il, vous n'êtes pas censé être là.

– Pourquoi pas ?

– Et si c'était une scène de crime ? Vous n'avez touché à rien, j'espère. »

Je regardai mes mains. « Une scène de crime ? »

Il soupira.

« Le placard, dis-je. Vérifiez le placard. »

Il ouvrit la porte.

« Il n'y a rien là-dedans non plus. Des chaussures… nada. »

Je me postai derrière lui et regardai par-dessus son épaule. Je ne vis que quelques paires de chaussures à talons hauts et trois robes sur des cintres en fil de fer.

« Que fait-elle ? demanda le flic.

– Que voulez-vous dire ?

– Son boulot, c'est –

– Elle est danseuse. En attendant de trouver autre chose.

– Eh bien – Trip se tourna vers moi – elle a peut-être trouvé autre chose, parce qu'elle n'est pas là.

– Voilà ce qui s'est passé. » L'autre flic, celui que je prenais pour un idiot, le maigre aux yeux injectés de sang, sortit de la salle de bains. « Voilà ce qu'il est *advenu*. » Il dit ce mot comme quelqu'un qui vient de le découvrir dans une pochette-surprise. « Elle appelle de son mobile, fait votre numéro, n'est-ce pas, et vous répondez. Elle dit votre nom, puis, comme ça, d'un coup, elle perd la connexion. Cela arrive tout le temps. Son appareil ne reçoit plus les signaux, ou elle passe dans un tunnel.

– Elle appelait dans le noir. » Je l'avais entendu dans sa voix. Dans l'obscurité. Et la peur. « Et pourquoi n'a-t-elle pas rappelé ? »

Il se fit conciliant. « Bon, elle était dans le noir quelque part. Vous avez peut-être raison. Un bar ou ailleurs, probablement là où elle travaille.

– Il y aurait eu de la musique à fond si elle avait appelé de son travail. » Je secouai la tête. « J'y ai été. Et en plus, je leur ai déjà parlé, elle ne travaille pas ce soir. Ce devait être un endroit petit, fermé, comme un placard. » Une nouvelle idée me vint à l'esprit. « Ou le coffre d'une voiture. » J'imaginai une obscurité dense, une atmosphère suffocante, deux mains autour du cou d'Angela et des doigts qui serrent.

« Où est-ce ?

– Quoi donc ?

61

« – Là où elle travaille.

– Le Velvet Mask. C'est sur… »

Il roula les yeux. « On sait où *ça* se trouve.

– Monsieur, déclara Trip, en secouant la tête, vous ne pouvez pas dire d'une personne qu'elle est dans le noir juste au son de sa voix. » Je crus comprendre qu'il commençait à perdre patience, avec ce mutant blanc et son peignoir de bain défraîchi dans la nuit de West Hollywood.

« Pouvez-vous la décrire ?

– La décrire ? »

Nous étions revenus dans mon appartement pour que je puisse faire une déclaration complète.

« Son apparence. » C'était le flic idiot qui posait la question. Il fit courir ses doigts dans ses cheveux, remit sa casquette.

« Elle est noire, dis-je. En tout cas, je pense qu'elle l'est. En partie du moins. Peut-être espagnole.

– Peau claire ? foncée ? »

Je répondis « Entre les deux. Entre les deux à la lumière. Cannelle. Chatoyante. »

Trip ricana. « Peau cannelle.

– Aucun signe particulier dans son apparence ? demanda le maigre. Je veux dire, mis à part son chatoiement ?

– Ses yeux changent de couleur. »

Ils me regardèrent attentivement.

Je précisai. « Parfois, ils sont bleus, d'autres fois bruns. »

Trip murmura en prenant des notes. « Elle porte peut-être des lentilles de couleur.

– Joli corps ?

– Elle a les seins refaits », dis-je, en faisant un geste englobant. J'avais senti les implants sous la peau.

« Quelle taille ?

– Grande, je dirais. » Je réfléchis, essayant de repérer où elle m'arrivait. Je mesure un tout petit plus d'un mètre quatre-vingts. « Un mètre soixante-douze. Un mètre soixante-quinze peut-être. » Je persiflai. « Et là, je suis sûr que sa taille est à elle. »

Nous étions tous les trois sur le flokati, et je m'inquiétais de ce qui pouvait leur coller aux semelles.

Sur l'écran télé se déroulait la scène où Leon prend un container d'azote liquide et en extrait des globes oculaires androïdes.

« Ça passe à la télé ? demanda Trip.

– C'est un DVD.

– Oh. » Il hocha la tête.

« Vous ne pouvez rien faire d'autre ?

– Il ne s'est rien passé, dit le maigre.

– Rien qui indique quelque chose d'irrégulier », dit Trip, en scrutant autour de lui, comme si Angela avait pu se cacher dans mon appartement.

Quelques secondes plus tard, ils se dirigèrent vers la porte. « On ne peut rien, quand bien même on voudrait », dit Trip.

Sarcastique, je commentai. « Tout ce que vous avez, c'est une femme disparue.

– Non, ce que vous avez, vous, c'est une femme disparue. Ce que nous avons, nous, c'est quelqu'un qui nous dit qu'il a reçu un appel téléphonique. Vous devez comprendre, dit le flic maigre, nous recevons toute la nuit ce genre d'appels de cinglés. » Il avait ôté sa casquette et ramenait de nouveau ses cheveux en arrière, encore et encore. « Il n'y a aucune preuve que quelque chose se soit passé. Rien qui nous mène à cette conclusion. De toute façon, ajouta-t-il, moi, je pense plutôt qu'elle a taillé la route.

– Elle m'aurait prévenu.

– Vous la connaissez bien ?

– Que voulez-vous dire ? » Je me passai les mains sur le visage.

« Vous avez dit que c'était votre petite amie, alors – »

Trip rigola. « Il ne connaît même pas son nom de famille.

– Y a-t-il quelqu'un dans le coin à qui vous pouvez demander ?

– Pourquoi ne pas attendre le matin pour interroger les voisins ? dit le maigre. Peut-être que quelqu'un est au courant. »

On resta un long moment devant la porte, un peu embarrassés. « Vous savez qu'il y a un show à la télé avec un type qui s'appelle Angel et qui vit à Los Angeles ? » lâcha Trip.

Je secouai la tête. « Je ne regarde pas beaucoup la télévision.

– C'est un vampire. »

Alors qu'ils descendaient les escaliers, j'entendis Trip, le flic que je prenais pour intelligent, dire « Bon Dieu, Mike, on en a rencontré des mecs bizarres, mais *celui-là*… »

*

Je m'assis à mon bureau en faisant grincer le fauteuil sous mon poids. Je voulais mettre un peu d'ordre dans tout ça, dans ce qui restait d'Angela dans ma mémoire, mais ce n'étaient que fragments, bouts de dialogues, images troublées. J'avais tant raconté, évolué dans un champ fort, émotionnel, en un temps si court qu'en faisant l'inventaire, je constatais qu'elle ne m'avait presque rien dit. Tout était contradictions, faux-fuyants, bavardages futiles. Elle n'avait pas de passé, pas même un nom de famille. Nous nous étions allongés sur le flokati dans mon appartement, à parler, nous embrasser, boire, avaler des pilules. Sa bouche s'ouvrait, et des mots s'en échappaient comme de l'eau de pluie d'une gargouille, mais le sens de ces mots s'effaçait. J'essayai de faire le tri entre le vrai et le faux, la simple exagération et le mensonge.

J'essayai de repérer dans ma mémoire les indices qui me permettraient de continuer, ceux qu'elle m'avait réellement donnés et qui auraient un sens. J'étais perdu.

« *Angel ?* » avait dit Angela.

C'était la voix d'une personne qui appelait du plus profond du cœur le plus noir d'un univers infiniment terrifiant, et c'était tout ce qui me restait d'elle.

Les chiffres bleus de la machine à café dans la cuisine indiquaient qu'il était déjà cinq heures trente-cinq du matin.

Je me levai machinalement pour avaler ma dose bi-quotidienne de Réalité, et me mis à lire la notice. J'avais dû la parcourir un millier de fois, bien sûr, mais là, essayant désespérément de rester éveillé, je m'accrochais aux détails. Cette drogue, des pilules vertes taillées en cristal à prendre tous les jours, une fois le matin, une fois le soir, n'avait d'autre effet immédiat qu'une légère perte d'imagination. C'était mon traitement de fond, avec ses autres effets indésirables comme « bouche sèche, irritabilité, problèmes urinaires, perte de mémoire ». Il m'était arrivé récemment de l'oublier. Depuis l'arrivée d'Angela, j'évitais ce médicament. Quand je le prenais, il ne se passait plus rien, je n'éprouvais plus aucune sensation. Rien ne semblait vraiment changé, mais j'étais relégué dans un présent atone et incolore. À vrai dire, j'ai toujours préféré le genre de drogues qui ajoutent aux réjouissances un petit extra.

À cet instant précis, j'avais besoin d'avoir l'esprit clair. Besoin de toute ma tête. Ma mémoire, déjà affaiblie par des années d'excès chimiques, était tout ce qui me restait.

Je remis le flacon à sa place, avalai plutôt une chope de bourbon et retournai m'asseoir devant mon ordinateur.

Plus tard, je sentis la lumière du soleil monter à l'horizon. Tous les stores étaient baissés, mais l'appartement devenait de plus en plus clair.

65

Il faut savoir que même dans le plus sombre des environnements, la lumière trouve toujours sa voie. Les photons forcent le passage, une particule à la fois si ça leur est nécessaire. Dans un placard par exemple, ou dans une chambre noire, un rai de lumière va se dessiner autour de la porte, former une ligne grise qui apparaîtra à la personne cachée à l'intérieur comme un filament lumineux.

Essayez. Éteignez les lumières.

Une pièce, qui est complètement dans le noir, va graduellement devenir grise, des formes vont apparaître, et éventuellement même des ombres.

J'y pensai tout à coup. La *photo*.

Mais, bien sûr. J'avais pris une photo.

Je cherchai sur mon bureau, dans le désordre qui régnait autour de l'ordinateur, le fouillis des imprimés publicitaires, les notes illisibles sur mon scénario et les vieilles ordonnances vierges, la grosse enveloppe que j'avais récupérée la semaine précédente au labo photo express.

Ma main tremblait.

La première photo représentait une maison basse ordinaire dans la Vallée, avec un toit de tuiles rouges et une bougainvillée mauve à moitié en fleur. La seconde, la même maison la nuit, les fenêtres allumées comme des lampes à insectes au-dessus de la pelouse sombre. Je la regardais, mais je ne me souvenais pas de l'avoir prise. Dans celle-ci, une femme aux cheveux bruns glissait une clef dans la serrure d'une Ford Taurus couleur gris-de-brume-matinale. Elle était mince, avec des cheveux souples qui lui descendaient jusqu'au milieu du dos, et portait un fourre-tout de toile en bandoulière. Derrière elle, les rayons du soleil traversaient le feuillage des arbres, comme un millier d'aiguilles prismatiques perçant un voile. Il y avait d'autres photos, de la même femme marchant le long d'un couloir au sol de linoléum. Ou sortant d'un magasin Hallmark. Dans une autre encore, elle entrait dans le bâtiment gris d'une institution.

Je ne reconnaissais aucune de ces photos. Peut-être y avait-il eu une erreur au développement ? Ces photos devaient appartenir à quelqu'un d'autre.

Puis j'arrivai à la dernière.

C'était bien Angela, le visage très mal cadré, qui se moquait de l'objectif et lui offrait un majeur bien planté.

Bon. C'était toujours un commencement.

De retour dans ma chambre, je quittai mon peignoir pour un pantalon cargo noir et une chemise noire, le même uniforme que j'avais endossé pour le Velvet Mask deux semaines auparavant. Par la fenêtre de la cuisine, je vis que le ciel avait pris la couleur de la cravate du menaçant Bouddha du club, gris argent, avec une lueur opaline à l'est. Un lourd brouillard enveloppait tout, comme si la ville elle-même portait mon vieux peignoir anthracite.

J'allai dans l'appartement d'Angela et découvris que les flics n'avaient heureusement pas mis le verrou. Je pensais que je finirais bien par trouver *quelque chose* avec son nom écrit dessus… une enveloppe, un vieux récépissé de carte de crédit, un magazine. Je jetai un œil dans le séjour. Il y avait le petit canapé bleu, la table en rotin, le fauteuil à bascule assorti et les chaises pliantes en aluminium. Rien. Puis dans la salle de bains. L'armoire à pharmacie ne contenait qu'une bouteille d'Ibuprofène. Rien d'autre. Sur le lavabo, une brosse à dents rouge et un tube de dentifrice. Dans un tiroir à la cuisine, je trouvai quelques ustensiles bon marché, récemment achetés, rien d'utile. Sur le comptoir, *Comment cuisiner*, de Julia Child. Je pris le bouquin et il s'ouvrit automatiquement sur la recette de sauté d'agneau. Il y avait une tache de sauce sur la liste des ingrédients, une éclaboussure d'un brun savoureux. Je fouillai la poubelle et y découvris une brique de jus d'orange vide, quelques serviettes en papier, et finalement – oui, *ce* que je cherchais – tout au fond, deux enveloppes.

L'une contenait une offre pour une carte de crédit adressée à une *Jessica Teagarden*, avec le nom d'une rue, Orange Blossom Boulevard, à Santa Monica. L'autre enveloppe, bleu turquoise, de la taille d'une grande carte de vœux, portait la même adresse à Santa Monica et le nom *Jessica* écrit en majuscules. Elle avait été ouverte, et son contenu, comme Angela elle-même, avait disparu.

Jessica Teagarden – était-ce son nom ? Pourquoi m'avait-elle dit qu'elle s'appelait Angela ?

Comment savoir si cette Jessica était réellement Angela, ou si quelqu'un s'appelant Jessica, et simplement de passage, avait utilisé la poubelle d'Angela ? C'était tout ce que je possédais comme information. J'essayai de comprendre. On l'appelait Cassandra au Mask, donc Angela pouvait être aussi un pseudo. Ou peut-être Jessica était-elle quelqu'un qu'Angela connaissait, une amie qui lui avait rendu visite, une fille qui dansait au club, et peut-être savait-elle, *elle*, qui était Angela.

Je retournai dans mon appartement et attrapai sur l'étagère de la cuisine le cylindre couleur d'ambre contenant mes pilules roses ovales antisociophobie. À mon avis, il m'en fallait une bonne poignée. Dieu sait qui j'allais rencontrer là-dehors, en pleine lumière.

*

Quelques minutes plus tard, j'y plongeai, aveuglé par le soleil, et suivis sur la 10 les éclairs métalliques des carrosseries et les fulgurances des chromes. Je ressentais l'afflux, la charge des médicaments dans mon organisme, les molécules réacheminées, les synapses inhibées, le réajustement tranquille de mon psychisme perturbé. Je pensais à ce qui était arrivé à Angela. Je l'avais imaginée bouclée, son corps scellé, dans un lieu clos, noir. Je me souvins alors de ses mains sur ma poitrine, de la façon dont ses ongles vernis et griffus traçaient des formes ima-

ginaires sur ma peau, et je me demandai, de façon irration-
nelle, si elle avait essayé de me transmettre un message, de
me dire quelque chose.

Je fixai mon regard sur la circulation pare-chocs contre
pare-chocs, l'éclat brutal que me renvoyaient les carrosseries métalliques des voitures, quand la fille qui conduisait la Honda devant moi ajusta son réflecteur et me
projeta un rayon vicieux. Et c'était là. Je me frottai les
yeux quelques secondes, espérant qu'il partirait, mais il
était toujours là, juste un point encore, un minuscule
grain de lumière dans mon champ de vision. L'aura.

Elle n'était pas composée de couleurs éclatantes comme
le rouge, le jaune vif, l'orange qu'Angela avait décrites,
et n'avait rien de karmique ni de spirituel, croyez-moi.
C'était l'aura de la migraine, une chose en forme d'amibe
chatoyante qui surgissait dans mon champ de vision et
annonçait une foutue céphalée. Elle apparaît en général
quand je regarde, par inadvertance, droit sur une source
de lumière – plus brillante est la lumière, plus grande est
l'amibe, plus grande est l'amibe, plus douloureuse est la
migraine.

Je savais que, dans la demi-heure, elle grossirait et que
la douleur augmenterait, provoquant derrière mon œil
gauche un élancement sourd qui pouvait vite se transformer en coup de poignard, une véritable torture lumineuse,
et des vagues de nausée uniraient leurs forces pour devenir raz de marée. J'aurais ce reflux de salive chaude au
fond de la gorge, et ressentirais ce besoin nauséeux, hou-
leux, de rendre, un plat cuisiné surgelé de Stouffer's,
généralement, ou une pizza au pain français passée au
micro-ondes, peu importe, qui ne demandait qu'une
chose, foutre le camp de mon corps. Il ne me restait plus
qu'à attendre les spasmes qui me feraient vomir jusqu'à
ce que je n'aie plus rien dans l'estomac, si ce n'est de la
bile verte et acide dont une partie s'échapperait par mon
nez.

Je ne savais pas si je devais faire demi-tour et essayer de retourner à mon appartement, ou me garer et essayer de surmonter la crise. J'avais passé plus d'un après-midi sur la banquette arrière de la vieille Cadillac de ma mère parquée à l'ombre, étendu sur les coussins qui gardaient une odeur désagréable, un t-shirt protégeant mon visage de la lumière agressive. Cette fois, je pris la première sortie et me garai derrière un centre commercial. Il était presque midi et le soleil, après avoir brûlé le brouillard qui avait couvert la ville, brillait furieusement à travers le ciel voilé comme l'œil d'un Dieu de l'Ancien Testament.

Pourquoi n'avais-je pas pris mes lunettes de soleil ? Cela ne me ressemblait pas de sauter ainsi dans la voiture sans réfléchir. J'étais d'habitude tellement prudent quand je sortais. Je portais toujours des manches longues, une casquette de base-ball, et les lunettes les plus sombres possibles, avec des verres fumés ultrafiltrants, résistants aux UV. Je cherchai dans la boîte à gants si je n'y avais pas laissé une paire, mais ne trouvai rien. Je farfouillai dans le tas de gobelets de soda et d'emballages de fast food sous le siège du passager. Rien, là non plus. Je passai la main sous mon siège et sentis quelque chose d'insolite.

Ah !

Les énormes lunettes de ma mère à monture écaille de tortue, octogonales, avec des verres roses. Depuis quand étaient-elles là ? Des années probablement, puisque c'était sa voiture. Cela indiquait aussi depuis quand on n'y avait pas passé l'aspirateur. Elles avaient malheureusement des verres correcteurs. Mes propres yeux, en dépit de leur sensibilité et de leur photophobie, ne souffraient pas des problèmes généralement associés à l'albinisme et bénéficiaient d'un excellent degré de vision, près de dix sur dix. Ma mère, elle, était pratiquement aveugle.

Je mis les lunettes, qui me firent voir le monde d'un rose ridicule.

70

Les migraines de ma mère ont toujours été pires que les miennes, si la chose est possible. Elles pouvaient surgir n'importe quand, qu'elle ait regardé la lumière ou pas. Elle fermait les yeux et une vibration plissait son front comme si un doigt fantôme traversait sa peau. Je voyais la douleur se construire. Un pauvre sourire aux lèvres, elle allumait une Benson & Hedges 100, commençait à se masser les tempes et à frotter ses paupières de ses ongles manucurés de Française. Quelquefois la douleur la frappait brutalement tel un couteau invisible venu du ciel s'enfonçant d'un seul coup derrière sa tête. On le sentait à son expression, à sa façon de se mouvoir. Elle portait la main à son visage tandis qu'un sursaut violent la jetait vers la droite. Elle semblait avoir été atteinte par une balle. Il lui arrivait parfois de s'évanouir.

Quand je fus assez âgé, je lui demandais : « Maman, pourquoi ne vas-tu pas t'allonger ? »

Elle soupirait, affirmait que ce n'était rien, que ça allait « partir d'une seconde à l'autre. »

Je lui disais « Maman, ça ne part jamais. »

Parfois elle cédait, mais la plupart du temps elle restait exposée à la lumière jusqu'à ce que la nausée la prenne et alors, je l'accompagnais dans la salle de bains. Ainsi, au moins deux fois par mois durant toute mon enfance, quel que soit l'endroit où nous habitions, je passais une demi-heure devant la porte de sa salle de bains, à écouter le petit déjeuner de pamplemousse et de café noir de ma mère se répandre dans la cuvette des toilettes. Elle avait vu des médecins pendant des années, pris tous les médicaments possibles, dont l'ergotamine, l'éphédrine, des bêtabloquants, et de l'Imitrex, sans parler du phénobarbital, du Percocet et du Fiorinal, pratiqué aussi l'acupuncture et la thérapie par électrostimulation. Rien ne marcha. Quand elle ressortait de la salle de bains, aussi pâle que moi, elle disait, invariablement : « Angel, je dois m'allonger. » Elle réclamait alors un silence absolu, et si nous étions à l'hôtel, j'appelais la réception et demandais aux femmes de chambre d'être discrètes dans les couloirs.

Ma mère avait été tellement glamour, avec ses cheveux blond platine et son accent français. Grande, mince, mannequin recherché à Zurich et à Paris à la fin des années soixante, habituée des pages mondaines, le genre de fille que l'on voit sur le siège passager de la Fiat Spider, un foulard autour du cou, de longues jambes, une pin-up. Elle avait joué dans un film, rencontré mon père puis arrêté de travailler. Dans les années soixante-dix, elle troqua le platine de ses cheveux raides pour un style en cascade à la Farrah Fawcett et adopta cette coiffure jusque dans les années quatre-vingt, et même quatre-vingt-dix. À la première apparition des rides, elle commença à fréquenter le Dr Jerome Phelps, célèbre chirurgien esthétique et chirurgien esthétique des célébrités, et la peau de son visage fut de plus en plus tendue, de plus en plus étrange. Ses pommettes furent refaites, ses lèvres injectées de collagène, les poches sous les yeux supprimées, ses fesses réduites, ses seins remontés, ses cheveux teints, ses cuisses livrées à la liposuccion… La vérité, c'est que je ne pouvais plus la supporter. Je haïssais profondément ce qu'elle était devenue. En ce qui me concernait, Monique Veronchek avait cessé d'être humaine depuis longtemps.

*

Tout était brouillé maintenant, mais heureusement en un peu plus sombre.

Rose, en tout cas.

Je restai dans le parking du centre commercial, avec les lunettes de vue de ma mère, et attendis en vain que l'aura disparaisse. Elle chatoyait, vacillait, étincelait, explosait en phosphènes. Quelquefois, très rarement, le mal de tête ne se manifestait pas, ou l'aura n'était plus qu'une sale blague que me jouait mon œil. Il m'était difficile de savoir à cet instant précis comment ça allait tourner. J'étais toujours aveugle, et puis tant pis, me dis-je.

Je tournai la clef de contact et repris la direction, cette fois en évitant l'autoroute, d'Orange Blossom Boulevard et du domicile d'une nommée Jessica Teagarden.

À peine arrivé dans sa rue, il me fallut arrêter la Cadillac au virage. J'ouvris brusquement la porte et dégueulai sur le ciment très propre du caniveau. Le vomi visqueux, à l'origine des spaghettis aux boulettes de Stouffer's que je ne me rappelais pas avoir mangés, manquait de liquide à cause de la quantité de médicaments et d'alcool que j'avais absorbée. J'étais aussi déshydraté qu'une cuillerée de Tang.

J'avais de la chance de ne pas tousser de la poudre d'orange.

La phase nausée était arrivée soudainement, comme si une main invisible avait comprimé l'intérieur de mon estomac dont le contenu s'était trouvé expulsé sans cérémonie sur l'avenue. Cela peut sembler dégoûtant, mais c'était une bonne chose parce que cela signifiait que l'expérience migraine tournerait probablement court. D'habitude, dès que j'avais vomi, mes troubles visuels se dissipaient tels les nuages au-dessus de Zuma Beach. Lorsque je levai la tête et m'essuyai le visage avec un pan de ma chemise, ma cécité se dissipa aussi. Je repoussai les lunettes de ma mère sur mon front, et attendant la prochaine gerbe, regardai autour de moi d'un œil clair.

Le quartier était bien plus reluisant que le mien. Deux mômes jouaient au wiffle-ball [1] sur la pelouse de l'autre côté de la rue ; une camionnette orange et rouge de FedEx distribuait du courrier ; une vieille femme dépassa

---

1. *Wiffle-ball*. Jeu qui tient du base-ball, du stick-ball et du soft-ball. Se joue avec une petite balle dure perforée de huit trous ovales et une batte, ou à défaut un manche à balai, n'importe où, cours, rues, jardins, avec 2 à 10 joueurs. (N.d.T.)

au pas de charge ma bagnole, branlant sa tête grise, comme un pigeon. Personne ne disait mot. Je pensais la nausée finie, mais je n'étais pas sorti de la voiture qu'elle me reprenait, un spasme du plus profond de mon corps, et pendant cinq bonnes minutes, je toussai et hoquetai, bavai comme un animal.

Ça finit par se calmer. Je rejetai ma tête en arrière, m'essuyai à nouveau le visage avec ma chemise, et tâchai de repérer la bonne adresse. Habituellement quelques moments de calme, façon de parler, suivaient un vomissement avant que la douleur derrière l'œil ne reprenne, et je voulais en profiter.

Je pris une profonde inspiration en repérant le numéro au-dessus d'une porte.

C'était un bâtiment en stuc composé de deux maisons jumelles, avec une grande pelouse méticuleusement entretenue devant, un jardin de cactus décoratifs, et un vieux palmier qui jetait un doigt d'ombre sur la façade. Je me demandai pourquoi Angela avait quitté un endroit comme celui-ci, si jamais elle y avait vraiment vécu. C'était tellement plus joli que mon quartier. Des palmiers agrémentaient les pelouses, ainsi que deux saules gigantesques, de l'autre côté de la rue, dont les longues branches retombaient comme des fouets et chatouillaient l'herbe sèche dans la chaude brise de Santa Monica. Je remarquai aussi une balançoire rouge, un toboggan et un jeu de bascule sur un terrain voisin. Je roulai lentement sans fermer la porte de la Cadillac, la garai devant l'allée, et me remis sur le nez les carreaux octogonaux roses afin de filtrer la lumière crue. À distance, il me sembla qu'il n'y avait personne dans la maison. Je traversai la pelouse, grimpai sur le perron et vis la pile de courrier qui attendait. Je l'éparpillai, découvrant principalement des catalogues de Victoria's Secret, Williams-Sonoma et Sharper Image, dont certains étaient adressés au Locataire ou au Résident, et d'autres spécifiquement à Jessica Teagarden.

Était-ce vraiment son nom ?

Et si oui, pourquoi m'avait-elle dit qu'elle s'appelait Angela ?

Une facture d'électricité, des offres de service et une enveloppe épaisse sans nom d'expéditeur. De la même nuance de bleu et rédigée en majuscules comme celle retrouvée dans la poubelle d'Angela, le nom Jessica occupant l'espace en lettres de deux centimètres de haut. Elle avait dû recevoir les autres enveloppes bleues ici et les avait emportées, avec ses vieilles factures d'électricité, dans l'appartement de West Hollywood. Leur contenu avait sûrement un lien avec son ancienne vie.

Je glissai furtivement l'enveloppe bleue dans ma poche.

« Vous volez le courrier des gens ? »

Je me retournai et vis un gamin, d'une dizaine d'années, avec un visage étrange, bizarrement modelé. Je lui fis ce que j'espérais être un sourire amical mais qui apparut probablement comme mon habituelle grimace, et répondis : « Je cherche Angela », avant de me corriger, « Je veux dire Jessica… Mme Teagarden.

– C'était notre voisine », répondit le jeune garçon. Il devait avoir cinq ou six gros livres sous le bras, plus un plein sac à dos. « Mais elle a déménagé.

– Oh ! » Je me redressai.

« Personne ne vit ici en ce moment.

– Vraiment ?

– Pas encore. J'espère qu'il y aura des enfants. » Il mit la main dans la poche de son jean sans faire tomber ses livres et pêcha une clef attachée à un lacet de chaussure. « Ma mère n'est pas à la maison, dit-il. Elle reviendra vers midi et demi.

– Elle est au travail ? »

Le garçon eut le sourire d'un adulte qui s'ennuie.

« Tu la connaissais ? »

Il leva un sourcil et dit, avec le sérieux d'un homme de cinquante ans : « Vous voulez sans doute parler de Jessica

Teagarden ? » Il avait ce genre de pommettes qui faisait que ses yeux et son nez paraissaient presque concaves.

Je sortis de ma poche la photo que j'avais prise en partant, pensant qu'elle me permettrait peut-être de vérifier son identité. « C'est elle ? » Sur la photo, Angela, moitié grimace moitié sourire, présentait cavalièrement son doigt à l'objectif. Je sentais la migraine monter, la pointe d'une aiguille pénétrer derrière mon œil et percer jusqu'à l'intérieur de la pupille.

Le garçon saisit la photo et l'examina attentivement de ses yeux gris. « C'est elle, je suppose… enfin, peut-être… mais pourquoi fait-elle ça ? »

Montrer à un môme de dix ans une photographie où une femme à moitié nue fait le signe *va-te-faire-foutre* avec son majeur me sembla tout à coup déplacé. « T'as vraiment beaucoup de livres, lui dis-je en récupérant la photo et en la glissant dans ma poche.

– Ben, oui, dit-il, je reviens de la bibliothèque parce que je prépare un exposé.

– Sur quoi ?

– Le gecko. »

Je hochai la tête. « Très intéressant. Le gecko. »

Il laissa tomber ses livres par terre. « Vous voulez entendre ? »

Je voulais bien.

Il tourna son visage en forme de satellite vers le ciel. Ses yeux grands ouverts, absorbant la lumière, s'emplirent de larmes et se mirent à papilloter. J'allais lui dire que ce n'était pas une bonne idée de regarder ainsi le soleil, quand il commença à parler d'une voix basse, les paupières lourdes. « *On les trouve dans les régions tropicales tout autour de la terre,* dit-il. *Animal nocturne, qui se cache dans les ombres fraîches pendant le jour et furète à la recherche d'insectes la nuit, le gecko construit son refuge dans les hautes branches… ventouses qui permettent au gecko de circuler sur un plafond comme s'il marchait sur un plancher.* » Tout à coup, ses paupières se mirent à battre furieusement.

« Tu vas bien ? »

Il prononçait chaque syllabe tel un acteur télé qui fait un commentaire off. Son visage se crispa, comme s'il était au milieu d'une crise. « *Un sens auditif très développé… relativement unique par son aptitude à couiner ou claqueter. En fait, le nom de gecko vient semble-t-il du mot malais qui…* »

Il s'arrêta, le regard trouble.

Je criai « Hé ! »

Il respirait avec difficulté. Ses yeux étaient toujours ouverts, mais ses lèvres tremblaient et il semblait parti à la dérive.

Je ne savais que faire et cherchais de l'aide autour de moi. Je faillis même me précipiter vers la voiture pour me tirer vite fait. Je lui demandai à nouveau « Tu vas… tu vas bien ? »

Heureusement, le garçon eut un accès de toux, et quand il leva les yeux, ils étaient clairs. « Que voulez-vous dire ? » demanda-t-il. Il avait repris ses esprits.

« Tu étais… tes paupières battaient très fort, et tu semblais… Je sais pas – »

Il eut un grand sourire. « Oh, c'est toujours comme ça quand je me *rappelle*. » Puis il partit d'un rire franc, haut perché, et dit fièrement, « Ce n'était pas mon exposé. Ça venait de Discovery Channel.

– De la télé ?

– J'ai une mémoire audiographique », annonça-t-il.

Je ne savais pas quoi dire. « Une… quoi ?

– *Audiographique*. Ça veut dire que je peux me souvenir de tout ce que j'entends.

– Tout ?

– Absolument tout, répondit-il. Et quand ça commence, c'est un peu difficile à arrêter.

– Est-ce que tu te souviens de quelque chose à propos d'Angela… Je veux dire, à propos de Jessica ?

– Vous étiez son copain ? »

Je fermai les yeux. La lumière me faisait souffrir. « Ouais, j'étais… je veux dire… je suis.

– Je ne me souviens en général pas de choses comme ça. Il faut quand même que ça m'intéresse un peu. »

Je commençais à ressentir des pulsations dans ma tête, la migraine assemblait ses forces, la tempête menaçait à l'horizon. « C'est que j'ai vraiment besoin de lui parler.

– Vous pourrez demander à ma mère. » Il montra son séjour, une oasis d'ombre fraîche. « Elle ne va pas tarder à arriver. Vous pouvez attendre à l'intérieur. »

J'hésitai, pensant à la photo que je lui avais montrée, et me demandai si le môme allait se lancer dans un nouvel exposé scientifique. « Tu ne devrais pas inviter des étrangers dans ta maison. »

Il m'examina attentivement. « Vous ne semblez pas très dangereux. » Puis il pointa un doigt vers ma poitrine. « Et vous pouvez utiliser notre salle de bains pour nettoyer tout ça. »

Je baissai les yeux. Le devant de ma chemise était rayé vert et rouge, bile et sauce de spaghettis.

Grandiose.

Le garçon m'ouvrit la porte.

L'intérieur donnait une impression d'après-midi tranquille et solitaire. Personne à la maison. Un temps suspendu dans une quiétude d'été. Des grains de poussière flottaient dans l'air épais, révélant de larges rayons jaunes qui brûlaient à travers les persiennes et zébraient d'ombres le parquet. L'équipe de tournage semblait être déjà passée pour mettre en place le décor, la même qui avait éclairé le parking hier. J'imaginais les chefs électriciens circulant dans cette petite maison, avec leurs pinces crocodiles et leurs rouleaux de papier coloré. J'imaginais que l'un de ces murs était faux, et qu'il dissimulait tout le département éclairage d'Universal.

« Je m'appelle Angel. »

Je tenais à peine debout. En très peu de temps, la migraine avait progressé du simple élancement à l'impression douloureuse qu'une aiguille perçait mon œil, puis à la sensation insupportable qu'un éclat de verre me taillait l'arrière de la tête.

« Je m'appelle Victor, dit le garçon en pointant un doigt. La salle de bains est par là.

– Merci, Victor. » Je traversai un petit couloir entre le séjour et la cuisine, et trouvai des toilettes et un lavabo dans une pièce pas plus grande qu'un placard. Les élancements de la migraine avaient repris de plus belle, ravageant sans merci mon cortex cérébral et mon bulbe rachidien. Je la sentais pénétrer mon lobe frontal comme le scalpel d'un chirurgien.

Dans le cabinet jaune, je repoussai sur mon front les lunettes octogonales de ma mère et examinai mon visage dans le miroir. Ma peau était pratiquement transparente, et les veines en dessous palpitaient comme celles d'un extraterrestre. Mes yeux étaient du plus rose, plus que jamais du rose de l'enfant qui vient de naître, injectés de sang par le manque de sommeil. Je fis couler de l'eau fraîche sur mes doigts et les appliquai doucement sur mes tempes pour essayer de refroidir mon cerveau en ébullition. C'était le moment le plus pénible de la migraine, mais le fait que je ne me sois pas évanoui était plutôt bon signe. Les choses ne pouvaient que s'améliorer.

Il y avait un gant propre beige, décoré d'étoiles blanches, pendu à un crochet d'argent. Je m'en servis pour nettoyer le vomi sur le devant de ma chemise, puis le rinçai, éteignis la lumière et m'assis sur le siège des toilettes, me prenant la tête dans les mains, appliquant le gant mouillé sur mes paupières douloureuses.

Je voulais seulement réfléchir quelques secondes, remettre un peu d'ordre dans tout ça.

Pourquoi Angela avait-elle quitté ce quartier ? Cette maison était plutôt jolie, probablement comme la sienne, sa jumelle. Le voisinage était tellement plus plaisant que celui de West Hollywood, avec l'océan tout près, et les saules, et les pelouses bien entretenues. Si elle avait vécu dans la maison voisine, pareille à celle-ci, pourquoi était-elle partie ? Question d'argent ? Je savais qu'Angela gagnait pas mal au Mask. Et malgré le côté crapoteux de mon quartier, les loyers de mon immeuble n'étaient pas parmi les moins chers. Il me semblait qu'Angela n'était pas de ce monde-ci. Santa Monica appartient au monde du jour, aux adorateurs du soleil et aux surfers, aux extravertis et aux exhibitionnistes. Peut-être se sentait-elle plus chez elle à West Hollywood, dans le monde de la nuit et de la paranoïa.

Auquel j'appartenais.

Je pensais à la nuit passée au Velvet Mask, au moment où elle était apparue au fond de la salle. Elle regardait autour d'elle, le visage vide. Je ne savais pas si je devais me lever et lui faire un signe, ou attendre qu'elle me voie. Je décidai d'attendre. Je ne sais pourquoi, j'imaginais que ce serait drôle qu'elle me découvre ici, le blaireau ordinaire qui vient reluquer les filles. Elle fit le tour d'une des estrades, se mouvant avec cette grâce languide que je lui avais vue à la maison, et finit par me repérer. L'expression de vide se transforma immédiatement, comme la première fois. Mais là, ce n'était pas de la sympathie, ni de la compréhension ; cette fois, son sourire fut instantané, déterminé – c'était celui du bonheur, et il m'envoya des ondes d'émotion dans tout le corps, quelque chose au-delà du désir que j'avais ressenti, une sensation que je pouvais difficilement identifier.

Je remarquai les visages surpris des cadres japonais et des employés de drugstore.

« Angel, dit Angela, en criant presque, tu es vraiment venu ! » La serveuse m'avait apporté mes huit dollars de Pellegrino et j'étais assis avec une des bouteilles froides entre les jambes, l'autre sur la table. « Je ne croyais pas que tu te montrerais. » Elle s'affala à côté de moi et m'entoura les épaules de son bras mince.

« Tu m'as fait promettre, dis-je en riant. Tu m'as fait jurer sur…

– Je sais, mais…

– … Dieu, et me voilà.

– … je pensais, je pensais que c'était façon de parler.

– Alors explique-moi tout, qui est qui, ou quoi… dis-je. Montre-moi tout, parce que ce sera la seule et unique fois. »

Angela se serra contre moi. C'était étrange. Je me sentais comme quand j'étais petit garçon avec les actrices, stylistes et assistantes de la production. Je me sentais *quelqu'un*.

Je remarquai que ses yeux étaient verts ce soir-là. « Okay, dit-elle, elle, c'est Virginia. » Elle me montrait la danseuse aux cheveux crépitants. « Elle, c'est Ashley. » Elle indiquait la fille émaciée qui dansait pour les hommes d'affaires japonais. « Le DJ ce soir c'est Alvin, mais je ne lui parle presque jamais. » Dans une cabine d'angle, un Blanc avec des lunettes noires enveloppantes et des écouteurs géants argentés maniait deux platines sous un cône de lumière enfumé. « D'habitude, c'est Eddy qui est aux manettes, dit-elle. Mais on l'a foutu dehors parce qu'il embêtait les filles. » La musique était brutale, saccadée, gutturale, avec des cris ineptes sur un *beat* aberrant.

« Qu'est-ce qu'il nous passe ? »

Ses yeux s'élargirent. « Tu n'aimes pas ?

– Je suis seulement curieux.

– Les ImmanuelKantLern, m'annonça-t-elle. Ils ont un CD qui va sortir.

– Immanuel…

– … KantLern. Ils nous le servent en un seul mot. C'est drôle, non ? Emmanuel Kant était un philosophe qui – »

Je ris. « J'ai entendu parler du philosophe. C'est le groupe de rock qui m'est complètement inconnu. »

Elle se rapprocha et me murmura à l'oreille comme un conspirateur : « *J'ai couché avec le bassiste.*

– Tu –

– Joey. Je l'ai rencontré à une soirée après leur passage à l'El Rey. » Elle arqua les sourcils.

Je voulais savoir. « Tu es sa petite amie ?

– Tu es jaloux ? »

Je ressentis une bouffée de colère, une sensation à laquelle je n'étais pas habitué, aussi je changeai de sujet en montrant le géant avec la cravate argent assis près de la sortie de secours. « Et lui, c'est qui ? »

Elle rit. « Lui, c'est Lester. Il a l'air méchant, mais il est adorable.

– Il travaille ici ? »

Haussement d'épaules. « C'est le videur.

– Pourquoi est-il habillé comme un second couteau dans un vieux *James Bond* ?

– Pendant la journée, il travaille comme chauffeur pour une entreprise de pompes funèbres.

– Mesdames et Messieurs, disait une voix forte dans la sono, et voici, sur la scène du Velvet Mask, Cabaret de Nus pour Messieurs, la ravissante Gigi et la troublante… *Cassandra.*

– Oh, merde. » Angela se leva d'un bond. « C'est à moi. »

*

« Il y a quelqu'un ? » criait une voix. On tapait à la porte, un petit coup sec contre le bois creux.

Une autre voix disait : « Il a dit qu'il s'appelait Angel. Je crois qu'il est albinos. »

82

J'entendis la première voix, maintenant aiguë. « *Êtes-vous Angel ? Est-ce que votre nom est Angel ?* »

Je levai la tête.

Oh merde ! Quelle angoisse ! J'étais assis sur des toilettes dans la salle de bains de quelqu'un que je ne connaissais pas.

« Oui, répondis-je, en me frottant la bouche. Oui, je suis Angel. Je suis vraiment désolé. J'ai dû me – »

La porte s'ouvrit, et quand je pus ajuster ma vision, j'aperçus le visage rond et plat du môme et une femme qui devait être sa mère, la trentaine, avec le même visage étrangement concave, qui me guettaient dans l'entrée.

J'essayai d'expliquer. « J'ai dû m'endormir. »

Elle était proche de la panique. « Que faisiez-vous là-dedans ? » Sa voix était cassante. « Est-ce que vous avez une idée du temps que vous avez passé…

– Je suis vraiment…

– … là-dedans ?

– … désolé.

– Vous vous droguez ?

– Non, non, absolument pas. J'étais, j'avais une migraine. J'ai dû –

– Il est resté là environ deux heures. » Le rire de Victor était aigu, haut perché.

« – perdre conscience. » Je m'étais relevé et les aurais bien rejoints dans l'entrée si les deux ne m'avaient pas bloqué le passage.

La mère de Victor avait les mains sur les hanches. Des plis d'inquiétude barraient son front.

Victor n'arrêtait pas de rire.

« Je vous en prie. Je suis vraiment désolé. Je ne voulais pas… »

Elle me regarda longuement. « Bon, dit-elle, quoique pas très rassurée, vous n'avez vraiment pas l'air dangereux. »

« Je ne suis pas *du tout* dangereux. Croyez-moi. » Je me rendis compte que j'avais toujours le gant humide sur le front. « Je suis la personne la moins dangereuse que vous rencontrerez – »

Elle soupira avec une petite moue, adoucie.

« – jamais », dis-je en rinçant le gant sous le robinet. « Je sais que ça a dû vous paraître étrange, de me trouver ici comme ça. Mais j'étais… j'avais une migraine, et votre fils, Victor… il a été assez gentil pour me permettre d'utiliser votre salle de bains, et j'ai… et je crois que je suis tombé dans les pommes. »

La mère de Victor devait avoir décidé qu'un personnage aussi grotesque que moi ne pouvait que dire la vérité. « Bon, dit-elle, vous vous sentez mieux maintenant ?

– Absolument, je vais bien, merci. »

Elle avait des cheveux châtain clair, raides, qui lui arrivaient aux épaules. Des lèvres roses et des yeux bienveillants. Quelque chose en elle me faisait supposer qu'elle était infirmière.

Je savais à quoi je ressemblais : la peau bleue, les yeux roses, les cheveux blancs, portant une chemise couverte de vomi. J'étais un vampire, un mutant, un homme seul dans la maison avec son fils de dix ans, peut-être un pédophile, voire un drogué, probablement un criminel. J'avais de la chance qu'elle n'ait pas appelé la police. Je touchai le sommet de mon crâne et me rendis compte que je portais toujours les lunettes roses octogonales de ma mère.

Formidable.

Elle soupira. « Voulez-vous un verre de thé glacé, Angel ? » Heureusement, un élan d'altruisme pour ce réfugié pitoyable découvert dans sa salle de bains l'emportait sur le reste.

Je pris une profonde inspiration qui se transforma en sifflement. Je pliai nerveusement le gant et le déposai sur le rebord du lavabo. « Je suis tellement désolé. Je ne sais pas quoi dire. Je ne – »

Sa voix s'était adoucie. « Venez par ici. » Elle me conduisit dans une cuisine spacieuse, Victor gloussant toujours derrière nous. J'étais son divertissement de l'après-midi. Il en parlerait à ses copains sur le terrain de jeux pendant des semaines. « Asseyez-vous. » La mère de Victor était ce genre de femme qui fonctionne bien dans les urgences. Et peut-être vraiment infirmière. « Nous allons essayer de voir un peu plus clair dans tout ça. »

Il y avait une table et des chaises dans le style mission espagnole, comme les meubles du séjour. Je l'imaginai, les bras croisés, se mordant la lèvre inférieure, tranchant avec l'esprit de décision d'un Ethan Allen[1], entre la classique collection Hollywood et l'éclectique mobilier *Friends*. Je m'assis tandis qu'elle ouvrait le réfrigérateur et prenait une brique de thé. Elle en versa dans un verre bleu et ajouta quelques glaçons en forme de croissants. Assis sur une chaise inconfortable et raide, le coude sur la petite table en bois, je me massai les tempes. Au moins, le mal de tête avait – pas entièrement mais presque – disparu.

Victor était resté dans le petit couloir entre la cuisine et le séjour, se balançant d'avant en arrière dans ses Adidas trop grandes et arborant un sourire encore plus grand.

Sa mère se tourna vers lui. « Tu n'as pas des devoirs à faire ? »

Il roula les yeux. « *Maman*.

– *Victor*. »

Quelques secondes plus tard, j'entendis les Adidas marteler les marches de l'escalier.

---

1. Ethan Allen (1738-1789). Chef historique des Green Mountain Boys du Vermont, qui furent parmi les premiers à se battre contre les Tuniques Rouges britanniques lors de la guerre d'Indépendance. Libre-penseur, réputé pour son courage et son énergie. (N.d.T.)

« Victor a dit que vous vous appeliez Angel ? » dit la mère de Victor en se tournant vers moi. Elle posa le verre sur la table.

« Oui. » Reconnaissant, j'avalai une gorgée et laissai la fraîcheur s'écouler dans mon corps vidé. « Encore une fois, je suis si –

– Vous cherchez Jessica.

– C'est-à-dire… enfin, pas réellement. Je veux dire, je sais qu'elle n'est pas là. Je voulais juste – » Je réfléchis un moment. Qu'est-ce que je voulais ? – « Je voulais découvrir des choses à son sujet.

– Comme par exemple ?

– Comme n'importe quoi.

– Je peux vous demander pourquoi ?

– Jessica est ma voisine. »

La mère de Victor fronça les sourcils.

« Elle a emménagé à West Hollywood. Dans mon immeuble. Mais maintenant, elle a… maintenant, elle a disparu. »

Elle mit la main sur sa bouche, non parce qu'elle était choquée, mais avec un geste lent, mesuré, qui m'indiquait qu'elle était inquiète.

« Pour être sûr, dis-je, cherchant dans ma poche, c'est bien la personne dont nous sommes en train de parler, n'est-ce pas ? »

Elle regarda la photo, l'air surpris. « Était-elle furieuse contre vous ? »

Je repris la photo… le demi-sourire, la demi-grimace et le doigt d'honneur. Je ne répondis pas à sa question. « Je crois qu'elle a des ennuis.

– Que voulez-vous dire ?

– Quelque chose s'est passé. Elle… elle m'a appelé, et au son de sa voix, je peux dire qu'elle appelait dans le noir.

– Dans le noir ? Qu'a-t-elle dit ?

– Elle a juste dit mon nom, puis ça a été coupé. »

La mère de Victor resta pensive. « Comment savez-vous qu'elle était dans le noir ? »

Je me souvenais combien ça avait été difficile de l'expliquer aux flics. « Je le sais, c'est tout. C'était quelque chose que je pouvais entendre dans sa voix. Je peux me tromper, mais je ne crois pas.

– C'était quand ?

– Hier, dans la matinée. J'ai appelé la police, qui n'est pas venue avant le milieu de la nuit. Nous sommes allés dans son appartement, il semble… il semble que rien ne s'y est passé. J'ai trouvé deux enveloppes avec cette adresse, alors – »

Elle porta de nouveau la main à la bouche. « Elle est peut-être partie en voyage, quelque chose qui s'est décidé à la dernière minute. Je suis sûre que ce n'est rien. »

Je secouai la tête, puis levai les yeux. « Elle m'avait apporté du sauté d'agneau.

– C'est drôle. » La mère de Victor sourit. « Elle m'avait apporté une tarte.

– Une tarte ?

– À son arrivée ici, Jessica s'était présentée avec une tarte aux cerises. »

J'imaginai Angela devant la porte de la maison, tenant une tarte aux cerises enveloppée dans une serviette à carreaux rouges.

« Avez-vous parlé ensemble ? Vous étiez amies ? »

Elle réfléchit un moment. Elle appuya une large et jolie hanche contre le comptoir et se versa à son tour un verre de thé glacé. « Quelquefois au début, elle venait boire un café.

– Et ?

– Elle semblait déprimée, c'est tout.

– Déprimée ? »

La mère de Victor haussa les épaules. « Jessica était quelqu'un de tellement triste, vous voyez ce que je veux dire ? » Ses cheveux tombaient sur son front et elle les repoussa en arrière.

J'attendis quelques secondes, puis dis « Pas vraiment ». Je ne pouvais m'empêcher de me demander pourquoi elle parlait d'elle au passé.

Elle me regarda. « Vous la connaissiez bien ? »

Je n'hésitai plus. « C'est ma petite amie. »

Elle hocha la tête, mais d'une manière qui impliquait le doute, le genre de petit mouvement de menton qui signifiait qu'elle m'avait entendu mais ne me croyait pas nécessairement.

Je continuai. « Quand elle s'est installée dans l'appartement à côté du mien, elle a commencé à venir. C'est arrivé vraiment très vite, je suppose, mais… enfin, vous savez comment ça se passe. »

Elle émit un petit *mm*, puis dit « Elle a peut-être obtenu un rôle ?

– Que voulez-vous dire ?

– Peut-être qu'elle tourne pour une pub, ou autre chose. Elle n'est pas actrice ? »

Je ne réagis pas. « Elle ne m'en a jamais parlé.

– Je ne le sais pas vraiment, mais je l'ai supposé… vous savez. »

Je secouai la tête. S'il n'y avait eu cette photo d'Angela faisant un doigt d'honneur, j'aurais été persuadé que nous ne parlions pas de la même personne.

La mère de Victor eut un de ces sourires j'en-ai-vu-d'autres, puis avala pensivement une gorgée de son thé en remuant les glaçons dans son verre à moitié vide.

J'avais vu Angela comme un jaillissement de lumière unique. Mais maintenant, elle m'apparaissait comme une lumière traversant un prisme.

Une actrice ? C'était une facette de son existence que je ne connaissais pas, et à laquelle je ne m'attendais sûrement pas.

Ce devait être une erreur.

Une expression intéressante, un mélange de confusion et de lucidité, apparut alors dans le regard de la mère de Victor, qui se retourna vers le comptoir et se toucha le front. Elle sembla sur le point d'ajouter quelque chose, mais s'arrêta.

Ce qui me convenait tout à fait, parce qu'à cet instant précis, une balle me déchira le cerveau. Et resta là, en fusion. Je pensais que la migraine avait disparu, mais elle revenait, inattendue, atteignant un nouveau niveau, proche de l'extase. Je me levai et mis le verre dans l'évier, provoquant un bruit creux, métallique qui résonna en moi comme une pierre qui tombe dans un puits vide, et me força à dessiner un de ces sourires peu convaincants sur mes lèvres d'aluminium. Je voulais rentrer chez moi, enlever tous ces vêtements et retrouver mon peignoir de bain. Je voulais surtout enlever les lunettes roses octogonales de ma mère. J'avais découvert le vrai nom d'Angela, c'était toujours un début, sans parler de la mystérieuse enveloppe dans ma poche. « Désolé… de m'être écroulé dans votre salle de bains. Ce sont ces migraines qui me prennent parfois, et – »

La mère de Victor m'interrompit d'un sourire maternel. « Vous n'avez rien à expliquer. » Nous avions passé une ligne, semblait-il, et nous étions retrouvés dans une impasse. Elle ne pouvait rien me dire de plus et je sentais qu'elle avait une envie folle de me voir quitter sa maison.

« Connaissiez-vous Jessica sous un autre nom ? » demandai-je, arrivé à la porte.

Elle me jeta un œil surpris. « Un autre que Jessica ?

– Je vous le demande, parce qu'elle m'avait dit qu'elle s'appelait Angela. »

J'attendis pour voir si cela provoquerait une réaction, mais la mère de Victor se contenta de me regarder. « Pourquoi aurait-elle dit que son nom était Angela, remarqua-t-elle avec beaucoup trop de conviction, alors que c'était Jessica ? »

*

Je me souvenais d'une autre nuit, celle où la chatte était encore là, à s'étirer et à se trémousser sur le capot de la vieille Celica en hurlant comme une damnée. J'étais debout devant le comptoir et me versais une autre chope de bourbon. C'était l'heure du whisky, pas du café. J'avais déjà avalé une pleine poignée de comprimés, un bleu, deux blancs, Xanax, Adapin, je me foutais désormais de savoir lesquels, je n'y faisais plus attention, pourvu que j'évite Réalité. Angela avait fini son Stouffer's surgelé et posé la barquette sur un des tas de papier sous mon bureau.

Assise par terre, elle me regardait en sirotant sa vodka. Elle se mordit la lèvre.

« Elle est encore là, dis-je.

– Qui ?

– Cette putain de chatte.

– C'est elle, ce raffut ? »

Angela et moi avions eu une longue conversation à propos de la chatte, mais elle ne semblait plus s'en souvenir.

Je pris ma chope de Jack et m'assis près d'elle. Elle se rapprocha encore et se colla contre moi.

« Pourquoi vis-tu ici ? demanda-t-elle brusquement.

– Ici ?

– Cet appartement, cet endroit dingue. » D'un geste large elle montra mon bureau, les livres, les différents brouillons de *Los Angeles*. « Est-ce que tu ne devrais pas – »

– Quand j'ai laissé tomber la fac, dis-je, il a été décidé que j'aurais un endroit à moi.

– Pourquoi as-tu laissé tomber ?

– Je ne supportais pas la pression, apparemment.

– Tu étudiais quoi ?

90

– La physique.

– Qu'est-ce qui s'est passé ?

– Selon les avis autorisés, j'ai pété les plombs. » Je n'en avais encore jamais parlé à personne. Je crois que cela n'a même jamais passé la porte du cabinet du Dr Silowicz. Quand je me souviens de cette époque de ma vie, je ne vois que des bouquins de physique, des théories, des équations. Tout ce que je me rappelle, ce sont les choses que j'étudiais – les propriétés de la lumière, les réseaux en spectroscopie optique, le calcul des probabilités, Heisenberg, Schrödinger, l'optique géométrique, la compression de la lumière par la gravitation, l'influence de la gravitation sur la lumière dans les systèmes connus, la présence de trous noirs dans les confins de l'espace, la théorie ondulatoire, les problèmes d'interférences des électrons, les parités, l'inadéquation de la raison aux phénomènes quantiques…

« Pété les plombs ?

– J'ai passé quelque temps dans un… – je cherchais le mot juste – une *pension*, puis j'ai été remis aux bons soins de mon psychiatre. Il pensait que ce serait une bonne idée que je quitte ma famille. Il disait que j'avais besoin d'indépendance, d'une vie à moi. » Je haussai les épaules. « J'ai trouvé cet endroit par un catalogue immobilier.

– Qu'est-ce qui te retient de… péter les plombs à nouveau ? »

J'indiquai d'un léger mouvement de tête vers la cuisine la cité miniature de petites bouteilles en plastique qui se dressaient sur le comptoir comme les immeubles du centre de Los Angeles, et répondis « la science médicale ».

*

Je devais, avant toute chose, mettre mes yeux à l'abri du soleil. La migraine, quoique encore douloureuse, devenait supportable, et comme je ne désirais pas porter les lunettes roses octogonales de ma mère durant le long trajet du retour à West Hollywood, je fis, en quittant la maison de Victor à Santa Monica, un petit crochet par Venice Beach. Je garai la voiture et partis à pied à la recherche d'une nouvelle paire de lunettes de soleil, sachant que j'en trouverais par ici pour environ cinq dollars. Le ciel était d'un bleu profond, avec des nuages d'aquarelle peints au-dessus de la nette ligne d'horizon de la mer, et l'écume des vagues couvrait la plage jaune. Mes oreilles bourdonnaient au rythme du ressac, un bruit non digital, non électronique et, pour moi, bien étrange. C'était ce que la plupart des gens appellent un bel après-midi, clair et ensoleillé, de ceux que je déteste le plus.

Marchant au soleil, j'abritai mes yeux et essayai de tirer des conclusions de ma conversation avec la mère de Victor.

J'en étais, pour le moment du moins, bien incapable.

Une actrice ?

Même si Victor et sa mère avaient identifié Angela sur la photo, cette Jessica Teagarden devait malgré tout être quelqu'un d'autre.

Le front de mer était envahi par des vendeurs de t-shirts, de pipes de hasch, de baskets, de religion. Je trouvai heureusement très vite ce que je cherchais. Une paire de lunettes de soleil polaroïd, en plastique noir, enveloppantes. Des lunettes de blaireau, je le savais, comme celles que portait ce DJ au Velvet Mask, mais elles étaient fantastiquement sombres et protégeaient mes yeux de côté aussi bien que de face.

Je pris Ocean puis Wilshire Boulevard tout du long jusqu'à Hollywood, avant de m'engager dans Sunset Boulevard.

L'heure de pointe. Ça n'avançait pas vite, et ce n'était sans doute pas l'itinéraire le plus court, mais encore sensibilisé par la migraine, je préférais éviter l'autoroute. Je garai finalement la vieille Cadillac dans le parking derrière mon immeuble et décidai de chercher la chatte. Je ne l'avais pas entendue depuis la veille, avant l'aube, quand Angela avait disparu.

Où était-elle passée ces dernières vingt-quatre heures ? Quelqu'un l'avait-il prise ?

Je remarquai que le vieil homme semblait aussi avoir disparu. Son jardin, d'ordinaire si bien entretenu, si soigné, paraissait à l'abandon. Il y avait encore de belles fleurs épanouies à profusion, spécialement les jacinthes, mais l'herbe folle commençait à sécher, parsemant ici et là des plaques brunes.

Je renonçai à chercher la chatte et montai à mon appartement.

Je fermai la porte et m'assis sur le flokati juste en face du téléviseur. Sur l'écran défilait la scène où le répliquant nommé Roy entre dans l'énorme chambre à coucher de Tyrell avec une expression à la fois de respect et de colère. Tyrell explique pourquoi il ne peut pas allonger la vie de Roy. « Faire un changement dans l'évolution d'un système de vie organique, dit-il, est fatal. Une séquence codante ne peut pas être révisée une fois qu'elle a été établie.

– Une séquence codante ? »

Je me souvins tout à coup de l'enveloppe trouvée devant la porte de Jessica Teagarden à Santa Monica que j'avais fourrée dans ma poche. Je l'ouvris. Elle contenait un gros paquet de billets de cent dollars.

Bon Dieu !

Il y avait une lettre, aussi, une sorte de poème, fragmentaire, erratique, tiré sur une imprimante laser, en Helvetica, le caractère le plus impersonnel qui soit :

Quand tu n'es pas là je disparais
Quand je te vois je ressuscite

93

Je me réveille en pensant à toi
Me couche en rêvant de toi

Respire parce que tu respires
Tu es le sang dans mes veines
L'air dans mes poumons   le goût dans ma bouche

Ceci est une menace   une promesse   un avertissement

Toi et moi serons ensemble
Imagine une nouvelle vie
Nous sommes dans une voiture   Je conduis
Tu es près de moi
Il y a de la musique   qui bat
Des nuages blancs dans un ciel bleu
La terre verte qui roule

Dans cette version nous nous sommes échappés

J'examinai les caractères précis, carrés, et essayai d'imaginer celui qui avait composé cette lettre. Je comptai les billets. Cela faisait dix mille dollars. *Dix mille dollars.* J'étais debout depuis trop longtemps. Je ne voyais plus clair, j'étais arrivé à un stade de confusion totale et mon estomac n'était plus qu'une poche vide.

Je savais maintenant qu'on l'avait guettée, épiée, ou quelque chose de pire.

Angela avait été kidnappée. Enlevée par l'auteur de ce texte bizarre. Voilà pourquoi elle m'avait appelé, je n'en doutais plus.

Je me levai, me glissai dans mon peignoir, et me réchauffai un Stouffer's, une tranche de pain de viande avec de la purée de pommes de terre et une sauce brune. Je me versai aussi une grande chope de Jack et regardai la lettre bleue, en tournant en rond sur le flokati. Ce devait être un des types qui fréquentaient le Velvet Mask. Ça avait tourné pour lui à l'obsession.

94

« Laisse-moi te faire une *lap dance* », m'avait dit Angela cette nuit-là.

J'avais secoué la tête. « Ça va pas ? T'es complètement givrée.

– Ça vaut trente dollars.

– Je suis gay. » L'idée d'une *lap dance* devant tout le monde me rendait dingue, et j'étais prêt à raconter n'importe quoi pour m'en sortir.

Elle me regarda attentivement. « Tu n'es pas gay.

– Oh, oui, je le suis, répondis-je d'un ton enfantin, je suis très gai.

– Est-ce que tu as déjà fait l'amour avec un homme ?

– Je t'en prie – » Je secouai la tête. « Angela, je ne peux pas.

– Tu as la trique quand je t'embrasse.

– C'est involontaire.

– Elles sont *toutes* involontaires. » Elle se mit à rire doucement. « Mais quand tu auras soixante ans, tu feras n'importe quoi pour en avoir une, y compris –

– Je ne peux pas – je fis non de la tête – je ne peux pas faire ça.

– Viens avec moi. » Dans la lumière sinistre du club, sa voix était basse, douce, aussi électrisée que les néons qui cernaient l'estrade. Elle venait en contrepoint du martèlement de la musique discordante et des voix pâteuses des hommes que la seule vue d'une femme nue rendait ivres.

Angela me tirait par la main, mais je résistais. « Vraiment, Angela, merci beaucoup, mais – »

Elle me conduisit dans une petite salle sombre agencée en minuscules loges, me fit asseoir sur une chaise et, se tenant debout, les jambes écartées au-dessus de mes genoux, elle enlaça mon cou maigre et blanc de ses bras bruns.

« Angela, non, pas ça. » Elle avait glissé une main dans ma chemise, en cherchant à la dégager, puis poussé ses doigts vers mon pantalon.

« *Angela*, répéta-t-elle en se moquant de moi, *non, pas ça.* » Elle respira contre mon cou, y appuya ses lèvres douces et chaudes.

J'essayai de lui échapper par des contorsions, mais elle ne me lâcha pas. Je murmurai « Il y a des gens.

– T'es un extraterrestre. Bien sûr qu'il y a des gens. C'est la Terre. »

« Les gens regardent. »

La vérité, c'est qu'ils ne regardaient pas. Il faisait trop sombre ici, et de toute façon, il y avait des séparations entre les loges.

« Laisse-les. » Sa main s'immisça dans mon pantalon, ses doigts frais enserrèrent mon pénis.

J'en eus le souffle coupé.

Elle chuchota « Je veux que tu me baises, Angel.

– Mais pas ici, dis-je, en me laissant amadouer. Pas maintenant, bon sang !

– Cette nuit.

– Très bien. Mais pas –

– Tu promets ? »

J'attendis dans l'obscurité au néon du Velvet Mask pendant ce qui me sembla une éternité. Cinq heures, en fait, jusqu'à deux heures du matin. J'attendis pendant qu'Angela, connue ici sous le nom de Cassandra, montait sur scène, en rotation continue avec les autres – Jennifer, Sandy, Tiger, Victoria, Ashley, Katrina. J'avais appris tous leurs pseudos –, j'attendis pendant qu'elle dansait par intermittence devant les cadres japonais et les employés de drugstores, les mecs de la pub en cours de tournage, les mecs du Middle West en cours de convention, et autres blaireaux assortis, jusqu'à ce qu'elle abandonne finalement sa propre voiture et rentre avec moi dans la Cadillac.

*

Dans l'ancienne demeure de mes parents à Beverly Hills, il y avait une pièce dans laquelle personne à ma connaissance, sauf moi, n'était jamais entré. Ses murs étaient tapissés de rayonnages, et les rayonnages bourrés de livres qui avaient été achetés en un seul lot, non pour leur intérêt mais parce qu'ils constituaient un élément décoratif. Il y avait une collection complète de classiques, de *La Lettre écarlate* aux *Nouvelles* d'Ernest Hemingway. Il y avait les *Œuvres complètes* de William Shakespeare, bien sûr, les *Écrits* de Goethe, et, les plus impressionnants de tous, la série des *Grands Livres de la civilisation occidentale*, parmi lesquels *L'Origine des espèces* de Darwin, les *Principes mathématiques* de Newton et la *Critique de la raison pure* d'Emmanuel Kant. Un guide en deux volumes accompagnait la collection, un *Thésaurus* qui permettait à l'éventuel lecteur de s'y retrouver dans les concepts complexes de ces importants ouvrages.

Au dos du premier tome du thésaurus étaient imprimés les mots : *Angel to Love*. Au dos du second, *Man to World*.

Je ne sais pourquoi, ces titres me fascinaient.

« *Angel to Love* », me répétait maintenant Angela. Elle s'était étendue sur le cuir gris des sièges de la Cadillac et avait posé une main sur ma cuisse. Je ne me souvenais pas de l'avoir fait, mais j'avais dû lui parler de ces livres. « C'est toi, me dit-elle en riant, tu es mon *Ange à Aimer*. »

Enfant, j'avais posé mes doigts roses sur les lettres d'or des titres en les répétant silencieusement de mes lèvres bleues. *Angel to Love, Man to World.*

Je suppose que j'avais envie d'être l'*Angel to Love*.

Mais qui était le *Man to World* ? Est-ce que je pourrais l'être un jour ? Est-ce que cet *Homme* était la même personne qu'*Angel* ? Est-ce que *World* – le monde – pouvait être un verbe comme *Love* – aimer ?

L'intérieur des livres était composé en petits caractères noirs, beaucoup trop officiels et compliqués pour que je puisse les comprendre, mais quand je fus assez âgé pour lire ce genre de livre, je compris qu'ils avaient fait partie du décor d'un film que mon père avait tourné et qu'à moins d'être fou, personne ne les lirait jamais tous.

Angela et moi étions alors arrivés dans notre immeuble et grimpions l'escalier. Elle était devant moi, me tirant par la main à chaque marche de béton. Dans mon appartement, elle envoya balader ses chaussures. « Je devrais peut-être prendre une douche », dis-je. Je tremblais, toute la surface de mon corps, ma peau, collait à mon squelette. J'étais comme pris dans la glace et claquais des dents.

« Viens avec moi. » Elle m'entraîna dans la chambre à coucher. « Viens avec moi, mon *Ange à Aimer*. »

*

Je dormis avec ce qui me restait de migraine et me réveillai au moment où le soleil se couchait, baignant l'horizon de ses derniers feux. Quelques minutes plus tard, douché, habillé, je sautai dans la Cadillac pour un court trajet, de Hollywood à Sunset Boulevard. Au Mask, le videur ricana et essaya de tamponner ma main. « Qu'est-ce que je vous avais dit ? Tout le monde revient. » Cela faisait deux jours qu'Angela avait disparu, deux jours que j'avais contacté la police, fouillé son appartement, interrogé ses anciens voisins. En deux jours, j'avais virtuellement couvert toutes les possibilités. Je savais qu'il y avait peu de chances que je la trouve ici, mais je pensais aussi que *quelqu'un* devait bien savoir *quelque chose*.

Je donnai mes dix dollars au videur. « Je cherche Cassandra. Est-ce qu'elle travaille ce soir ? »

Il haussa les épaules et balaya d'un regard sarcastique les trottoirs de Sunset Boulevard. « Vous voyez quelqu'un qui s'appelle Cassandra là-dehors ? »

Je repoussai sur mon front mes nouvelles lunettes de blaireau et entrai dans l'obscurité.

À l'intérieur, les lasers se réfractaient, coupant l'atmosphère épaisse et transformant les visages des clients et des danseuses en gargouilles glauques aux crocs menaçants. La musique, comme d'habitude, était sinistre, un rock convulsif, impitoyable, inepte, probablement encore les ImmanuelKantLern. Il y avait le même DJ dans la cabine. Toujours muni de ses énormes écouteurs argentés et de ses lunettes noires, il planait au-dessus de ses platines tel un savant fou se livrant à une expérience diabolique. Les danseuses galéraient sous leur sordide cône de lumière enfumée comme au ralenti. Sur la première estrade, une grande femme à la peau sombre, avec une perruque platinée, évoluait de façon assez vulgaire, balançant ses hanches à un rythme hypnotique, tandis que sur l'autre estrade, la blonde type, les membres longs et minces, se dépouillait lentement de sa robe. Je remarquai ses sourcils rasés et curieusement redessinés au crayon. Il y avait une foule d'hommes – en groupe, seuls, à deux, des rieurs, des rêveurs, des maussades… Je cherchai la serveuse qui m'avait apporté les Pellegrino l'autre soir et l'aperçus en train d'offrir des sodas à un groupe de très jeunes gens agités. « Excusez-moi », dis-je en m'approchant.

Elle portait la même mini-robe pourpre, mais cette fois son masque était en place. Quand elle me regarda à travers les fentes en amande, ses yeux étaient froids.

« Vous vous souvenez de moi ?

– Des Pellegrino, n'est-ce pas ? » Elle me fit un sourire figé et commença à s'éloigner.

« En fait – je devais hurler pour couvrir l'astringente musique – je cherche Angela. »

Elle me répondit trop rapidement : « Angela n'est pas ici.

– Vous savez où elle peut être ?

« – Non, dit-elle, déjà loin.

– Elle a disparu. »

La serveuse s'arrêta et se retourna vers moi. Sur son visage se dessina une expression que j'espérais intéressée, mais je n'en étais pas sûr à cause du masque.

Je continuai. « Je suis son voisin de palier. Elle m'a appelé, et j'ai senti que quelque chose n'allait pas. » J'avais décidé de ne pas parler de ma théorie sur les voix et l'obscurité. « Et on a été coupés.

– Elle vous a raccroché au nez ?

– Non. C'est que – » Je n'étais pas sûr de pouvoir expliquer. « Elle était ici la nuit dernière ? »

Je saisis la serveuse par le bras. Elle regarda ma main comme si une araignée avait sauté sur elle.

Je la relâchai immédiatement.

« Non. Elle n'est pas venue la nuit dernière.

– Et la nuit d'avant ? »

Elle réfléchit. « Je pense qu'elle est peut-être restée un moment. Mais je travaillais jusqu'à dix heures, et en semaine, on est ouverts jusqu'à deux heures du matin.

– Mais vous l'avez vue. Elle était ici ?

– Je ne me souviens pas. » Elle se pencha vers moi. « *Angel*, dit-elle en chuchotant mon nom, je dois t'apporter quelque chose à boire. Je ne peux pas rester ici à bavarder… tu vois ce que je veux dire ? » Elle leva les yeux vers un carré jaune lumineux dans le mur du fond. À l'intérieur se dessinaient des silhouettes, et dans son regard je perçus de l'inquiétude.

« Vous ne savez pas ce qui a pu lui arriver, n'est-ce pas ?

– Ce qui a pu lui arriver ? » Elle haussa les épaules et me servit son sourire fabriqué. « Peut-être qu'elle a trouvé un nouveau client ?

– Un nouveau quoi ? »

Elle soupira profondément, tourna les talons et s'en alla.

J'étais trop sonné pour l'arrêter.

Soudain, cette nouvelle hypothèse me fit me sentir encore plus mal.

Les dix mille dollars que j'avais trouvés devant sa maison… Avait-elle accepté de l'argent d'un homme ? Peut-être un client régulier du Velvet Mask ? Peut-être était-il tombé amoureux d'elle, et elle en avait profité, acceptant ses cadeaux, et c'est alors que quelque chose avait mal tourné, il était obsédé par elle, il l'avait enlevée et mise dans le coffre de sa voiture, ou enfermée dans un placard, ou peut-être dans une petite trappe sombre pour faire d'elle son esclave, et là, elle avait appelé mon numéro sur son mobile, appelé et dit mon nom, sachant que je viendrais et que je la sauverais, comme je l'avais sauvée dans la piscine, et alors l'homme avait découvert et pris le téléphone, il l'avait blessée et maintenant elle m'attendait, attendait désespérément que je vienne la sauver.

Je jetai un regard affolé autour de moi.

Derrière, j'aperçus Bouddha, de son vrai nom Lester, je m'en souvenais, assis sur son tabouret près de la sortie de secours. Il était vêtu du même costume d'employé des pompes funèbres que l'autre fois, la même longue veste noire, la même cravate argent, et son visage, comme d'habitude, était à la fois placide et menaçant. « Excusez-moi de vous déranger, dis-je en m'approchant de lui, mais vous êtes bien Lester ? » Même s'il portait ce costume sinistre, il y avait en lui quelque chose d'enfantin, d'angélique presque. Je remarquai la ligne rouge d'une égratignure barrant son visage, une éraflure qui allait du menton à la pommette et que je n'avais pas vue la dernière fois. Je me demandai s'il avait dû jeter un client dehors, s'il y avait eu bagarre.

Mais Lester ne me répondit pas ; il ne me regarda même pas.

Une main me tapait sur l'épaule et une voix me disait « Il ne peut pas vous entendre. »

Je me retournai.

C'était la danseuse, la timide et mince blonde aux sourcils dessinés qui était sur scène à mon arrivée. Elle portait maintenant une robe du soir d'un vert clinquant qui moulait son buste maigrelet et soulignait ses côtes de façon grotesque. Ses seins siliconés se présentaient comme deux moitiés de pamplemousse qui auraient été accrochées à ses pectoraux. Son fard à paupières était assorti au vernis de ses ongles si longs qu'ils se recourbaient. Elle m'indiquait son oreille d'un de ses ongles démesurés et hurlait pour couvrir la musique « Lester est sourd. »

Sourd ? Pourquoi Angela ne me l'avait-elle pas mentionné ? J'étais perplexe. « D'accord. Peut-être pouvez-vous m'aider ? »

– Que voulez-vous ?

– Je cherche une danseuse qui travaille ici. Son nom est Angela – je veux dire Cassandra. Vous la connaissez ?

– Cassie ! » Je fus récompensé par un grand sourire de complicité. « Bien sûr que je la connais.

– Vous savez où elle est ?

– Non, non. Je la connais juste… » Elle fit un grand geste qui indiquait que cela ne dépassait pas le cadre du club.

« Quand est-elle venue ici pour la dernière fois ? Vous vous souvenez ? »

Elle secoua la tête. « L'autre nuit, je suppose. Lundi, peut-être mardi…

– Vous vous souvenez de quoi ? »

Son visage se pétrifia. « Elle était ici, elle a dansé, puis elle est partie.

– Est-elle partie avec quelqu'un ? » J'hésitai avant de dire « Un client ?

– Pourquoi voulez-vous savoir ça ? » Elle me taquinait comme une gamine. « Vous êtes son copain ?

– En fait, je suis son fiancé », répondis-je très sérieusement. Nous n'en avions pas parlé, bien sûr, mais je me disais que quand je retrouverais Angela, je ne la laisserais plus jamais partir. Je la forcerais à m'épouser. Je l'emmènerais quelque part et la garderais pour toujours à l'abri.

Le visage de la danseuse se crispa. « *Vraiment ?*

– Elle m'a appelé. Je pense que quelque chose lui est arrivé. Elle a dit mon nom, puis la ligne a été coupée. Et depuis, je suis sans nouvelles. »

La danseuse maigrichonne devint soudain très directe, sa voix baissa d'une octave et une lueur d'intelligence jusque-là absente apparut dans ses yeux. « Elle est partie avec un type.

– Quel type ? » Il devait s'agir de lui. Ce devait être le type qui la gardait prisonnière. « Vous pouvez me le décrire ? »

Elle me regarda, puis jeta un œil vers Lester. Elle ne voulait manifestement rien dire, ou pensait qu'elle ne le pouvait pas. « Juste un type.

– Un Blanc ? Un Noir ? Quel genre de type ? »

Cela provoqua son rire. « Pas aussi blanc que vous.

– Mais blanc quand même ?

– Blanc, âge moyen, costume gris, lunettes. » Ses longs ongles balayèrent l'air en direction d'une table occupée par un groupe. « Ils sont tous un peu pareils, vous ne trouvez pas ? »

C'était vrai, tous ces hommes se ressemblaient pas mal. Dix au moins d'entre eux correspondaient à la description.

Blanc, âge moyen, costume gris, lunettes.

Je me retournai vers Lester. Son visage était aussi inexpressif que de l'asphalte. « Vous n'avez aucune idée de l'endroit où ils sont allés ? demandai-je à la danseuse.

– Des mecs comme ça vous emmènent à leur hôtel, dit-elle, et des mecs comme ça peuvent habiter n'importe où.

– Vous pouvez m'en indiquer ?

– Le Four Seasons Hotel – elle haussa les épaules –, le Mondrian, le Regent, L'Ermitage, Beverly Hilton, Château Marmont. » Il y a plein d'hôtels d'affaires à Beverly Hills et Hollywood, et elle les avait presque tous nommés. « Ou peut-être son appartement.

– Merci », dis-je, puis je lui demandai. « Quel est votre nom ? »

Elle se passa la langue sur les dents, puis son personnage de bimbo réapparut. « Baby, dit-elle.

– Je voudrais demander à Lester s'il l'a vue. Est-ce qu'il ne comprend que le langage des signes, ou…

– Il peut lire sur les lèvres ». Baby eut un sourire appuyé. « Il comprend tout ce que nous nous disons en ce moment. »

Lester se leva comme pour confirmer la chose, avec une légère trace de moquerie sur son large et aimable visage, et mit sa main sur ma nuque, m'agrippant comme une canette de bière. Ses mouvements étaient souples et gracieux. Il se glissa vers la sortie de secours, me traînant avec lui.

« Je pense que c'est sa façon de vous dire qu'il est temps de partir, se moqua Baby.

– Pourquoi ? » J'étouffais. « Qu'est-ce que j'– »

Elle jeta un rapide coup d'œil vers le carré lumineux au-dessus de la cabine du DJ. « Les patrons, dit-elle. Ils n'aiment pas les gens qui posent des questions. » Une silhouette y apparut, tête nettement penchée dans ma direction. La serveuse était là aussi. Elle faisait semblant de ne pas me voir, mais je vis son corps se raidir, une expression de la peur qui ne trompe pas, alors que l'on m'entraînait.

Je levai les mains. « Je m'en vais, dis-je à Lester. Vous n'avez pas besoin de me jeter dehors. »

Son petit sourire se transforma en un rictus plus menaçant. Il me sembla même que ses yeux brillaient sous la lumière du laser. Le colosse me fit dévaler les quelques marches de la sortie de secours et ferma brutalement la porte derrière moi.

J'étais dehors. Le ciel était maintenant complètement noir et je restai sous la lumière faiblarde d'une simple ampoule qui éclairait le parking du Mask. Quelques danseuses se partageaient une cigarette, et l'air était frais, presque froid.

« Excusez-moi, dis-je, est-ce que l'une d'entre vous connaît une fille nommée Cassandra ? »

Elles me regardèrent, sans réagir.

« Désolée, répondit finalement une blonde avec un fort accent russe, vous devriez demander à l'intérieur.

– Merci quand même. » Je me dirigeai vers la Cadillac garée une dizaine de mètres plus loin. Le bruit sourd de la musique traversait les murs, mais ce n'était plus qu'un mince écho déplaisant. Il y avait quelque chose de sucré dans l'air, un parfum de fleurs épanouies. Pas des jacinthes, comme celles qui fleurissaient dans le jardin du vieil homme. Non. C'étaient des senteurs de muguet, de chèvre-feuille, de laurier-rose. Ou peut-être la brise m'apportait-elle les parfums bon marché des danseuses qui prenaient l'air.

Un grillage marquait les limites d'une impasse de banlieue. Au-delà, on apercevait un carré d'arbres, une rangée de maisons jumelles, des ensembles résidentiels, qui s'étendaient jusqu'à Melrose Avenue. Pour tout éclairage, les étoiles et la pauvre ampoule du parking. Je remis néanmoins mes lunettes noires et me glissai derrière le volant.

Quelques emplacements plus loin, je remarquai une limousine noire avec le logo Horace & Geary en lettres d'or sur la porte, probablement celui des pompes funèbres de Lester.

Il fallait que je réfléchisse.

Pourquoi ne voulaient-ils pas que je pose des questions à propos d'Angela ? Beaucoup d'hommes sans doute tournaient autour des danseuses, des hommes jaloux, des hommes libidineux, des hommes mécontents. Sans aucun doute, il fallait s'en débarrasser. Je comprenais cela. Et puis les danseuses, qui fuyaient probablement déjà quelque chose – seraient-elles devenues strip-teaseuses sans cela ? –, n'aimaient pas répondre aux questions. C'était la force de l'habitude qui rendait ces gens réticents. J'essayai d'envisager un scénario qui tienne. J'imaginai Angela suivant un type à l'hôtel, le Blanc avec un costume gris et des lunettes, décrit par Baby. Était-ce le même qui avait écrit la lettre ?

Je regardai le cadran lumineux de la montre analogique sur le tableau de bord en faux érable. Presque minuit. Nous étions vendredi, le Velvet Mask ne fermerait pas avant quatre heures du matin.

Voilà ce qui s'était passé, me dis-je, me souvenant du flic stupide.

Voilà ce qu'il était *advenu* :

Angela avait été harcelée par un cinglé quelconque. Il l'avait probablement vue au Mask et avait commencé à lui laisser ces messages inquiétants, obsessionnels, sur le pas de sa porte. D'abord déconcertée, puis effrayée, Angela avait été obligée d'aller ailleurs, et c'est pourquoi elle s'était installée dans cet appartement miteux près du mien à San Raphael Crescent, et pourquoi aussi la lettre bleue était restée sur le pas de sa porte à Orange Blossom – il ne savait pas qu'elle avait déménagé. Ignorant que c'était le type qui la traquait, Angela avait probablement quitté le club avec lui mercredi. Elle était restée avec lui toute la nuit à l'hôtel. Puis les choses ont mal tourné. Il l'a menacée de son revolver, l'a mise dans un placard ou dans le coffre de sa voiture, et c'est de là qu'elle m'avait appelé – juste au moment où je cherchais par la fenêtre cette putain de chatte.

Je levai les yeux et vis que les danseuses qui tout à l'heure partageaient une cigarette étaient retournées à l'intérieur.

La porte à peine entrebâillée laissait passer une lueur de néon et l'insupportable martèlement du chaos musical.

La montre du tableau de bord indiquait deux heures quarante-cinq.

Depuis combien de temps étais-je là ? Est-ce que je m'étais endormi ?

Ce que je devais faire était évident. Trouver l'homme au costume gris.

Blanc, âge moyen, costume gris, lunettes – c'était maigre, comme description. Autant dire la moitié des hommes sur la terre.

Je mis le moteur en marche, démarrai et pris la direction de Sunset.

J'entendis à nouveau sa voix, et la façon dont elle avait dit mon nom. Le noir. Je pouvais l'entendre. Je pouvais entendre chaque particule, chaque onde de peur qu'elle contenait.

Je me souvins du matin suivant notre rendez-vous au Mask. Angela dans ma cuisine, nue, son ventre couleur cannelle appuyé contre l'évier. Elle remonta le store et la lumière s'engouffra, d'un blanc brûlant. Dehors, le soleil de six heures du matin filtrait à travers les feuilles vernissées des lauriers du vieil homme.

« Est-ce que je peux ouvrir ? » avait-elle demandé.

Dehors, la chatte miaulait tant qu'elle pouvait, poussant des cris à la fois humains et inhumains.

« Non. » Je n'en revenais pas.

Angela ouvrit quand même, et la lumière corrosive envahit la cuisine et mon cerveau hypersensible. Elle remonta même le cadre de la fenêtre à guillotine, laissant passer un souffle d'air frais, le premier qui ait jamais pénétré dans cet appartement depuis que je m'y étais installé, et en même temps, entrèrent à profusion les riches senteurs des fleurs – les jacinthes, les œillets d'Inde, les hortensias, les tulipes.

« Est-ce que tu sens tout ça ?

– Sens quoi ? »

Elle prit une profonde inspiration. « Les fleurs.

– Ce sont des jacinthes. Le vieil homme les fait pousser dans le jardin à côté. » Je l'avais vu des millions de fois, s'occupant de ses plates-bandes, un vieux borné en bleu de travail, une bêche à la main. L'odeur était puissante, avec quelque chose du champignon et du pollen d'été. Je pouvais voir tout son jardin à travers les feuilles du laurier et la clôture de métal gris. Le vieil homme passait ses journées à arroser, nettoyer, semer et replanter. À cet instant, le tourniquet envoyait des jets saccadés dans le piquant soleil du matin. Il avait dû se lever très tôt pour le mettre en marche.

Angela se précipita dans ma chambre et enfila mon pantalon cargo avant que je comprenne ce qui arrivait. Elle passa aussi sa tête dans un de mes t-shirts, puis le tira brutalement sur ses seins siliconés.

« J'en veux, dit-elle.

– De quoi ? » Je la suivis dans le séjour.

« Des jacinthes.

– Pourquoi ?

– Parce que j'en ai envie. »

La porte se referma sur elle.

Une minute plus tard, je regardai par la fenêtre de la cuisine et vis Angela, pieds nus, passer avec précaution entre les voitures. Arrivée à la clôture, couverte d'un réseau enchevêtré de lierre épais vert et de jacarandas mauves, elle se retourna vers moi. Puis elle balança ses jambes d'un harmonieux mouvement acrobatique par-dessus la clôture, mais le tissu de son pantalon s'accrocha au grillage et elle atterrit brutalement de l'autre côté. Je crus un moment qu'elle était assommée car elle ne bougeait pas, et retins mon souffle jusqu'à ce qu'elle se relève.

Elle me renvoya un éclat de dents blanches et un petit salut confus.

« Bon Dieu ! » Je savais qu'elle ne pouvait pas m'entendre. « Sois prudente. »

Après, il me fut difficile de voir grand-chose car je devais suivre sa silhouette à travers les feuilles sombres des branches en surplomb. Elle resta un long moment hors de ma vue, assez longtemps pour que j'envisage d'enfiler quelques vêtements et, bien que je déteste la lumière, d'aller à sa recherche. Comment est-ce que j'allais expliquer tout ça ? Je commençais à croire que le vieil homme l'avait repérée, et qu'il faudrait que je trouve une excuse. Elle a bu, je me voyais lui dire. Cela n'arrivera plus.

Mais la porte s'ouvrit et Angela entra en coup de vent, les bras pleins de fleurs bleues et blanches et ses faux cheveux longs plaqués sur la tête. Je ne l'avais pas vue revenir.

Arrosée par le tourniquet, elle était trempée de la tête aux pieds et mes vêtements collaient à son corps. Elle souriait, les bras chargés de fleurs aux larges pétales bleus et blancs et aux grosses tiges vertes.

Je ne sais pas pourquoi – j'aurais aimé dire quelque chose, lui dire combien elle était belle – mais je ne pouvais parler, et mes yeux me jouaient un sale tour. Avec la lumière du matin qui entrait à pleins flots par la fenêtre de la cuisine, je ne pouvais plus rien voir. J'avais sans doute fixé directement le soleil, et maintenant je sentais se dessiner l'aura de la migraine, estompée, assombrie de rayons – grandiose. Plus tard, je le savais, je me pencherais au-dessus de la cuvette des toilettes et rendrais le contenu de mon estomac dans un déchaînement de spasmes, mais à cet instant, à cette minute, contemplant son visage, la seule chose que je pouvais voir, j'eus l'impression que je regardais au cœur de la lumière. Et cette sensation, celle que j'avais ressentie cette première fois où j'ouvris la porte pour la découvrir devant moi, tenant la cocotte de sauté d'agneau, s'était transformée, évoluant du désir au bonheur, et maintenant… maintenant c'était quelque chose d'entièrement différent.

Quand je rentrai chez moi, la télévision était toujours allumée, *Blade Runner* courait toujours, le visage harassé de Harrison Ford naviguait toujours dans le L.A. futuriste de Ridley Scott. « Plus humain qu'humain est notre devise. » Je m'assis à mon bureau et réfléchis un moment, répétant en écho le dialogue, puis retournai sur le palier et essayai d'ouvrir la porte d'Angela.

Apparemment, le verrou avait été remis.

Mais je devais y entrer. J'avais sûrement manqué quelque chose la fois dernière, raté un autre indice.

Je retournai chez moi et ouvris le compartiment sous l'évier à la recherche d'un marteau et d'un tournevis.

À nouveau sur le palier, j'engageai le tournevis dans la serrure et donnai un grand coup de marteau.

La serrure, peu solide, ne résista pas et la porte s'ouvrit dans un grand fracas.

Je regagnai rapidement mon appartement et refermai la porte derrière moi, en planquant les outils.

Si jamais quelqu'un se manifestait, je ferais l'imbécile et prétendrais avoir entendu un bruit bizarre.

La vache ! C'était quoi ce boucan ?

Mais bien sûr, personne ne vint. J'attendis quelques minutes, puis retournai chez Angela, allumai le plafonnier. Rien n'avait changé : le même petit canapé bleu, le même fauteuil à bascule en rotin blanc, le même livre de cuisine maculé de sauce, abandonné sur le comptoir de la cuisine. Je fouillai tout l'appartement, méthodiquement cette fois, essayant de découvrir n'importe quoi, n'importe quel signe qui pourrait me fournir une indication sur l'endroit où était cachée Angela, ou sur l'identité de celui qui lui avait adressé cette horrible lettre.

Mais je tombai seulement sur quelques bouts de papier sans importance, des tickets de caisse de supermarchés, des cartes vierges d'abonnement à des magazines. Je fouillai les tiroirs et les éléments de la cuisine, même l'intérieur de la cocotte orange, bien récurée, qui se trouvait sur la paillasse de l'évier. Je soulevai les coussins du petit canapé bleu et passai la main sous la housse. Le canapé était flambant neuf. Il n'y avait rien dessous, pas même de la poussière.

Dans la chambre à coucher, je pêchai dans l'une des Samsonite un jean avec des rivets d'argent brillant. Je découvris dans la poche un billet de cent dollars, tout neuf. Je me demandai, jaloux, ce qu'Angela avait fait pour gagner ce fric, et me punis moi-même d'être aussi con en me faisant la réponse. Peut-être que celui qui l'avait enlevée, le Blanc en costume gris, le lui avait donné. Peut-être y avait-il eu d'autres enveloppes pleines de billets de cent dollars.

J'ouvris le placard et regardai les trois robes, une noire, une verte, une couleur pêche. Elles pendaient comme des fantômes d'Angela, et un instant, je m'imaginai emmenant Angela ainsi habillée dans un de ces restaurants que fréquentaient mes parents. J'imaginais aussi les regards tournés vers nous, tous ces yeux sur moi.

Je ne sais pas pourquoi, mais puisque j'étais devant la porte du placard, je fis un pas de plus. Il m'arrivait, quand j'étais enfant, de m'asseoir dans les placards pour me cacher de la lumière du jour, c'était donc peut-être la force de l'habitude, ou peut-être que je régressais. Quoi qu'il en soit, le placard était presque vide, et je tirai simplement la porte derrière moi.

Un fin rai de lumière se glissait sous la porte.

Je laissai mes yeux accommoder.

Était-ce ainsi quand elle m'avait appelé ? J'essayai de me souvenir de sa voix. Je dis mon propre nom, « *Angel ?* » en le murmurant comme Angela quand elle m'avait appelé, en prêtant attention à l'acoustique assourdie.

Aurait-elle pu être ici ?

Quelques minutes plus tard, je sortis du placard vers la lumière de la chambre à coucher et, alors que mes yeux s'adaptaient lentement à l'éclairage du plafonnier, je regardai vers le séjour.

D'abord, je n'y crus pas.

Il y avait un homme à l'entrée. Sa main hésitante tâtait la serrure explosée. Il portait un costume gris classique, avec une cravate sombre et une chemise blanche. Son visage était dans l'ombre, mais je vis qu'il portait des lunettes.

Des lunettes.

Un Blanc avec un costume gris.

« Hé ! » dis-je, en avançant en pleine lumière.

En m'apercevant, l'homme en gris sursauta, fit demi-tour et disparut sur le palier.

Je n'avais pas vraiment vu son visage. J'avais mis trop de temps à réagir.

J'entendais le bruit de ses pas, de ses chaussures qui résonnaient sèchement sur le béton des marches.

C'était l'homme avec qui Angela était partie l'autre nuit. Ce ne pouvait être que lui. Ainsi il était venu, avait trouvé la porte forcée, était entré.

« Attendez ! » Je courus dans le hall et sautai d'un bond une enfilée de marches, poursuivant l'homme en gris jusqu'au parking. Il grimpa dans une vieille Honda blanche et fila sur les chapeaux de roues vers San Raphael Crescent, manquant de peu une poubelle au virage. Ses pneus crissèrent sur le sol, laissant deux traces parallèles de caoutchouc noir sur le béton clair. À la dernière minute, je pensai à relever sa plaque d'immatriculation, mais trop tard, l'homme en gris était parti.

*

On dit du film, du roman, qui traite du mal et de la mort, qu'il est noir, ou d'un être cruel qu'il a une âme noire. Déprimé, on broie du noir. On avoue qu'on a toujours peur du noir, et l'obscurité est devenue une sorte de métaphore culturelle de tout ce qui est effrayant, psychologiquement perturbant, ou même légèrement désagréable. Je trouve l'obscurité tellement plus accueillante que la lumière. L'obscurité ne brûle pas ; elle n'agresse pas les yeux ; elle ne réclame pas des lentilles spéciales ou des verres fumés. Personne ne construit un abri pour se protéger du noir. Et bien que nous ayons besoin d'une certaine quantité de lumière pour voir, nous dormons dans un noir reposant ; la plupart des gens font l'amour dans le noir ; nous aimons manger dans des restaurants sombres et nous voyons les films dans des salles obscures. L'obscurité est apaisante, réconfortante, et tellement plus douce que la lumière. Quand nous avons vraiment peur, nous nous cachons les yeux, cherchant la protection de l'obscurité. La façon la plus sûre d'échapper à un ennemi est de se fondre dans l'ombre. Nous naissons du noir d'un ventre et regagnons à la fin de notre vie le noir de la tombe.

Pour moi, la meilleure place pour réfléchir n'a jamais été à la pleine lumière du jour, mais dans le rassurant noir de la nuit.

Tout ça pour expliquer pourquoi je suis retourné m'asseoir dans le placard d'Angela.

J'avais besoin de cette obscurité, d'éprouver cette sensation intime, enveloppante, de calme, et imaginer ce qu'elle avait pu ressentir quand elle m'avait appelé.

Et je découvrais que ce qui avait terrifié Angela, ce n'était pas l'obscurité, mais la menace d'une autre chose dont elle avait peur.

En d'autres mots, ce n'est pas l'obscurité que nous craignons – la peur est la raison pour laquelle nous recherchons l'obscurité.

L'homme en gris.

Si ce type était réellement l'homme avec qui elle avait quitté le Mask, pourquoi la cherchait-il maintenant ? Ne savait-il pas où elle était ? N'était-il pas celui qui l'avait mise dans le coffre de sa voiture, ou fourrée sous son lit ?

Angela s'était peut-être échappée et se cachait de lui. Elle s'était peut-être réfugiée dans un petit endroit obscur. Les enchaînements de mon imagination commençaient à prendre le pas sur ma raison. Elle se cachait donc peut-être quelque part. Je me figurais un placard à linge dans un hôtel, un réduit sans air entre un mur et un rideau, un trou crade sous une maison. Ou alors il n'avait jamais réussi à s'emparer d'elle. Elle savait qu'il la poursuivait à cause des lettres, et elle s'était envolée. Elle se planquait. Des pensées surprenantes, des idées brillantes, des théories folles traversaient l'écran de mon esprit comme des bandes-annonces, des fragments de scènes, des bouts de dialogues, des suggestions d'intrigues sans fondement, qui étaient beaucoup plus chargées de menace que la réalité le serait jamais. Là, dans l'obscurité de son placard, mes yeux relevaient de plus en plus de détails. Le fin rai de lumière qui soulignait le bas de la porte semblait se déployer comme de la peinture projetée par un atomiseur.

Je me forçai à sortir du placard d'Angela et traversai la froide fluorescence du palier pour retourner dans mon appartement. J'allai à la cuisine me préparer un café, quittai mes sandales, et posai les pieds bien à plat sur le linoléum froid.

Je jetai un œil à travers les lames du store pour chercher la chatte.

Elle était partie… toujours partie…

Comme Angela, la chatte manquait toujours à l'appel. Le soleil se levait. Les chiffres bleus de la machine à café indiquaient cinq heures et demie. Je ne pouvais pas dormir, mais je n'avais pas envie de prendre des médicaments.

Je refis le numéro du mobile d'Angela, écoutant le message enregistré. « Salut, c'est moi, disait-elle joyeusement. Laissez-moi un message, je vous rappellerai.

– C'est moi, dis-je au téléphone. C'est Angel. » Je voulais lui dire que je la retrouverais, qu'elle ne devait pas s'en faire, que tout irait bien, mais ma voix s'étrangla et je ne réussis pas à dire un mot de plus. Finalement, je m'installai avec ma tasse de café noir devant mon ordinateur. Les recherches pouvaient se diriger dans trois directions. Je pensais que cela m'aiderait d'établir la liste des possibilités, d'écrire les scénarios potentiels en utilisant mon logiciel et de déterminer ainsi la meilleure marche à suivre. J'avais dû m'endormir, car plusieurs heures plus tard je me retrouvai dans mon fauteuil grinçant, la tête sur le bras et la main pleine de picotements. Ma colonne vertébrale semblait être de plomb.

Réveillé, j'arrivai à une conclusion.

*

Pour un de mes anniversaires, mes parents avaient organisé une fête au Four Seasons Hotel. Il y avait un magicien, un clown français et un énorme gâteau sur le modèle d'un croiseur de *La Guerre des Étoiles*. Pratiquement tous les enfants des vedettes de Hollywood étaient là. C'était avant que l'on sache à quel point j'étais timide, avant que mes peurs se transforment en phobies et que je devienne un boulet pour tout le monde. Je savais que cette fête allait avoir lieu, et cela m'excitait assez, mais quand le jour arriva, j'étais si terrifié que j'en eus la chair de poule. Je claquais des dents. Je me rappelle m'être complètement figé quand une petite fille s'avança vers moi. Elle tenait un paquet dans un bel emballage et m'offrait un sourire déjà célèbre. « Joyeux anniversaire, Angel », me dit-elle gentiment.

Je fus incapable de lui répondre. De dire le moindre mot. Je me contentai de la regarder, catatonique.

« Est-ce que tu vas bien ? » Elle chercha autour d'elle l'aide d'un adulte. « Il va bien ? »

Je ne sais pas où était ma mère à ce moment-là, mais Frank me saisit par le bras et me traîna dans la pièce à côté. « Écoute-moi bien, pauvre spectre, murmura-t-il en se penchant vers moi, je t'arracherai ces yeux roses de ta foutue gueule si tu ne retournes pas là-bas et si tu ne fais pas semblant de t'amuser. » Je me souviens encore de la pression de ses mains sur mes bras. « Est-ce que tu as compris qui c'était ? »

Je secouai la tête.

« Cette *foutue* Drew Barrymore. »

Apparemment, mon père essayait de faire une nouvelle version d'un film de Shirley Temple, et ils tenaient absolument à avoir Drew pour le rôle vedette.

Frank Heile.

Toute ma vie, il m'a traité ainsi, me traînant dans un coin et me menaçant de sévices. Il promettait toujours de briser les os de mes jambes pâles ou de tordre mon cou rose de poulet. Honnêtement, je n'ai jamais su ce dont il était réellement capable, mais mettons les choses comme ça – Frank Heile est ce personnage qui, dans un film, se révèle être un Nazi en fuite ou un ancien garde d'un camp de concentration ; j'ai toujours pensé que quand Frank mourra, la police découvrira chez lui un hangar plein de *snuff movies*[1] ; j'ai toujours imaginé des restes humains éparpillés sous son gazon, des squelettes enchaînés aux tuyaux dans sa cave, des os perçant le béton coulé au fond de sa piscine. C'était l'homme qui faisait le sale boulot pour mon père, son Robespierre, son Adolf Eichmann. Son séide qui le protégeait des poursuites

---

1. *Snuff movies* (*snuff*, « clamser » en argot). Films pornographiques au cours desquels mutilations et meurtres sont tournés en direct. La rumeur de leur existence fut lancée lors d'une croisade antipornographique en 1973. À l'origine, le film éponyme *(Snuff)* était un faux réalisé avec des trucages par une cinéaste, Roberta Findlay. Depuis, aucune preuve de l'existence de tels films n'a été apportée. (N.d.T)

engagées par ceux à qui il volait les idées, celui qui pouvait détruire une carrière prometteuse par un simple coup de fil. Même mon père avait l'habitude de plaisanter à son propos. « Tout le monde devrait avoir un sociopathe comme Frank à ses côtés, disait-il. C'est bon pour les affaires. »

Il ne m'a jamais battu – Frank n'a jamais levé la main sur moi – mais même à l'époque, à l'âge de six ans, je savais ce qui m'attendait si je ne me montrais pas gentil avec Drew Barrymore.

« C'est Angel Veronchek. Est-ce que je peux parler à –

– Un moment, s'il vous plaît.

– Qu'est-ce qui se passe, Angel ? » Sa voix était dure. Il lâcha mon nom comme s'il s'agissait d'un torchon sale.

Dans la cuisine, le téléphone collé à mon oreille, je me versais une tasse de café tiède. « J'ai besoin de ton aide. » Je n'aimais pas beaucoup demander des choses à Frank. Je n'aimais pas beaucoup – pas du tout, serait plus vrai – lui parler, mais j'étais désespéré.

Je balançai un certain nombre de pilules contre l'anxiété dans le café et en pris une bonne gorgée.

« Quel est ton problème ? »

Sa voix me rendait nerveux. Ma main jouait avec un flacon plein de Réalité. « J'ai besoin de ton aide pour retrouver quelqu'un. »

Il y eut un silence, un soupir impatient. Frank écrivait quelque chose. « Qui as-tu besoin de retrouver ?

– Il s'agit d'une fille.

– Une fille.

– N'en parle pas à mon père, d'accord ? Si jamais tu lui en parlais –

– Ce sera notre petit secret, dit Frank, accommodant. Dis-moi seulement quel genre de fille tu cherches.

– Ce n'est pas un *genre* de fille, c'est une fille particulière. » Je respirai un bon coup pour contrôler mes nerfs. Rien que lui parler me rendait furieux. « Une femme. »

– Okay.

– Son nom est Jessica Teagarden. » J'avais du mal à le prononcer ; il me semblait encore étrange.

Je sentis qu'il prenait note du nom. « Continue.

– C'est ma voisine de palier. Seulement… seulement…

– Seulement quoi ?

– C'est une danseuse, une strip-teaseuse. Elle travaille au Velvet Mask. Tu connais ? Sur Sunset Boule –

– Je suis passé devant. »

Toute ma vie j'avais entendu Frank et mon père parler des femmes comme si c'étaient des desserts qu'ils pouvaient commander au serveur. « Je sais qu'il t'arrive de chercher des filles comme elle pour des gens, alors –

– J'ai compris, Angel, dit Frank avec un gloussement de conspirateur. Je n'ai pourtant jamais pensé que je le ferais pour toi. » J'entendis du bruit derrière lui, une sorte de mouvement, comme si quelqu'un lui posait une question. Puis il dit « Une femme t'appellera. Son nom est Annette. Elle dirige en quelque sorte… le casting. Tu lui dis bien ce que tu veux, et elle t'arrangera ça. Je la contacte et m'occupe de tout.

– Comment sais-tu qu'elle peut la trouver ?

– Crois-moi, Angel, Annette te trouvera la fille que tu cherches.

– Est-ce que c'est une enquêtrice, ou – »

Il rit. « Ne t'inquiète pas de ça, d'accord ? Fais-moi confiance.

– Tu t'assureras qu'il ne lui arrive rien, n'est-ce pas ? J'ai peur qu'elle ait des – »

Il s'impatientait. « Rien n'arrivera. »

Je me demandais si cette Annette était réellement capable de la retrouver. Mais je savais que le pouvoir de Frank passait toutes les frontières, criminelles, légales, éthiques, personnelles, que le pouvoir de Hollywood est absolu. Je décidai de lui faire confiance. « Merci, Frank. »

Il y eut un silence, puis comme j'allais lui dire au revoir, « Ton père… »

Je soupirai. « Oh merde. »

Cela ressemblait à une phrase inutile, une phrase trop souvent répétée. « Il s'inquiète pour toi. »

« Il s'inquiète pour rien.

– Va le voir quand même. » Frank, l'air condescendant, semblait parler à un enfant. « Ce n'est plus un jeune homme, tu sais. Il fatigue. Et Gabriel – »

« Pourquoi *le* mêles-tu à tout ça ? »

C'était si typique de Frank d'évoquer Gabriel. L'hypocrite.

« Il fait des progrès, mais – »

Pour une raison mystérieuse, mon petit frère adoptif ne parlait toujours pas. Je pensais que c'était de l'autisme, *tout le monde* pensait que c'était de l'autisme, mais personne n'avait le courage de le formuler. « Il faut que je parte. » Je finis mon café et les pilules, et ressentis déjà leur effet calmant. « Cette Annette, elle appellera bientôt ?

– Va voir ton père. Ce n'est pas un ordre. »

Je n'en pouvais plus. Je raccrochai.

C'est alors que je remarquai le message d'appel qui clignotait sur le répondeur. Un. Un. Un. Un. Le téléphone avait dû sonner pendant que je dormais. Merde ! Et je l'avais raté.

J'appuyai sur le bouton, souhaitant désespérément que ce soit Angela.

« Angel ? » Une voix de vieillard un peu tremblotante chevrota. « C'est le Dr Silowicz. Vous avez encore manqué votre rendez-vous et je me demandais si tout… enfin, si tout allait parfaitement bien. »

Silowicz.

Ce vieux branleur. J'avais envie de lui dire que rien n'allait parfaitement bien. Rien n'était allé parfaitement bien dans ma vie entière, et maintenant, plus que jamais.

Mais je ne le fis pas.

À la place, je l'appelai et lui demandai si je pouvais passer le voir immédiatement.

*

Une expérience relativement simple, que j'avais pratiquée plusieurs fois déjà, consistait à mélanger deux ou trois produits chimiques, puis à chauffer la solution dans un tube à essai au-dessus d'une flamme. J'avais trouvé un vieux stylo à encre de mon père dont je prévoyais de remplir le réservoir avec la solution. L'idée générale de l'expérience était que l'on pourrait écrire avec le produit, et que le bleu, ressemblant à de l'encre normale, resterait visible dix minutes environ avant de s'estomper. Il suffirait, pour que l'encre réapparaisse, de tremper un morceau de coton dans du jus de citron et de le passer sur la page.

J'avais en tête d'écrire un journal secret, en racontant tout, la vérité absolue, avec des mots qui s'effaceraient.

C'était l'été avant le lycée, l'année où j'entrai à la Vancouver School. J'avais déjà passé juillet et la plus grande partie d'août dans le sous-sol de la maison de mes parents, jouant avec ma panoplie de chimie Génie Junior. Je portais une blouse de laboratoire, des lunettes protectrices, et notais avec application les résultats de mes expériences inutiles sur un carnet à spirale. Le sous-sol avait été prévu initialement comme un espace familial de jeu, un lieu pour la détente avec une énorme télévision, des tas de jeux de société, un ping-pong. Mais comme personne ne venait là, j'en avais fait mon laboratoire privé, utilisant la table de ping-pong comme une surface de travail et le jeu vidéo Atari comme unique source de lumière.

C'était un jour d'été mortellement lumineux, je m'en souviens, et mon père comme toujours tournait un film ou en lançait un autre, à moins qu'il n'ait été en compagnie d'une vedette. Ma mère était sortie pour faire les magasins, ou pour déjeuner, ou pour une intervention de chirurgie esthétique.

Comme d'habitude, on m'avait laissé seul.

L'expérience de l'encre qui disparaît commençait cependant à m'ennuyer et je pensais qu'il serait intéressant d'y ajouter un petit quelque chose d'inattendu. Je pris au hasard un produit. J'avais une grande collection de fioles en plastique provenant de différents attirails qu'on m'avait offerts au cours des années, y compris un surprenant ensemble allemand que le frère de ma mère m'avait rapporté de Suisse. Je ne me souviens pas de ce que j'ajoutai exactement, sauf que c'était une poudre blanche cristalline.

La solution, qui était d'un bleu clair, moussa un moment, puis se stabilisa en retrouvant sa transparence.

Fascinant.

Il fallait maintenant que j'essaie autre chose.

Je faisais souvent ça quand j'étais môme, ajouter au hasard des produits chimiques à une solution, faire chauffer pour voir ce qui se passait, et noter les résultats. Je ne crois pas que j'avais déjà saisi à l'époque les bases de la recherche scientifique, c'est-à-dire savoir exactement ce que l'on fait, posséder un *objectif*. Cette fois j'ajoutai quelque chose de bleu – du cobalt, probablement – pour voir si la couleur de l'encre allait revenir. Mais cela ne se mélangea pas, le nouveau produit chimique descendit au fond du tube à essai. Alors, je bouchai le tube et le tins avec des pinces au-dessus de la flamme du brûleur, en pensant que le mélange se ferait.

Le Dr Silowicz et moi avons passé des heures à discuter de mon intérêt constant pour les sciences. Il a toujours dit que cela représentait mon désir de contrôle. J'ai toujours soutenu que c'était ma fascination pour le mystérieux. Quoi qu'il en soit, j'avais gardé le tube à essai trop longtemps au-dessus du brûleur, en regardant la solution bouillir et monter, et je n'aurais pas dû non plus mettre un bouchon en caoutchouc, parce que le gaz créé par la chaleur de la flamme se dilata, et la solution chimique explosa.

Il y eut un bruit terrible, bien sûr, un impressionnant *pop*, puis le fracas du verre et de l'encre sympathique qui se répandirent en minuscules éclats dans toute la salle de jeux.

Heureusement, je portais mes lunettes protectrices et une blouse de laboratoire à manches longues, comme un jeune assistant chimiste responsable.

« *Angel !* » C'était encore Annabelle. Notre gouvernante était descendue en courant et elle m'éloignait de la flamme du brûleur. Depuis l'incident du bronzage, la pauvre femme vivait dans la terreur permanente que je me brûle. Elle m'examina attentivement, m'enleva les lunettes et brossa les petites particules de verre incrustées dans ma blouse et mes cheveux.

Mais je riais. « Ne t'inquiète pas, Annabelle. Je vais bien. Tout va bien. »

Je regardai autour, m'attendant à trouver des taches d'encre bleue sur les murs, le plafond et les meubles.

Il n'y avait rien, pas la moindre trace. Seulement quelques morceaux de verre éparpillés sur la table de ping-pong et le sol.

« Je vais nettoyer, dit Annabelle en inspectant les dégâts.

– Non, non. Annabelle, s'il te plaît, c'est de ma faute. Je nettoierai, d'accord ? »

Elle m'observa un moment, d'une façon à la fois inquiète et affectueuse, puis me laissa seul.

Je commençai à ramasser les éclats de verre, balayant les infimes particules avec ma main. Je me coupai, je m'en souviens, en refermant ma main pleine de débris, et ressentis la morsure des produits chimiques sur la blessure.

Puis j'éteignis le brûleur et jetai un dernier regard tout autour.

Je trouvais bizarre qu'il n'y ait pas de taches bleues sur les murs et les meubles. Ce que j'avais ajouté à la solution s'était sans doute dilué dans ce qui avait été transformé en encre bleue. Je rangeai tout l'attirail et passai le reste de l'après-midi dans ma chambre, en espérant qu'Annabelle ne parlerait pas de l'incident à mes parents.

Le soir passa. La nuit arriva.

Je m'étais presque endormi quand j'entendis la voix de mon père. Le son montait, quelque chose de strident, de furieux, d'inhabituel. La voix de mon père force les murs. Elle force aussi la peau, les êtres humains, les âmes. Je pouvais déduire, de sa provenance, qu'il était dans la salle de jeux.

Ma mère essayait de le calmer.

« *Angel, nom de Dieu !* hurlait mon père, *descends !* »

Je fis la sourde oreille, prétendant être endormi.

Puis je perçus son pas pesant dans l'escalier. Il me semblait même entendre ses narines fumer.

La porte s'ouvrit brutalement. La lumière violente du palier gicla dans ma chambre comme le sang d'une blessure.

« Descends immédiatement au sous-sol et explique-moi ça. »

Je m'assis sur mon lit en me frottant les yeux, comme si je ne savais pas ce qui se passait.

« Tout de suite, Angel ! »

Ma mère apparut derrière lui et lui dit « Arrête de hurler. » Puis elle vint s'asseoir sur le bord de mon lit, posa sa main fraîche sur mon front. « Qu'est-il arrivé, mon chéri ? demanda-t-elle. Est-ce que tu peux nous expliquer ce qui s'est passé en bas ? »

C'était toujours pareil avec mes parents : Milos hurlait, Monique prenait ma défense.

Je les regardai, l'un après l'autre. J'allais dire quelque chose quand mon père s'avança vers le lit, m'attrapa par le col de mon pyjama et me tira hors de la chambre.

« Milos, tu lui fais mal », dit ma mère.

Il me traîna jusqu'au bas des escaliers. Et là, je regardai, abasourdi.

Cobalt, azur, céruléen, saphir. Et turquoise, bleu-vert, aigue-marine, indigo, bleu nuit. Et bleu canard, bleu iridescent, acier, béryl, cyan... bleu, bleu, bleu, bleu, bleu, bleu... bleu comme les yeux d'Angela la première fois où je la vis... des points bleus partout... sur les murs, le plafond, les meubles, le sol.

Pois et pointillés, la pièce entière était éclaboussée, mouchetée, pommelée... une symphonie vivante de bleu couvrait tout.

« Elle est apparue, dis-je, surpris. La couleur... elle est finalement apparue. »

Bleu, bleu, bleu, bleu et bleu.

Bleu.

« D'où ? De nulle part ? »

J'avouai. « Il y a eu une explosion. Seulement, elles n'étaient pas là avant. Ces taches... elles étaient invisibles.

– Nous allons repeindre, disait ma mère. Où est le problème ?

– Tu ne devrais pas le laisser seul. » La colère de mon père était retombée, semblait-il, et maintenant il s'émerveillait avec moi de cet univers d'étoiles inversé.

Les produits chimiques que j'avais utilisés reposaient sur une étagère, regroupés comme une bande de délinquants aux abords d'un fast-food.

Ma mère regarda mon père. « Tu as fini, Milos ?

– Monique – » Il sembla sur le point de dire quelque chose, mais se ravisa et sortit de la pièce.

Ma mère s'approcha, mit ses bras autour de moi. « Ne t'inquiète pas, petit prince. »

Mais au milieu de la nuit, je me glissai hors de mon lit et descendis, en pyjama, sans faire de bruit pour admirer une fois de plus les points bleus.

Sans réfléchir une minute à ce que je faisais, je réunis tranquillement les produits que j'avais utilisés et les rapportai à la cuisine. Je les versai dans une poêle et réchauffai le tout sur le feu. Je me souviens de l'odeur de soufre, âcre, suffocante, comme du plastique qui brûle. Puis je transvasai le contenu dilué de la poêle dans un grand bol de verre et laissai la solution refroidir sur le comptoir. Je vérifiai la température en trempant un doigt dans le liquide, puis pris une lingette pour absorber le maximum de liquide.

Je devais être encore en train de rêver.

J'enlevai mon pyjama et, tout nu au milieu de la cuisine, passai le linge tiède sur ma peau, d'abord ma poitrine, puis mes jambes, puis mes bras, et même mon cou, mon visage et mes cheveux. Je ramassai jusqu'à la dernière goutte la solution chimique avec le chiffon et l'étalai sur ma peau blanche. Je pensais que cette solution, qui avait agi comme un révélateur pour l'encre qui disparaît, ferait de même avec les pigments dormants de ma peau. La mélanine de mon épiderme serait ainsi activée, ramenée à la vie.

Sur le moment, cela me semblait logique.

Je restai là, attendant de devenir normal, attendant que ma peau prenne de la couleur.

*

« Il semble qu'il ait inventé une sorte de teinture », dit le docteur le lendemain. Ma mère m'avait découvert dans mon lit, enveloppé dans les draps tachés de bleu. « Ça ne paraît pas toxique – il gloussa – quoique, apparemment, ça ne veuille pas partir. » Elle m'avait amené au service des urgences.

« Est-ce qu'il va rester comme ça ? » Je me souviens du trémolo de panique dans sa voix.

« Ça finira par partir. » Le docteur souriait, amusé. « Ça prendra peut-être une semaine ou deux, c'est difficile à dire. »

Ma mère mit ses mains sur les hanches. « Il ressemble à un Schtroumpf. »

Je voulais seulement donner de la couleur à ma peau. Activer la mélanine que je savais être cachée à l'intérieur.

Le docteur, un beau blond qui ressemblait à un présentateur d'infos, circulait dans la pièce sur son fauteuil de bureau à roulettes. Il m'avait examiné, demandé si j'avais mal quelque part, si ça piquait, pour décider finalement qu'il n'y avait là rien de dangereux. « Je pense que la chose importante maintenant, dit le séduisant docteur, c'est de savoir pourquoi Angel a fait ça. » Il me regarda attentivement, un sourire éclairant son visage de vedette.

« Pourquoi, Angel ? demanda ma mère. *Pourquoi ?* »

Impossible de répondre. Mon embarras me laissait sans voix, la lumière du service des urgences était trop violente pour que je puisse parler.

Ma mère ne résistait jamais au charme d'un bel homme. « Je ne sais plus quoi faire de lui », dit-elle, en renforçant son accent français et en tamponnant le coin de son œil d'un mouchoir. « Il est si étrange. »

*

Ma mère me garda soigneusement à la maison le reste de l'été. Elle s'assura que personne ne voyait ma peau d'un bleu morbide, confisqua mon attirail de chimie et prit des dispositions pour qu'un psychiatre vienne me voir deux fois par semaine.

Son nom était, bien sûr, le Dr Silowicz.

Je me souviens qu'il fronça les sourcils et me posa une série de questions conçues pour aboutir à une réponse particulière, réponse que je ne réussis jamais à lui faire, même s'il prétendit qu'il n'en existait pas de fausses. Il me parla aussi de la Vancouver School. Il décrivit les classes, les autres élèves, les hivers neigeux canadiens, même les chambres particulières et le mobilier scandinave en bois de teck.

Et quand je débarquai là-bas, je me souviens avoir pensé combien les descriptions du Dr Silowicz avaient été précises – il avait parlé de tout, sauf des barreaux aux fenêtres.

La Vancouver School est restée pour moi une sorte de rêve, une hallucination qui a duré des années. Une illusion qui n'avait malheureusement rien de serein, mais se révélait plutôt confuse. Les classes se transformaient en thérapie de groupe, les analyses psychologiques en callisthénie. On y pratiquait la thérapie par l'art. Le conditionnement comportemental. Une stimulation psycho-auditive, pendant laquelle nous devions porter un bandeau sur les yeux et des écouteurs des heures durant, pour suivre d'étranges symphonies atonales. Et une thérapie de régression, où nous étions encouragés à découvrir dans notre moi profond les racines primitives de nos instincts. Le personnel s'employait si bien à remplir nos jours et nos soirées de telles activités qu'il ne nous restait plus que les nuits. Tard dans la nuit, nous revenions ainsi à la vie. Un système secret de communication s'était développé entre les pensionnaires, une façon de parler avec de petits coups, toux, sifflements et lampes de poche qui clignotaient par les trous de serrure et les encadrements de porte comme du morse. C'est sans doute à la Vancouver School que je suis devenu un homme de la nuit. Que j'ai appris à rester éveillé jusqu'aux petites heures du jour, l'oreille tendue vers les conversations secrètes. Nous avions droit à un coup de téléphone par semaine qui se traduisait, même pour les plus stoïques d'entre nous, en un plaidoyer larmoyant auprès de nos parents pour qu'ils nous ramènent à la maison. La philosophie de la Vancouver School maintenait qu'un éloignement rigoureux était essentiel ; le contact parental, trop complaisant, ne pouvait que ralentir notre développement psychosocial.

Je me souviens surtout de la vue par la fenêtre, du paysage hivernal canadien, une perspective de glace et de neige, un vide palpable. Nous passions parfois des semaines interminables sans mettre le nez dehors. La nuit, je me tenais à genoux sur mon lit et regardais à travers les barreaux la prairie éclairée par la lune, qui s'étendait jusqu'à un petit carré d'arbres gelés et une clôture soigneusement dissimulée. Je montais des plans pour m'échapper, des plans fous que je finissais toujours par repousser parce que, au-delà de cette prairie, dans le froid glacial, comme la brochure de l'école le garantissait pour l'évolution de nos jeunes esprits, il y avait une certitude.

Beaucoup d'étudiants fréquentaient la Vancouver School, des jeunes du monde entier, les enfants anormaux des supernantis. On maintenait l'illusion. On parlait de nous comme de génies excentriques ou de prodiges contrariés, qui avaient besoin d'un environnement particulier pour se développer. La vérité était que nous étions les rejetons névrotiques de gens riches, de parents qui ne voulaient pas être dérangés et qui pensaient que l'argent sauverait leurs enfants du néant dans lequel ils sombraient.

*

En général, quand j'allais voir le Dr Silowicz, j'étais comme un moulin à paroles incapable de s'arrêter. Mais aujourd'hui, j'étais calme ; allongé sur le divan Freud, j'observais les fissures dans le plâtre du plafond en essayant de trouver les mots pour décrire ce qui m'arrivait, essayant mais échouant.

Son cabinet était installé dans le solarium de sa maison, une vieille demeure dans le style hacienda en bordure de Beverly Hills. Quand je venais, il baissait toujours les stores pour assombrir la pièce, et laissait une seule lampe allumée au-dessus de son fauteuil inclinable Eames pour griffonner ses notes. Je l'avais vu une fois par semaine, presque aussi loin que pouvait remonter ma mémoire ; l'été, quand je rentrais de la Vancouver School, et durant mon année et demie de fac. Depuis, je le revoyais régulièrement, jusqu'à trois fois par semaine. « Comment vous sentez-vous aujourd'hui, Angel ? demanda le vieil homme après un long silence. Qu'avez-vous fait ces derniers temps ? »

C'était un freudien de la vieille école, un inconditionnel du pouvoir de la parole dans la cure, et un docteur qui n'avait jamais, j'en suis certain, déclaré un seul de ses patients guéri. Il se calait dans son fauteuil de cuir moderniste installé dans un coin, les jambes allongées sur le repose-pied, un carnet jaune sur ses genoux habillés de tweed. Son corps se froissait, comme un sac en papier vidé et jeté. Silowicz se rasait mais laissait toujours ici ou là quelques petites touffes de poils blancs. Il était déjà vieux quand j'étais en première ; maintenant, c'était un ancien.

« J'ai rencontré quelqu'un. » Je ne lui avais encore jamais parlé d'Angela. Je m'étais contenté d'annuler les rendez-vous une semaine après l'autre, rivé chez moi de peur de la rater, à une heure près.

Silowicz se redressa, intéressé. « Vous dites que vous avez rencontré quelqu'un ? » Sa voix était crachotante, sifflante.

« Il y a quelques semaines. » J'étais allongé sur le divan, la tête protégée des germes des autres patients par une serviette blanche en papier. « C'est pour ça que je ne suis pas venu vous voir.

– Quel genre de *quelqu'un* ?

– Une femme. C'était ma voisine.

– Parlez-moi d'elle. » Il y avait de l'excitation dans sa voix. « Je veux dire, si vous voulez bien. » Il s'éclaircit la gorge. Il était surpris, je crois, mais il ne voulait pas m'interrompre.

« Elle est venue dans mon appartement toutes les nuits. » Je me touchai le visage, dessinant une silhouette imaginaire sur mes traits, caressant l'arête de mon nez du bout des doigts. « Et puis elle m'a appelé. »

Je restai silencieux un moment pour que le Dr Silowicz sache qu'il pouvait parler.

« Ceci, euh… ceci vous chagrine ? »

Je me tournai vers lui. « Qu'est-ce que vous voulez dire ?

– Vous pleurez. »

Je touchai mes joues et sentis quelque chose d'humide. « *Merde ! Putain !* » Je saisis la serviette en papier sous ma tête et m'essuyai les yeux.

Le Dr Silowicz me tendit une boîte de Kleenex.

Ce n'était pas la première fois que je pleurais dans son cabinet. J'y avais versé assez de larmes pour irriguer toute la Vallée.

« Continuez, dit-il, si vous voulez bien. Que s'est-il passé quand elle vous a appelé ?

– Elle appelait dans le noir. » Je poursuivis. « Je pouvais l'entendre à sa voix. Elle était dans le coffre d'une voiture, ou un placard, ou une sorte de boîte, peut-être une benne à ordures. Ou quelque chose de pire. Je pouvais l'entendre. Je pouvais entendre l'obscurité dans sa voix. » Je me tournai vers lui, mais il ne réagissait pas. Une idée me vint tout à coup à l'esprit. « Ou alors une cage.

– Qu'est-ce qu'elle a dit ? » Il s'éclaircit la gorge.
« Quand elle a appelé, qu'est-ce qu'elle –

– Elle a dit mon nom.

– Votre nom ?

– Oui.

– Votre nom complet ?

– Mon prénom.

– Je vois. » Il s'éclaircit la gorge. « Elle a dit "Angel".
Puis quoi d'autre ?

– Rien d'autre. Il n'y avait rien d'autre.

– Elle a raccroché ?

– La communication a été coupée. Il y a eu un clic.

– Un clic. Je comprends.

– Alors, j'ai appelé la police.

– La police ? » J'entendis le cuir de son fauteuil Eames
craquer quand il se pencha vers moi. « Vous avez appelé
la police ? »

Je pris une profonde inspiration, expirai, puis dis « Je
vais avoir besoin de quelque chose de très fort pour ça,
Dr Silowicz. Je crois que je vais avoir besoin de quelque
chose –

– Pouvez-vous la décrire ?

– La décrire ? »

Je décrivis Angela aussi précisément que possible :
comment ses yeux changeaient de couleur, ses jambes
longues et fines, sa peau cannelle, la façon dont la crème
brillante faisait scintiller son corps. J'essayai de mettre
en mots qui était Angela, pour que le Dr Silowicz la voie,
saisisse la densité de sa présence dans une pièce, sente
son odeur de cigarettes, de fleurs, d'épices et de sueur
mêlées. Je voulais qu'il comprenne la façon qu'elle avait
de s'intéresser à un objet, le voulant mais n'y tenant pas,
le désirant mais l'abandonnant au même moment. Je lui
montrai même la photo que j'avais prise, le portrait
brouillé d'Angela faisant ce geste obscène. Je continuai
d'essayer de l'exprimer en mots, mais la description fut

interrompue par une toux sifflante, spasmodique d'asthmatique.

« Son nom, dit-il au bout d'un moment. Angela. C'est le féminin de votre nom, n'est-ce pas ?

– Son vrai nom est Jessica. Jessica Teagarden. » J'allais lui parler de la lettre et des dix mille dollars, mais je décidai de ne pas le faire, pensant que cela ne ferait qu'ajouter à la confusion.

« Vous dites que c'est une danseuse ?

– Pour le moment, dis-je, sur la défensive. Jusqu'à ce qu'elle s'organise. Elle a plein d'autres projets, plein de…

– Continuez.

– J'ai demandé à Frank de m'aider à la retrouver. Il a mis une directrice d'agence de mannequins dessus.

– Je suis sûr qu'elle reviendra. Si quelqu'un peut la retrouver, c'est bien Frank. »

Je lâchai d'un coup : « Je vais l'épouser. Dès que je la retrouverai, je la demanderai en mariage. »

Il y eut un silence pendant que mon psychiatre considérait ce nouveau chapitre de ma désintégration mentale. J'entendais son stylo gratter sur son carnet jaune – il essayait désespérément de prendre note de tout. D'ordinaire, il n'écrivait rien, mais aujourd'hui Silowicz ne voulait pas manquer un seul mot. « Que penseriez-vous, dit-il avec mille précautions, de passer quelque temps… de faire une pause ?

– De quoi parlez-vous ?

– D'aller quelque part, vous savez, où vous pourriez vous reposer un peu ?

– Mais enfin, pourquoi voulez-vous que je me repose ? Que je me repose de quoi ?

– C'est juste une idée comme ça. »

Je me mouchai.

« Vous pensez que vous aimeriez parler de votre mère aujourd'hui ?

132

– Non.

– Et à propos… à propos du monstre ? »

Je soupirai.

Le monstre. Nous avions passé des heures à en discuter, Silowicz et moi. Quand j'étais môme, je devais avoir quatre ou cinq ans, j'avais souvent ces cauchemars. Tous les enfants ont des cauchemars, je sais, mais les miens, je pense, étaient particulièrement violents, sans doute à cause de tous ces films d'horreur que je voyais déjà tout jeune. En tout cas, il m'arrivait souvent de rêver de ce monstre. Des crocs, des yeux rouge sang diaboliques, une peau de lézard, une longue queue recourbée qui ratissait et balayait l'air comme un fouet, le monstre tenait du démon et de l'extraterrestre. La nuit, étendu sur mon lit, je l'entendais s'agiter dans les autres pièces, se démener dans toute la maison. Il fracassait le mobilier, traversait les murs et les portes. J'entendais ma mère crier tandis qu'il lui déchirait cruellement la gorge. J'avais quatre ou cinq ans, et j'étais persuadé qu'un crime sanglant avait été commis en bas dans le hall, que ma mère gisait sur son tapis couleur d'écume, égorgée, la bouche ouverte, le corps lacéré, mis en pièces.

Je ne vis jamais directement le monstre, mais quelquefois il venait dans ma chambre et restait près de moi à baver, à souffler. J'étais incapable d'ouvrir les yeux et restais allongé, retenant ma respiration, l'écoutant s'agiter sur le pas de la porte.

Quelques années plus tard, je posai la question à ma mère. « Je pensais qu'il y avait un monstre. Qu'est-ce que c'était ?

– Tu m'appelais au milieu de la nuit et tu me disais qu'il était là dans ta chambre. » Elle rit. « Je te répondais qu'il n'était pas réel, que tu l'imaginais, que tu faisais un cauchemar. » Elle repoussa les cheveux de mon visage. « Tu n'étais pas d'accord. »

Au cours des dernières séances, le Dr Silowicz avait essayé de me faire revenir sur ce souvenir. Il pensait que ce monstre représentait quelque chose d'important. L'idée d'un intrus, me dit-il, était indicative.

« Indicative de quoi ?

– Du sentiment d'être menacé peut-être. » Silowicz avait toujours une réponse toute prête. « D'insécurité. Si nous réussissons à localiser la vraie source de cette insécurité, arrivé à ce stade de votre vie vous pourrez peut-être apprendre à avoir plus confiance en vous. » Chaque fois qu'il plaçait un argument, il arrangeait ses jambes maigres de vieil homme sur son repose-pied. « De quoi vous souvenez-vous d'autre… à propos de ce monstre ?

– Seulement qu'il détruisait la maison et courait après ma mère dans les escaliers en rayant les murs de ses griffes.

– Et qu'est-ce qu'il lui faisait ?

– Il l'attaquait, aussi. Il la mutilait.

– Comment ?

– Je ne sais pas. Je l'entendais. Je l'entendais lui déchirer le visage. J'ai toujours imaginé qu'il lui enfonçait ses griffes et ses crocs dans la gorge.

– Dans la gorge ? Comme un loup-garou ?

– Je suppose.

– Il lui déchirait le visage, vous dites ?

– Oui.

– C'est à cette période qu'elle a eu sa première opération de chirurgie esthétique, n'est-ce pas ? »

Tout juste. « Je suppose.

– Et quand il venait dans votre chambre ?

– Il restait sur le pas de la porte et me regardait.

– Pour quelle raison, à votre avis, vous épargnait-il ?

– Parce que je ne bougeais pas.

– Vous pensiez que si vous restiez immobile, il ne vous mangerait pas ?

– Je pensais sans doute qu'ainsi il ne pouvait pas me voir. » Je haussai les épaules. « Merde. J'en sais rien. J'étais un gamin.

– Et où était votre mère quand ce monstre arrivait ?

– Bonne question. »

« Un monstre ». Je me voyais le raconter à ma mère. « Il se tenait là. » Je montrais le coin de la chambre. « Il t'avait arraché le visage. Il était allé dans ta chambre, et –

– C'était un rêve », me disait ma mère dans sa nouvelle peau tendue, sa main fraîche posée sur mon front. « Un mauvais rêve, mon petit prince. »

*

Mais aujourd'hui, je n'avais pas envie de parler de ce stupide monstre. Aujourd'hui, je voulais m'asseoir là et pleurer toutes les larmes de mon corps au sujet d'Angela. Il me semblait que si je pleurais assez, je pourrais faire le vide.

« Vous étiez vraiment amoureux d'elle, murmura le Dr Silowicz au bout d'un moment, de cette… Angela.

– Elle est peut-être morte. C'est comme si vous n'aviez rien entendu. Comme si vous – »

« Je vais vous donner quelque chose.

– Pour ne pas m'avoir écouté ? »

Il éclaircit sa gorge sèche de vieillard. Cela fit le bruit d'une poignée de feuilles mortes qu'on froisse. « Pour le chagrin. »

*

Je ne me souvenais plus trop si j'avais déjà pris de l'Heuristat, quoique, au fil des ans, j'aie dû consommer beaucoup de tout à un moment ou à un autre. Assis dans la Cadillac de ma mère garée devant la pharmacie, j'examinai le flacon. « Parmi les effets secondaires possibles, disait la notice, bouche sèche, constipation, troubles de la vue, difficultés urinaires, sensibilité accrue au soleil, vertige au passage à la station debout, gain de poids, insomnies, sueurs, confusion mentale, agitation et nausées. »

Je relus en particulier ces mots : « sensibilité accrue au soleil ».

Le pied, quoi.

Mais tant qu'il ne touchait pas à ma mémoire, ça m'allait parfaitement.

La posologie conseillait la prise d'une pilule toutes les huit heures.

Naturellement, j'en pris quatre d'un coup. J'avais décidé que puisque Frank allait de toute façon trouver Angela, j'étais libre d'augmenter la dose.

Ces pilules rondes, sèches et amères, descendaient péniblement le long de ma gorge et collaient à la paroi de mon œsophage déshydraté.

Mais sur le chemin du retour, j'en ressentis très vite l'effet apaisant, qui se diffusait dans mon corps comme un filet protecteur, gainait mes veines, tissait sa toile d'équilibre affectif à travers mon système circulatoire.

La dernière fois où je m'étais senti aussi bien, c'était quand j'avais vu Angela au Velvet Mask.

Heuristat.

Heureux, heureux Heuristat.

Ma vision se troublait, et le temps que j'arrive à mon immeuble, je savais qu'il ne fallait plus que je conduise. À vrai dire, j'eus même quelques difficultés à retirer la clef de contact. Pour je ne sais quelle raison – sans doute sous l'influence des pilules – je me mis à chercher cette stupide chatte. Où diable était-elle passée ? J'essayai de me souvenir quand je l'avais entendue miauler pour la dernière fois. C'était étrange, mais Angela et la chatte avaient disparu à peu près en même temps, si ce n'est précisément au même moment. Et je n'avais pas vu le vieil homme depuis un certain temps non plus. Je me penchai par-dessus la clôture, celle qu'Angela avait escaladée pour voler les jacinthes, et essayai de voir si la chatte ne se cachait pas au milieu des fleurs.

Des œillets d'Inde, des tulipes, des gardénias, des pensées.

Mais pas de chatte.

Je m'agenouillai et regardai sous les 4 × 4 et les autres voitures. Au fond, sous une vieille décapotable Mustang déglinguée qui ne semblait jamais changer de place, il y avait un tas de la taille d'un chat.

C'était peut-être elle.

Elle dormait sans doute.

Je m'agenouillai à nouveau sur le béton brut taché d'huile et baissai la tête.

C'était bien la chatte. Ses pattes arrière tordues dans une position impossible, même pour un quadrupède, elle avait été écrasée. De toute évidence, heurtée par une voiture, elle s'était traînée sous la vieille Mustang pour y mourir.

Je crois que sans l'Heuristat j'aurais encore pleuré.

Impossible de la laisser ainsi sur le sol. Je cherchai dans une poubelle un sac plastique vide puis retournai vers la Mustang, et tirai la chatte par la queue. Je n'avais pas très envie de la toucher. Elle était probablement couverte de puces et maintenant, sans doute, d'insectes d'une variété plus macabre. Je glissai ses restes mutilés dans le sac plastique du supermarché Vons, me demandant ce que je devais en faire. Je ne pouvais pas la mettre simplement à la poubelle. Je jetai un œil par-dessus le grillage qui sépare le parking du jardin du vieil homme. Tout avait tellement poussé ces dernières semaines qu'il était envahi par les fleurs et l'herbe. Le vieil homme était parti, semblait-il. Ou peut-être était-il mort. Ou peut-être avait-il perdu tout intérêt pour son jardin et restait-il chez lui à regarder la télé.

L'Heuristat devait faire son effet car je me vis quelques secondes plus tard balancer le sac de supermarché avec la chatte par-dessus le grillage et le suivre d'un bond pour me retrouver dans un univers magique, où les farfadets volaient dans les airs tandis que les fées m'accueillaient en dansant joyeusement autour de mes chevilles…

Pas dans la réalité.

Dans la réalité, je me retrouvai à creuser une tombe peu profonde pour une chatte morte avec une pelle que j'avais découverte appuyée contre l'appentis. Je sortis la chatte du sac plastique pour qu'elle puisse se décomposer dans de bonnes conditions, recouvris ses restes de terre et essayai d'aplanir la surface pour qu'il n'y paraisse rien. J'étais comme un personnage dans un mauvais film gothique enterrant un corps dans une tombe peu profonde.

Puis je remis la pelle contre le mur, là où je l'avais trouvée, et repassai par-dessus la clôture.

Heureusement, personne ne m'avait vu.

Poussière, tu retourneras à la poussière.

Je suis la résurrection et la vie.

De retour chez moi, je me versai une gigantesque chope de bourbon et en avalai une bonne lampée, espérant ainsi dissoudre un des derniers Heuristat collé au fond de ma gorge et les derniers souvenirs de la chatte dans mon esprit. Je me lavai soigneusement les mains dans de l'eau bouillante, brossant mes doigts comme un chirurgien, puis enlevai mes vêtements et réintégrai mon vieux peignoir de bain râpé.

Je m'assis par terre devant *Blade Runner*, le prenant au tout début. Les jeux d'ombre et de lumière dans la projection futuriste de Ridley Scott s'embrasaient sur le fond brun d'un brouillard boueux. Une vision qui se trouvait bizarrement démodée, un de ces cas où la réalité dépasse les prédictions. Sur l'écran, des feux d'artifice explosaient tristement dans le lointain. Une bannière électronique flottante vantait la vie dans les colonies extraterrestres. Je devais avoir faim parce que le sauté d'agneau me revint brusquement à l'esprit. Je pensai au poulet avec la sauce aux champignons et le riz sauvage de Stouffer's qu'Angela avait mangés cette première nuit où nous avions parlé pendant des heures.

« Maman ? dis-je.

– Angel ? »

Je l'avais appelée, je suppose, et j'étais maintenant allongé sur le flokati noir floconneux, le téléphone collé à mon oreille.

« Oh, mon petit cœur, dit-elle, qu'est-ce qui ne va pas ? » Je n'avais pas entendu sa voix depuis si longtemps.

« Comment vas-tu, Maman ? Tout va bien ?

– J'ai acheté de très jolies choses, dit-elle. Margaret et moi sommes allées chez Fred Segal, et ils avaient les plus belles –

– Je suis tombé amoureux, Maman. » J'essayai de le dire, juste pour voir si elle écoutait.

« – robes, et ils avaient l'ensemble de valises le plus exquis, avec des poignées couleur chamois et abricot, en écaille de tortue, je crois –

– Je suis tombé amoureux d'une fille. Mais elle m'a quitté.

– Mon petit cœur », dit-elle. Ma mère avait la voix émouvante, mélodieuse, d'une ancienne vedette de cinéma. « Chéri ? Mon petit prince ?

– Oui ?

– Viendras-tu me voir ? »

Je me représentai son visage tel que je l'avais vu la dernière fois. Après toutes ses opérations esthétiques elle était devenue, à mon avis, une répliquante. Sur l'écran, Rick Deckard survolait le Los Angeles futuriste dans son aéroglisseur. Allongé au milieu des brassées de jacinthes séchées qu'Angela avait éparpillées un peu partout, je mis le téléphone sur ma poitrine et sentis la voix de ma mère parler dans mon corps.

« Veux-tu aller chez ta grand-mère, disait-elle. En Suisse ?

– Maman ?

– Nous pourrons y rester aussi longtemps que tu le voudras. Zurich est si beau à cette période de l'année. Il n'y a pas de neige du tout.

– Écoute, Maman.

– Nous ferons des achats ensemble. Tu m'aideras à trouver un collier, Angel, mon Angel, mon doux, doux Angel...

– Je t'ai dit que j'étais amoureux, Maman.

– Je sais. Mon Ange à Aimer, tu es mon –

– Mais elle a disparu, dis-je. Elle a dit mon nom et puis elle a disparu... »

Je ne me rappelle pas comment notre conversation s'est achevée, ni même si j'ai dit au revoir, seulement que je plongeais dans un rêve. Je vivais sur une des colonies extraterrestres de *Blade Runner*. C'était un vaste désert, un paysage éclairé en permanence par des soleils jumeaux qui tournoyaient lentement en traçant dans le ciel d'élégants dessins en forme de huit. J'y rencontrais des milliers de gens comme moi, des êtres à la peau si blanche qu'ils ressemblaient à des statues de marbre. Droits, rigides, ils avançaient comme en transe, leurs corps blancs et nus glissant en harmonieuses colonnes. Je m'approchai d'un de ces êtres et tendis la main pour toucher sa bouche. À mon contact, son visage s'ouvrit en deux, révélant ses diodes, fils et microprocesseurs. Et je me réveillai en toussant, avec la sensation d'avoir la bouche pleine de poudre d'orange.

Je me levai lentement, comme l'un des personnages de marbre de mon cauchemar, puis allai dans la salle de bains pour prendre une douche et me brosser les dents à en faire saigner mes gencives.

Ma peau était sensible et rêche. Je retournai dans la cuisine pour me préparer un café et un gâteau anglais. Je pris le gâteau dans le congélateur, et après son passage dans le toaster, il n'était toujours pas dégelé. J'en mangeai une bouchée, puis jetai le reste dans la poubelle. Dégoûtant. Le beurre, lui, était rance, pourri comme tout dans ma vie. Je regardai à travers le store en direction du jardin et me souvins d'Angela en train de voler les jacinthes. Elle les avait laissées sur le tapis, sur le parquet du séjour. Elles étaient mortes à présent, elles aussi.

Debout à la fenêtre… comme quand le téléphone avait sonné, je m'en souvenais, quand elle avait dit mon nom, quand elle avait disparu…

Les mêmes voitures étaient garées en bas. La lumière d'après-midi éclairait l'asphalte terne, et le ciel, quoique bleu, paraissait vide et lointain.

Le téléphone sonna.

Merde, ça recommençait.

Exactement de la même façon que la dernière fois. « Oui ?

– Angel ?

– Lui-même.

– Angel… c'est Annette. » Un silence. « Frank m'a demandé de vous appeler. »

Je respirai un bon coup. « Oh, bon Dieu. Vous l'avez trouvée ?

– Bien sûr que je l'ai trouvée, mon cher.

– Vous lui avez parlé ?

– Je ne parle pas aux filles. C'est à vous de le faire.

– Mais comment… comment avez-vous –

– Comment trouver les filles, c'est notre boulot », chanta-t-elle.

Je ne crois pas avoir jamais ressenti un tel soulagement.

Je m'étais donc trompé. Angela allait bien, après tout. C'était la faute à mon imagination délirante ; comme d'habitude, tout avait pris des proportions grotesques.

Elle avait peut-être été très occupée et dans l'impossibilité de me rappeler. Ou alors, son mobile s'était cassé, ce qui expliquait pourquoi elle n'avait pu me répondre. Peut-être l'avait-elle laissé tomber au moment où elle m'appelait. Au moment où elle disait mon nom, l'appareil lui avait échappé et s'était cassé par terre, elle avait voulu me rappeler pour me dire où elle était allée mais ne pouvait pas parce que mon numéro y était programmé et qu'elle ne savait pas comment me joindre autrement.

C'était fou, je le sais – et je le savais déjà à ce moment-là. Des hypothèses de cinglé.

Et la lettre… peut-être avait-elle déménagé pour échapper à celui qui l'avait écrite… celui qui la harcelait, peut-être même l'homme en gris. Elle se cachait quelque part en attendant que ça se calme.

« Voilà ce que vous devez faire », disait Annette. J'entendis le son révélateur de la bouffée de cigarette qu'on aspire, le même que ma mère faisait au téléphone avant de raccrocher. Il me fit penser aussi à Angela. Il y avait encore la moitié d'un paquet de Marlboro sur le comptoir. Il y avait encore des mégots de toutes les marques qui traînaient un peu partout – Kool, Salem, Merit Ultra Light. « Je veux que vous soyez au Mondrian pas plus tard que sept heures. Vous savez où c'est ?

– Bien sûr. Sur Sunset.

– Vous n'avez même pas besoin d'apporter de l'argent parce que Frank s'est occupé de tout.

– Ce bon vieux Frank.

– Vous ne devriez pas avoir de problème pour y entrer, mais si vous en avez, disait Annette, appelez-moi. » Elle me donna un numéro de téléphone, tirant sur sa cigarette entre les numéros du code régional et le reste. La voix d'Annette était douce et un peu rauque, une voix d'animatrice de radio qui passe du jazz la nuit. « Ce sera certainement un type qui vous répondra. Dites-lui que vous

vous appelez Davidson et que vous avez vraiment besoin de voir Astrid.

– Astrid ? » J'étais troublé. « Je cherche Angela.

– Ce n'est qu'un nom, mon cher. Vous trouverez la fille que vous cherchez, je vous le promets. »

J'entrai le tout dans mon ordinateur. « Autre chose ?

– Vous avez besoin d'un code. »

Je répétai. « Le code.

– C'est Black Hole Sun.

– Ça veut dire quoi ?

– Je n'en ai pas la moindre idée, mon chou. Je crois que c'est une chanson.

– Et qu'est-ce qui se passe alors ?

– Il se passe alors, dit Annette, aimable, qu'Astrid –

– Angela.

– Juste. *Angela* devrait être là immédiatement. Si elle ne peut pas, quelqu'un vous contactera. Mais Davidson est un de ses meilleurs clients, un des meilleurs clients qui soit, en fait, et cet hôtel, et le reste… Croyez-moi, elle sera là, et bien là. »

J'étais nerveux. « Elle va s'attendre à quelqu'un d'autre. Elle va s'attendre à un nommé Davidson.

– Ce que vous ferez quand elle sera là ne regarde que vous. » Annette riait, ignorant mon inquiétude. « En ce qui me concerne, vous êtes un réalisateur qui cherche un certain type de… talent pour un nouveau projet. Je mets seulement les gens en présence.

– Bien sûr.

– Saluez Frank pour moi. »

*

Une piscine bleue rectangulaire, des coussins jetés ici et là pour que les branchés puissent y traîner comme les nobles de la cour romaine, le Sky Bar du Mondrian avait été jadis le chic du chic des rendez-vous. Il n'était plus fréquenté maintenant que par les célébrités de second choix, les stars qui avaient perdu leurs étoiles, les vedettes d'un jour, les spécialistes du porno, les réalisateurs de pub et les rock stars ringardes. Mais là au moins personne ne me jetait de regard surpris. Ces gens ne voyaient probablement en moi, dans mes vêtements noirs et mes lunettes sombres enveloppantes, ma peau pâle et mes cheveux métalliques, qu'une pose, un nouveau spécimen dans l'infinie variété des crétins de Hollywood. Si j'étais là, c'est que j'avais une raison d'y être ; je devais être *quelqu'un*.

Le soleil jaune pipi mettait à rude épreuve les maigres atouts des imitateurs et des curieux, qui paradaient dans la lumière cruelle, et faisait perler la sueur sur leurs fronts magnifiques et leurs lèvres sensuelles. Je fonctionnais avec confiance grâce à la poignée d'Inderol que j'avais avalée avant de quitter l'appartement, certain, en plus, que Frank prenait tout en main. Je m'assis au bar et commandai une vodka orange, la boisson d'Angela. Rien que la goûter me fit penser à elle, douce et acide, fraîche et chaude à la fois. Je protégeai mes yeux de l'éclat que renvoyait la rangée de bouteilles d'alcool derrière le serveur et me réfugiai dans ma propre source d'illumination, de courage médicinal et liquide également, qui formaient ensemble une artificielle et cependant puissante cuirasse.

J'allais la voir. Je me le répétais avec l'assurance de l'ivresse. Dans quelques heures, j'allais revoir Angela.

Quand la nuit tomba enfin, je montai, fis le numéro que m'avait donné Annette, répétai le code « Black Hole Sun », et annonçai à l'homme qui répondit que mon nom était Davidson. Je ne savais pas ce que j'allais faire à l'arrivée d'Angela, mais j'étais sûr que lorsqu'elle me verrait, elle m'expliquerait, et que tout serait enfin clair. J'imaginais ses bras autour de mes épaules, ses excuses précipitées, embarrassées, et son visage enfoui au creux de mon cou. Elle allait être si heureuse de me revoir. Elle avait hésité à reprendre contact avec moi de peur de m'impliquer dans les ennuis où elle était plongée. C'était si facile, si simple.

J'attendis, et à dix heures exactement, on frappa à la porte.

*

Observer. Faire des hypothèses. Déduire. Expérimenter.

Telle est la méthode scientifique, universellement reconnue, pour empêcher que nos pensées et nos croyances influencent notre interprétation du monde.

Je croyais, par exemple, que Frank Heile pouvait tout faire, que son pouvoir était absolu et son savoir illimité. Je croyais par conséquent, en entendant frapper à la porte de ma chambre d'hôtel, que j'allais découvrir Angela de l'autre côté.

J'avais observé, entre autres choses, qu'Angela était partie, qu'elle avait disparu. J'avais formulé une hypothèse pour l'expliquer ; elle s'était probablement cachée et évitait de me contacter ou de retourner dans notre immeuble de peur que son persécuteur – l'homme blanc au costume gris, sans aucun doute, ou tout autre qui avait écrit cette lettre – la retrouve. Dans ce cas, elle se serait réfugiée quelque part, très probablement dans une planque appartenant au milieu, où seule une personne comme Annette pouvait la retrouver. Et là était l'expérimentation : voir si elle viendrait réellement.

Mais même en entendant le coup à la porte, j'étais conscient des aléas et des errements de ma logique. En tournant la poignée, je savais que mon désir avait étouffé mon sens de la raison. En ouvrant la porte, je voyais se confirmer la règle qui soulignait les distorsions et perversions de ma pensée.

Bref, mes observations étaient incorrectes, mes hypothèses folles, ma déduction fausse, et mon expérimentation avait raté. Je l'admets volontiers, j'étais le scientifique le plus nul de la terre.

Elle était grande comme Angela, avec de longs cheveux raides comme Angela, mais son corps était complètement différent. Alors qu'Angela était toute squelette, toute os, cheveux et dents, cette femme était toute muscle, chair et pulpe. Elle avait la peau brune comme Angela, mais beaucoup plus sombre, presque pourpre. Une sorte d'arc-en-ciel rose, fuchsia et mauve ombrait ses paupières des sourcils aux yeux, qu'elle avait grands et ronds, bordés de cils longs et épais. Ses lèvres étaient sombres aux commissures, claires au milieu, avec trois nuances de rouge.

« Vous n'êtes pas Angela, l'informai-je.

— Vous n'êtes pas Davidson », me répondit-elle du tac au tac. Elle portait une jupe longue en satin lie-de-vin, des chaussures à talons aiguilles assorties et un fin corsage blanc beaucoup trop court.

Je bredouillai. « Je ne veux – je veux dire, cela n'a rien de personnel.

— Est-ce que je peux entrer, ou est-ce que je dois rester dans le couloir ? »

Je m'écartai pour la laisser passer.

« Ce con de Frank. » Je levai les yeux au plafond. « Merde, merde et merde. »

Je détectai dans sa voix un petit accent, légèrement chantant, à sa manière de dire : « Je commence à prendre l'habitude des gens qui ne sont pas Davidson.

— Parfois, c'est vraiment lui ?

— Parfois. »

L'accent des Caraïbes, sans doute. Elle traînait un peu sur les voyelles. Elle pénétra dans la suite et jeta un œil autour d'elle. Elle organisait, à mon avis, un éventuel départ précipité, repérait le téléphone, la sortie de secours. Elle pensait probablement que ce pouvait être un piège.

Elle souriait aussi, un sourire poli et vide, style *bienvenue-à-Burger-King-puis-je-vous-aider*.

« Je suis Destiny. Mais vous pouvez m'appeler Angela si vous voulez.

– Est-ce que vous dansez au Velvet Mask ?

– Parfois. »

Tout s'expliquait. Annette avait simplement demandé la fille noire qui dansait au Mask. « Vous ne connaissez pas une fille qui s'appelle Angela et qui danse là-bas ? »

Elle secoua la tête.

« Cassandra ?

– Non.

– Et Jessica Teagarden ? »

Destiny m'étudia un moment. « Je ne connais personne de ce nom.

– Quel est votre prix ?

– Excusez-moi ?

– Combien Frank vous a-t-il payée ? »

Elle s'assit sur le bord du canapé blanc. On m'avait gratifié d'une suite, je pense qu'ils avaient reconnu le nom de mon père, et nous nous trouvions à cet instant dans le salon meublé d'un canapé blanc, d'un fauteuil blanc, d'un bureau blanc, avec des murs gris, une moquette gris clair, des rideaux de gaze blanche devant des fenêtres nuit-noire à travers lesquels clignotaient les lumières affaiblies de la ville comme un feu d'artifice au ralenti. Il y avait également dans cette suite un homme assorti au décor, un albinos tout en noir. « Tout ce que je sais c'est ce que je gagne, moi, dit Destiny au bout d'un moment. Je ne pose pas de question, et je ne connais personne qui s'appelle Frank.

– Ce con de Frank. »

Derrière la fenêtre se découpait, dominant Sunset Boulevard, une énorme publicité, de la taille d'un immeuble, pour le nouveau CD de ce groupe, les ImmanuelKantLern. Le nom même du groupe était tout un programme. KantLern-*Can't learn*, « Ne peut pas apprendre ». Et ne peut pas enseigner non plus. Les grandes idées éclairées de nos plus brillants philosophes ont sombré à jamais. Avec leur nouveau disque, *Jokes On You*, les membres du groupe surplombaient Los Angeles et brillaient insolemment au-dessus des lumières scintillantes de la ville.

Je me demande ce que Kant aurait dit de mon raisonnement.

D'un discret mouvement du menton, Destiny indiqua le minibar. « Est-ce que je peux avoir quelque chose à boire ? »

Sans lui demander son avis, je pris une mignonnette d'Absolut, une dose individuelle de Minute Maid et préparai une autre vodka orange. Les glaçons tintèrent comme le début d'une berceuse. « Je suis désolé, dis-je. Vous êtes très… vous êtes belle. Seulement, j'attendais quelqu'un d'autre. »

Quand je me retournai, Destiny était assise sur le canapé, exactement là où elle se trouvait un moment avant, mais sans sa jupe et son corsage qu'elle avait soigneusement posés sur le bras du fauteuil blanc. Elle portait un string brillant rouge et trois chaînes en or, une autour du cou, une à la cheville et la troisième à la taille. Ses seins étaient un peu plus clairs que le reste de son corps, mais encore fantastiquement sombres. « Ce que faisait Angela pour vous, dit-elle doucement, je peux le faire aussi.

– Ce n'est pas là le problème.

– Où est le problème ?

– C'était l'idée de Frank. » Je tendis son verre à Destiny. « Je veux dire, votre présence ici. Parce qu'il pense qu'il est possible de remplacer une personne par une autre, comme un acteur qui reprend le rôle d'un autre. » J'essayai de calculer le nombre de suites de films que Frank et mon père avaient faites.

« Pour la représentation de ce soir, le rôle d'Angela, dit-elle en souriant, sera joué par Destiny.

– Exactement.

– Je suis une très bonne actrice. »

J'avais posé un peu plus tôt mes affaires sur la table de l'entrée. Je trouvai la photo d'Angela et la lui tendis. « Voici Angela. C'est elle que vous êtes censée être.

– Hum… » Elle prit la photo et la reposa sur la petite table. Puis elle m'invita. « Pourquoi ne pas t'asseoir à côté de moi ? Oublie cette fille, et viens ici. » Sans me quitter des yeux, elle porta son verre à ses lèvres vernies.

Je me préparai aussi une vodka orange et m'assis près d'elle en tenant maladroitement mon verre entre mes jambes.

« À propos, c'est quoi ton nom ?

– Angel.

– Angel attendait Angela ?

– C'est juste une coïncidence. »

Elle secoua la tête. « Je ne crois pas aux coïncidences. »

Je souris. « Avec un nom comme Destiny, je suppose qu'effectivement tu n'y crois pas.

– Je n'ai jamais vu quelqu'un d'aussi blanc que toi, Angel. » Son regard glissa sur moi. « Tu es albinos ? »

J'acquiesçai.

Elle regarda dans son verre. « Que faisait Angela pour toi ? »

Je réfléchis une seconde. « Elle parlait.

– De quoi parlait-elle ? » Destiny se rapprocha de moi.

« Destiny, ce n'est pas ton vrai nom. »

Elle se mit à rire. « Bien sûr que non.

– Tu es d'où ?

– Tu as entendu mon accent ? » Elle soupira. « J'essaie de le cacher, mais je n'y réussis pas vraiment. » Elle ne chercha plus à le contrôler. « Je suis de la Barbade. Tu y es allé ?

– Peut-être quand j'étais petit, il y a des siècles.

– Ce n'est pas juste, dit-elle.

– Quoi donc ?

– Que tu sois habillé et moi pas. Tu penses que c'est juste, Angel ?

– Je ne crois pas que je devrais, tu sais…

– Pourquoi pas ?

– Parce que tu n'es pas celle que j'attendais. »

Sans doute à cause des médicaments, en plus des verres bus au bar et de ma déception que Destiny ne soit pas Angela – ou devrais-je dire qu'Angela ne soit pas ma destinée ? –, je posai mon verre sur la table basse, enlevai mon pantalon cargo et ma chemise à manches longues, les rangeai sur la petite table en marbre derrière le canapé blanc. Je ne portais plus qu'un large caleçon gris.

« Elle m'a fait une *lap dance* », dis-je en me rasseyant, cette fois beaucoup plus près d'elle.

Destiny sourit. « Je pensais que tu avais dit qu'elle ne faisait que parler –

– Parler, dis-je, était sa principale, était sa première – »

Destiny se serra contre moi et mit sa main gauche en coupe sur le devant de mon caleçon. Elle posa les lèvres sur ma joue, tout près de mon oreille et dit « Je ne veux plus entendre parler de cette Angela. » Elle trouva mon érection sous le tissu. Angela avait fait exactement la même chose, je m'en souvenais. Faisaient-elles toutes la même chose ? « Ceci doit être couvert, dit Destiny, d'accord ?

– Couvert ? » Pendant une seconde, je crus qu'elle parlait d'assurances. Je voyais des formulaires à remplir en trois exemplaires, des enveloppes à timbrer, un homme aux cheveux en brosse et au costume à rayures me serrer la main et me tendre un stylo de luxe pour signer.

C'est alors que, comme un magicien qui sort une pièce de monnaie du vide, Destiny produisit d'un geste élégant un carré d'argent avec une forme ronde à l'intérieur.

« Oh », dis-je.

Elle déchira le petit paquet et révéla un préservatif bleu. Elle tira d'une main sur l'élastique de mon caleçon. « Enlève ça. »

Je l'enlevai et le posai sur mes autres vêtements. Comme toujours, j'étais surpris d'afficher une telle trique. Qu'est-ce qui l'avait provoquée ? La vodka ? Le souvenir d'Angela ? Les hormones ? Elle se rapprocha et mit une main sur mes testicules. Puis avec le pouce et l'index de l'autre main, elle forma un cercle, fit glisser le préservatif et plongeant d'un coup, elle prit mon pénis capoté-de-bleu dans sa bouche. Ses doigts aux ongles roses effleurèrent ma poitrine, puis me poussèrent sur les coussins. « Détends-toi ! » dit Destiny en relâchant la pression de ses lèvres.

Ses ongles étaient comme des lames de rasoir sur ma peau, mais sa bouche était chaude et humide, malgré le latex. Ses cheveux, noirs et lourds, se répandaient sur mon bas-ventre et se divisaient en deux parties égales de chaque côté de sa colonne vertébrale. Ses vertèbres se dessinaient sous sa peau. J'aurais aimé pouvoir toucher chacune d'entre elles, mettre mes doigts dessus et suivre le squelette blanc de son corps. Il y avait là aussi des muscles durs, denses et souples, liés par des tendons visibles.

Destiny ouvrit la bouche, baissa la tête et s'enfonça jusqu'à la base de mon pénis qu'elle enserra de ses lèvres avant de remonter la tige. Elle répéta le mouvement plusieurs fois, puis émit ce genre de petits bruits de gorge étranges et simulés, des soupirs et des cris censés me stimuler. Je laissai mes doigts courir le long de sa colonne vertébrale, presque jusqu'à la taille. Je lui caressai la tête et la retins quand elle s'écarta. « Peux-tu t'arrêter, s'il te plaît ? Destiny ? Peux-tu arrêter une petite minute ? »

J'eus l'impression qu'elle allait m'arracher la queue.

Elle se redressa. « Qu'est-ce qui ne va pas ?

– Ce n'est pas ce que je voulais. »

Elle secoua la tête. « C'est ce que tout le monde veut, Angel.

– Pas moi.

– Est-ce qu'Angela te faisait ça ?

– Oui, dis-je, mais –

– Je ne fais rien sans la capote, me prévint-elle en me menaçant du doigt. Rien. » Elle s'était maintenant complètement redressée mais me tenait toujours d'une main.

« Ce n'est pas – Je veux dire, ce n'est… Je ne suis même, même pas – » Je bégayais. « Je ne crois pas que je veux ça. »

Destiny regarda mon bas-ventre en arquant les sourcils. Mon pénis bleu se tenait toujours droit dans sa main.

« Tu veux me baiser ? » Elle indiqua la chambre à coucher d'un bref regard.

Oui, je voulais baiser, mais avec Angela. Je voulais retrouver sa voix, ses lèvres chaudes, les choses folles qu'elle me disait à l'oreille, toutes ses étranges dérobades et tergiversations, ses yeux, quelle que soit la couleur qu'ils pourraient avoir ce soir. « Peux-tu seulement me parler un moment ? » Je m'étais encore raconté des histoires, semblait-il. Encore créé une illusion au lieu de faire attention au réel.

« Te dire des cochonneries ?

– Enfin, non, pas des cochonneries.

– Tu veux que je te parle de quoi ? » Elle lâcha mon pénis bleu et prit son verre qu'elle avait laissé sur la moquette à ses pieds.

Je pensai à quelque chose. « Le soleil, dans ton pays, l'île d'où tu viens, il est comment ? Il est brillant ?

– Le soleil ? » Elle avala une gorgée en faisant tinter les glaçons. « Il est très fort, extrêmement… fort.

– On le sent comment… sur la peau ? »

Destiny m'observa. « On le sent comme… comme du miel tiède qu'on ferait couler sur ta peau.

– Décris-le. » Je la regardai droit dans les yeux. Ils étaient d'un brun sombre, parsemés de minuscules paillettes d'un jaune tirant sur le vert.

Elle avait saisi la perversité de ma demande. « On le sent comme si on était en train de cuire… Comme si l'atmosphère n'était plus qu'une étuve, et si tu te trouves au soleil en milieu de journée, spécialement en été, tu sens sa chaleur te piquer, te faire fondre… comme si tu étais en feu. » Sa voix avait repris l'accent de son île, s'enroulant doucement autour des voyelles. « Comme si tu étais dans un four.

– De quelle couleur est le soleil ? Je veux dire, dans ton pays. De quelle couleur est-il ?

– Orange. » Elle regarda autour d'elle, cherchant les mots justes. « Brillant, brillant, brillant, comme… je ne sais pas, il est tellement brillant. »

Je savais. Rouge. Orange. Jaune vif. Feu.

« Est-ce que tu sais ce que c'est ?

– Quoi donc ? » Elle reposa son verre sur la moquette.

« Le soleil, de quoi il est composé ? »

Elle ne répondit pas. Elle reprit mon pénis bleu et le pressa, le caressant sur toute sa longueur.

« D'hydrogène. » Je précisai. « C'est l'hydrogène qui brûle. Et la lumière est une forme de radiation électro-magnétique. La lumière visible, la lumière orange, jaune et blanche du soleil… fait partie du même spectre qui contient tout, même nous. Nous sommes faits de lumière. Tu savais ça ? Et ce que nous sommes dépend seulement de la vitesse à laquelle nous vibrons. » J'ignorais d'où je tirais tout ça, peut-être des pensées qui traversaient par-fois mon esprit dérangé et sortaient automatiquement de ma bouche, des souvenirs de lectures et d'informations pêchées ici ou là, à l'école ou dans les pages Sciences du *L.A. Times*.

« Tu es fait de lumière, dit Destiny, n'est-ce pas, Angel ?

– Toute chose dans l'univers vibre », lui dis-je, et elle se releva, me conduisit en tenant mon pénis de latex bleu vers la chambre à coucher, « à des vitesses différentes. »

La dernière fois que mon pénis avait été bleu, c'était dans la cuisine de mes parents, quand je m'étais badigeonné avec la solution d'encre sympathique. Destiny s'assit sur le lit et m'attira vers elle, me prenant à nouveau dans sa bouche. Bleu, bleu, bleu électrique. Cela avait été la couleur d'Angela, la couleur des yeux d'Angela la première fois où je la vis, la couleur de son aura. « Même la matière vibre. Si tu regardes d'assez près, la matière elle-même est seulement mouvement à travers le temps et l'espace. »

Destiny s'allongea sur le lit et m'attira à elle. J'entendis ses sandales tomber sur le sol. Elle retira son string rouge, en le faisant glisser sur ses jambes d'un seul mouvement, avec la grâce d'une danseuse. « À la Barbade, quand la lumière touche les vagues, dit-elle, ça ressemble à du verre brisé, comme si la mer était faite de diamants. »

Je rampai vers elle sur le lit ; nous étions maintenant l'un contre l'autre. « C'est la réfraction et la réflexion. »

Elle fit basculer mon corps sur elle. Elle ouvrit les jambes et me guida. « C'est bien, dit-elle. Pousse… pousse-le dedans. » Je fermai les yeux et la pénétrai.

Il y eut de la résistance au début, une certaine sécheresse, puis cela glissa, tout au fond.

« Il y avait une fille au restaurant aujourd'hui, poursuivait Destiny, elle portait un collier, tout en diamants. Ils étaient probablement faux, tu sais, mais elle était assise au bar et passait son temps à tourner la tête. » Sa voix était très mélodieuse.

« Oui ? » J'entrais et sortais d'elle au rythme de son discours.

« Et quand elle tournait la tête, les diamants de son collier retenaient la lumière du soleil. » Destiny me guidait, en me tenant à la taille. Je sentais ses ongles durs s'incruster dans ma peau. Je sentais, malgré la présence de la capote bleue, la douceur, l'humidité sombre de son

154

corps. Je gardais les yeux fermés. J'imaginais la lumière jouant sur le collier, chaque pierre retenant un feu éphémère. Je me sentais, je sentais mon corps devenir lumière blanche. Je voyais Angela avec sa brassée de jacinthes. Les cheveux mouillés, elle était inondée par la clarté matinale aveuglante. Je cambrai les reins involontairement et m'enfonçai, m'enfonçai en Destiny, mais en pensant à Angela, seulement à Angela, m'appuyant sur mes bras, tendant mon visage à un soleil brillant, imaginaire.

Destiny avait posé une main sur mes yeux, ses ongles touchaient mes paupières, la peau de mon visage, mes lèvres. « Tu ne peux pas sortir, Angel, dit-elle, n'est-ce pas ?

– Sortir ?

– Dans la lumière. Tu ne peux pas t'exposer à la lumière. Tu brûlerais.

– Je brillerais. Je deviendrais phosphorescent. »

Elle rit. « C'est ce que tu fais en ce moment. »

*

Un rayon brumeux formé par les lampes jaune chimique des réverbères éclairait Sunset Boulevard. La température avait baissé, et les lumières de la ville semblaient irréelles. J'attendis le voiturier dans la fraîcheur de l'air. J'avais abandonné Destiny à la chambre blanche et aux draps blancs en haut, aux caquets et aux cliquetis des fêtards de deuxième zone du Sky Bar en bas, et à sa propre destinée quelle qu'elle puisse être. J'avais l'impression d'avoir quitté mon corps pour un autre. J'étais différent, calme, serein, et même paisible. Grâce au sexe, je le savais, et cela ne durerait pas.

Je récupérai la Cadillac et descendis Sunset, puis Hollywood Boulevard où les touristes et les trafiquants se mêlaient aux badauds et aux rockers, où des jeunes avec des anneaux dans le nez et des vieilles femmes avec des lunettes géantes tournaient en rond dans les rues au néon.

Je n'avais aucune envie de rentrer chez moi, alors je continuai à rouler.

Plus loin, dans les petites rues de West Hollywood, les gens achetaient de l'épicerie et du sexe, buvaient dans les bars, et vivaient une vie à la Charles Bukowski en miniature, une vie de transgression bienséante à petit budget.

Je fis demi-tour et me dirigeai vers Beverly Hills, mon ancien quartier, où les longues limousines conduisaient les clients des hôtels et les vedettes de cinéma dans les restaurants où on se montre et où on voit, Chaya, l'Ivy et le Palm, des lieux que ma mère et mon père avaient fréquentés pendant des années. Dans ces restaurants, les jeunes gens allaient et venaient en se donnant de l'importance, le mobile collé à leur oreille, tandis que les starlettes avec qui ils avaient rendez-vous attendaient dans toute leur gloire, acceptant les regards libidineux des curieux ordinaires comme des nobles recueillant les suppliques des pauvres.

Je traversai aussi le centre, où Angela m'avait emmené nager sur le toit du gratte-ciel cette nuit-là – cela faisait combien de temps ? seulement quelques semaines – et vis les inévitables rues et avenues désertées, où les sans-abri poussaient des chariots pleins à ras bord dans les ruelles sombres, où les voitures pie de la police, gyrophares allumés, patrouillaient sans arrêt. Je tournai longtemps, cherchant désespérément à localiser le club de mise en forme. Mais je portais alors un bandeau sur les yeux et, je ne sais pourquoi, je n'avais aucun souvenir de l'instant où je l'avais quitté.

Le soleil se levait.

J'ai toujours aimé voir la lumière du matin souligner les toits en pente des ersatz de châteaux et des faux Tudor de Los Angeles, la voir tomber sur les vérandas de tuile rouge des imitations de villas et jeter son éclat sur les structures basses en forme de boîtes, les seuls bons et honnêtes exemples de l'architecture locale, qui ne ressemblent à rien du tout.

À Beverly Hills, les palmiers se dressent sur les trottoirs comme des grandes piques à cocktail que dépassent seulement les antennes des relais téléphoniques noircies par la pollution et les collines brunes en terrasses dans le lointain brumeux.

Ici, même les ombres sont pâles.

Une lueur ostentatoire, obstinée, révèle les couleurs de la ville le jour, couleurs d'asphalte, de bitume, de gazons desséchés, gris pâle, pâteux. Les rues sont larges, mais jamais assez larges. Les avenues et les boulevards sont encombrés de voitures. Les feux changent, mais personne ne bouge.

Au petit matin, le soleil audacieux de Los Angeles avance imperceptiblement, mais progresse toujours plus vite que la circulation.

Dans le centre, la pollution est totale. Une couche épaisse de brume gris-brun recouvre le cœur de la ville géométrique, et se réduit graduellement tandis que l'astre monte dans le ciel. Une lumière orange filtre à travers la poussière du désert, les gaz d'échappement de millions de moteurs, les vapeurs d'essence et de diesel répandus dans une atmosphère asphyxiée. Vers l'aéroport, les derricks des puits de pétrole pompent le liquide de la terre tandis que leurs grandes têtes s'élèvent et se rabattent vers le sol comme des oiseaux mécaniques géants. Un disque ardent, derrière eux, menace de mettre le feu à la ville.

Les autoroutes s'enroulent en spirale les unes sous les autres.

Rampes de sortie, bretelles, échangeurs en trèfle s'élancent et se retournent sur eux-mêmes tels des rubans de Möbius. Comme une trop vraie métaphore de ma vie,

157

une bretelle s'ouvre après un talus d'herbe sèche et soudain s'arrête, ne débouchant sur rien.

Je continuai à rouler au pas vers la mer dans la circulation dense du matin, pris Ocean Avenue jusqu'à Venice. Je garai la voiture et descendis vers la plage. J'enlevai mes sandales, remontai les jambes de mon pantalon et laissai le Pacifique battre mes mollets.

Je rêvais, comme j'ai rêvé toute ma vie, de rester sur la plage en plein soleil. Je m'imaginais avec une peau normale et colorée, les yeux ouverts à la lumière. J'étais à une bonne distance de la jetée de Santa Monica pour voir la silhouette du grand huit se dessiner à l'horizon tandis que le disque du soleil s'élevait au-dessus des collines brunes de Malibu.

J'avais le sentiment que je ne la retrouverais jamais. Elle s'éloignait de plus en plus de moi. Angela avait quitté le Velvet Mask avec un homme blanc en costume gris et, au matin, elle m'avait appelé, le désespoir dans la voix, attendant d'être sauvée.

La mère de Victor n'avait pas été en mesure de m'aider, et Destiny n'était pas la fille que j'attendais.

J'avais échoué.

Même Frank avait échoué.

Et je n'avais rien à quoi m'accrocher, sauf cette lettre bizarre.

Je l'avais lue et relue si souvent que je la connaissais maintenant pratiquement par cœur. *Je me réveille en pensant à toi/Me couche en rêvant de toi.* Celui qui avait écrit cela faisait visiblement une fixation sur Angela et imaginait qu'une relation réelle existait entre eux. *Quand tu n'es pas là je disparais/Quand je te vois je ressuscite.* Cela impliquait une intimité, le sous-entendu, même fantasmé, qu'elle aussi était amoureuse de lui. Mais comment en découvrir l'auteur ? L'écriture sur l'enveloppe pouvait-elle fournir une clef ? Des lettres majuscules, à l'encre noire, que n'importe qui aurait pu tracer. Et le papier lui-même ? Bleu moyen, bon marché, qu'on peut trouver partout, il ressemblait à celui que j'avais utilisé il y a quelques mois pour imprimer une des versions de *Los Angeles*, celle que je venais d'achever.

J'essayais de me souvenir d'Angela. J'essayais de retenir d'elle plus que sa voix au téléphone. Je cherchais à recréer ses yeux, la sensation de ses ongles sur ma peau. Mais cela s'éloignait. Le souvenir d'Angela commençait déjà à s'effacer.

« Souvenirs, dit Rick Deckard dans *Blade Runner*. Vous parlez de souvenirs. »

J'ai lu une fois qu'en fait nous n'oublions jamais rien ; mais il nous devient de plus en plus difficile de retrouver les choses dans nos cerveaux brouillons. Une fois qu'une information a été enregistrée par le cerveau humain, il faut pouvoir la retrouver, et les processus de récupération sont soit de *rappel*, soit de *récognition*. Dans le rappel, les événements et informations sont simplement reproduits. Essayez le rappel. Par exemple, l'article que vous avez lu hier, avec son début, son milieu et sa fin. Votre passage au lycée ? La rentrée, les vacances de Noël, la fin des cours ? La récognition, c'est voir quelque chose que vous avez déjà vu. Bien sûr, vous vous dites : Je m'en souviens. Allez chercher une photo de classe, et regardez les têtes. Vous vous souvenez d'elle ? Et de lui ? Tout revient. Elle était gentille avec vous. Il s'était cassé le bras en jouant au foot. Voilà ce dont j'avais besoin : de la *récognition*. J'avais besoin d'entendre sa voix.

*

La même camionnette de FedEx faisait sa tournée ; la même vieille femme ses exercices de marche forcée, ses bras comme des pistons, les mains crispées sur des poids ; le même tourniquet arrosait le gazon ; et les mêmes mômes, semblait-il, jouaient au wiffle-ball. Ça aurait pu aussi bien être le même jour, le même après-midi, le même tout – tout, bien sûr, sauf moi. Quand j'arrivai à l'ancienne maison de Jessica Teagarden à Santa Monica, tout était comme lors de ma première visite, mais cette fois, par chance, je ne vomissais pas. Cette fois, j'avais pensé à mettre mes lunettes de blaireau, et je n'étais pas englué dans les affres de cette maudite migraine.

J'arrêtai la Cadillac devant l'allée, et reconnus tout de suite à la fenêtre le singulier visage parabolique de Victor.

Quelques secondes plus tard, la porte s'ouvrit, et il cria mon nom.

Je lui fis signe. « J'ai besoin de te demander quelque chose. »

À l'intérieur, je retrouvai cette impression de quiétude, cette odeur que je reconnus cette fois, celle de la cire parfumée au citron. J'entendis la pulsation continue d'une ventilation. Et comme d'habitude, le décor semblait avoir été préparé, spécialement éclairé par une équipe d'électriciens pour faire plus vrai.

« Vous voulez monter ? demandait Victor. J'ai un microscope.

– Bien sûr. » Je le suivis, grimpant l'escalier deux à deux jusqu'à un petit palier.

Il entra dans une pièce minuscule, entièrement garnie de rayonnages, avec un lit fait au cordeau dans un coin et un bureau bien rangé en aggloméré blanc. Sur les étagères au-dessus du lit étaient classés, avec un ordre obsessionnel, des livres et des jeux scientifiques ; une panoplie bien familière Génie Junior dépassait de l'étagère à la tête du lit.

« Ouais. » Victor avait remarqué où se portait mon regard. « Ma mère a peur qu'un produit chimique toxique me tombe dans la bouche au milieu de la nuit. »

Je ris.

« Je n'arrête pas de lui dire qu'ils ne risquent pas de mettre des produits dangereux dans un coffret de chimie pour enfants.

– Tu as essayé l'encre qui disparaît ?

– Je l'ai fabriquée. » Victor haussa les épaules. « Ça m'ennuie. » Il tira une chaise pour enfant de sous le bureau et s'assit.

Je m'installai sur un coin du lit. « Ma mère a toujours pensé que je pouvais brûler au soleil.

– C'est très probable. » Il se tourna vers moi. « Au fait, qu'est-ce que vous vouliez me demander ? »

Je réfléchis un moment. « Est-ce que tu aurais entendu quelque chose sur Jessica Teagarden ? Ou une conversation que ta mère aurait eue avec elle, ou même à son propos ?

– À quelle date ?

– N'importe quand. Ta mère a dit qu'elle venait parfois boire un café. Tu te souviens de ce qu'elle a raconté ? Tu étais avec elles ? Ou dans la maison ? »

Victor tournait lentement sa langue dans la bouche, réfléchissant sur la chose comme si c'était un bonbon. Son large visage en satellite semblait prêt à recevoir un signal. « Ouais, dit-il d'une voix égale. Je suppose que oui. »

Je me penchai vers lui. » Je croyais que tu m'avais dit que tu te souvenais de tout ce que tu entendais.

– Vous savez, quelquefois, ça ne vient pas. Il faut – Victor se passa la main devant le visage comme un coup de faux – que ça jaillisse.

– Qu'est-ce que tu veux dire ? Qu'est-ce qui jaillit ?

– Je les vois, des éclairs blancs dans mes yeux. Comme, comme… des phares la nuit.

– Est-ce qu'il y a un moyen de les contrôler ?

– On peut les déclencher parfois, mais c'est difficile de savoir ce qu'on va avoir. »

Je me rappelais la façon dont il avait, la dernière fois, regardé le soleil, reproduisant le texte du documentaire animalier. « Tu m'as parlé du gecko, tu te souviens ?

– Ouais, mais c'était ce dont je me souvenais à ce moment-là.

– Ça commence comment, en général ?

– Quand j'appuie fortement sur mes yeux, ou quelquefois quand je m'assois trop près de la télé. »

Je cherchai dans la chambre. Il y avait certainement un produit dans ce coffret de chimie qui pouvait lancer Victor dans une transe épileptique, mais je ne voulais pas vraiment prendre ce risque.

Puis je vis la lampe sur le bureau. « Et si tu regardais l'ampoule ? lui demandai-je en soulevant l'abat-jour.

– Je ne sais pas. » Il haussa les épaules. « Je n'ai jamais essayé. »

Je prenais un risque, je le savais, mais c'était tout ce que j'avais. « Regarde-la.

– Vous voulez vraiment que je le fasse ?

– Pourquoi pas ? »

Victor loucha dessus, fermant involontairement ses paupières.

« Garde les yeux ouverts. Même si ça fait mal, même si ça brûle. »

Il se mit face à l'ampoule et maintint de ses doigts grassouillets ses paupières ouvertes.

« Tu as quelque chose ? »

Il cilla. Des larmes coulaient de ses yeux.

« Pense à Jessica Teagarden, représente-toi son visage. »

Il secoua la tête et détourna son regard. « Ça me fait mal aux yeux.

– Continue.

– Ça brûle. » Il ferma les paupières.

« *Ouvre les yeux.* »

Je me souvins tout à coup de cet instant où, debout dans l'obscurité, portant ce bandeau, j'allais ouvrir mes propres yeux et découvrir le miroitement bleu de la piscine sur le toit du club de mise en forme.

« Garde-les ouverts. »

Victor se raidit, tout son corps devint rigide. Puis sa tête eut un mouvement nerveux, et il commença, « *Si un individu myope et vorace, visqueux, pouvant faire trois mètres de long, ne vous semble pas être le compagnon idéal de plongée, réfléchissez, vous pourriez bien changer d'avis.* » Quittant l'ampoule, les yeux fixes de Victor regardaient à travers moi. « *Quand vous comprendrez la murène, vous pourriez bien commencer à l'aimer, déclare le biologiste marin Gavin Anderson... dans un étonnant déploiement de couleurs, avec un corps couvert d'un mucus glissant et une gueule pleine de dents bien blanches et aiguisées comme des rasoirs. La vue d'une murène peut vous saisir et vous glacer le... »*

Victor continua sur sa lancée pendant cinq bonnes minutes, répétant le commentaire sur la murène. Il y intégra même deux publicités, une sur des soldes de matelas et l'autre sur un produit qui blanchit les dents.

Je le secouai par les épaules. « Victor, j'ai besoin que tu te souviennes de Jessica. Essaie de te rappeler quelque chose sur Jessica Teagarden. »

J'avais besoin d'Angela.

Je voulais entendre sa voix. Je savais que Victor avait dû l'entendre dire *quelque chose*, mais le môme se contenta de répéter le texte du documentaire animalier, et ces souvenirs, quoique parfaitement conservés, étaient parfaitement inutiles, une reproduction *audiographique* qui n'aboutissait à rien, une récitation oiseuse de faits, au mieux une collection insignifiante de données qui l'éloignait du présent et faisait de lui un sacré imbécile.

Je laissai Victor dans sa chambre parfaitement rangée de jeune savant, avec le sentiment que j'y laissais aussi un peu de ma propre enfance passionnée par la science. Il était maintenant dans un état presque catatonique, la bave lui coulant sur le menton, répétant toutes ces choses assommantes qu'il avait entendues à la télévision. J'avais besoin qu'il se souvienne d'Angela, besoin qu'il reproduise sa voix, mais tout ce qu'il était capable de faire, c'était pêcher dans sa tête des faits sans importance sur une vicieuse créature de la mer.

La mémoire n'était décidément d'aucune aide. Même la mémoire avait échoué.

*

Quelques minutes plus tard, je retournai chez moi. J'avais certainement négligé quelque chose. Par exemple, je n'avais pas encore parlé à mes voisins. Peut-être l'un d'entre eux connaissait-il sa nouvelle adresse pour lui faire suivre son courrier – c'était peut-être aussi simple – ou encore mieux, le nouveau numéro de téléphone d'Angela. Je m'imaginais faisant ce numéro, le téléphone qui sonne, sa voix qui répond. Je me garai à ma place habituelle et cherchai la chatte avant de me souvenir que je l'avais enterrée dans le jardin du vieil homme.

Bon sang, j'étais vraiment à côté de mes pompes.

Tout ce que je voulais, c'était prendre une douche chaude, me glisser entre les draps noirs et dormir, oublier ce cauchemar.

Je commençai à retirer mes vêtements dès le pas de la porte.

Et m'arrêtai, la chemise encore accrochée à ma tête.

Faire l'expérience de la peur ne prend qu'un millième de seconde. Parce que l'émotion vient de l'amygdale cérébelleuse, enfouie tout au fond du cervelet. Elle joue un rôle capital dans les équilibres vitaux, comme la respiration ou le rythme cardiaque. Quelquefois cette réaction ne laisse qu'un choix, se battre ou se barrer. Poussée d'adrénaline dans le sang, montée de la tension, le cœur bat plus vite. La peur peut avoir, me semble-t-il, deux sources : la peur de l'inconnu ou, pire, la peur du connu.

Je fis, en l'occurrence, l'expérience des deux.

Une voix me disait « Je me suis fait un café, Angel. J'espère que tu n'y vois pas d'inconvénient. »

Frank était assis à mon bureau, en train d'avaler une dernière gorgée de café dans ma tasse.

Je rabattis ma chemise. « Merde, on peut tuer un mec, à lui foutre une trouille pareille. »

Je remarquai alors quelqu'un d'autre dans mon appartement. Debout dans la cuisine, un jeune homme avec des lunettes de prix.

Frank et lui portaient ce genre de vêtements qui permettent de reconnaître l'avocat du monde du spectacle à Hollywood. Frank, une cravate rose vif et un costume chocolat foncé à rayures, avec de larges revers. Le jeune homme, une veste si noire et une chemise si blanche qu'il en devenait graphique, comme un caractère typographique humain.

« Comment êtes-vous entrés ici ?

– Tu as dû laisser la porte ouverte. »

Je secouai la tête. « Je ne crois pas. En fait –

– Ça n'a aucune importance. » Frank, un homme corpulent avec une voix profonde, se leva, et mon fauteuil tournant en soupira d'aise. « Nous sommes ici, n'est-ce pas ? » Il s'avança vers moi et me saisit les avant-bras en enfonçant ses doigts. C'est ainsi qu'il me tenait quand j'étais petit, la voix basse et toujours menaçante.

Je me dégageai. « Ce n'était pas la bonne fille, Frank.

– Je sais, Angel. Je suis au courant.

– Cette personne… *Annette*, s'est contentée de m'envoyer quelqu'un qui ressemblait vaguement à Angela. La seule ressemblance se réduisant au fait qu'elle est noire. Ce n'est pas exactement –

– C'est probablement un malent–

– Je dois toujours la retrouver. J'ai besoin de –

165

– Avant ça, tu dois venir avec moi chez ton père. Immédiatement. Tu passeras un peu de temps avec ton petit frère, reprendras contact avec Melanie, et cela fera un grand bien à Milos. » D'ordinaire, Frank avait le visage bronzé, rasé de près, des yeux verts pétillants et une coiffure de vedette de cinéma style années cinquante. Aujourd'hui, il paraissait vieux, c'est tout. Ses yeux avaient viré au gris poisson, son teint au jaunâtre ; il donnait même l'impression de ne pas s'être rasé ce matin.

« Qu'est-ce qui se passe ? » J'agitai les bras dans tous les sens. « Tu t'introduis dans mon appartement, tu –

– Il se passe que ton père veut te voir, dit-il sans s'émouvoir.

– Et il envoie son putain d'avocat. » Je secouai la tête, puis désignai le jeune homme dans ma cuisine. Blond, mince, la peau rose, l'allure impatiente et avide du jeune cadre commercial qui veut réussir, il ne devait pas avoir plus de vingt-cinq ans. « Et lui, c'est qui ?

– Marcel, mon nouvel associé. »

Le jeune homme dans son costume noir impossible me sourit, un peu confus, puis se dirigea vers moi en me tendant la main.

Je l'ignorai. « Tu ne pouvais pas venir seul ? C'est foutrement ridicu–

– Angel, tu vas venir avec nous, d'accord ? Est-ce que tu as tout ce qu'il te faut ?

– On dirait une scène d'un mauvais film.

– Tout est du cinéma, Angel. » Frank sourit comme s'il parlait à un débile. « Tu devrais le savoir maintenant.

– Pour commencer, tu viens ici sans t'annoncer. Tu entres chez –

– Tu m'entends, Angel ? » Frank éleva la voix. « Ton père veut te voir.

– Je ne suis pas vraiment d'humeur à le voir en ce moment. Ni à te voir, d'ailleurs. »

Il poussa un gros soupir. « Nous pouvons te dire ce qu'il lui est arrivé. »

Je m'arrêtai.

« La fille que tu cherches. Ton père et moi pouvons te dire ce qui – »

*

Quelques minutes plus tard, dans la limousine de Frank, Marcel, son jeune associé, s'était assis devant à côté du chauffeur, Frank et moi étions affalés à l'arrière sur une plage de cuir souple.

« Raconte.

– Ton père te donnera tous les détails.

– Merde ! Tu me dis que tu sais quelque chose mais pas ce que c'est.

– Je te dis ce que ton père m'a dit de te dire.

– Tu ne penses pas avec ta tête ? »

Il me fit un sourire modèle faux cul. « Pas quand il s'agit de Milos Veronchek.

– Je t'avais demandé de ne rien lui dire. Très précisément –

– Ce n'est pas ce que tu penses, Angel. C'est –

– Est-ce que Silowicz a dit quelque chose ? » J'étais furieux. « Parce que, s'il a trahi la confidentialité qu'il doit à son patient, ce serait très grave –

– Non. » Frank secoua la tête avec véhémence. « Non. Ton père savait déjà. Quand tu m'as parlé d'elle, il savait déjà tout sur elle.

– Comment ?

– Quand tu es allé au club –

– Attends. Vous m'avez fait *suivre* ? »

Je savais que Frank et mon père contrôlaient mes dépenses, mais est-ce qu'ils surveillaient aussi mes allées et venues dans la ville ?

C'est pas vrai !

Je le regardai avec insistance, comme si mes yeux pouvaient mettre à nu son visage. « Tu m'as fait suivre, n'est-ce pas ? Par ton putain d'associé ? Ce mec, Marcel, c'est lui qui –

– Angel. » Frank ferma les yeux. « Attends, d'accord ? Ton père répondra à toutes ces questions. »

Je restai là, sidéré, mon doigt courant le long d'une couture du siège en cuir. L'intérieur de la limousine était gris sombre, presque anthracite. J'avais toujours vu Frank circuler en limousine avec chauffeur, jamais au volant d'une voiture.

Je lui demandai tout à coup « Est-ce que tu sais conduire, Frank ? »

Il m'observa, surpris. « Qu'est-ce que tu veux dire ?

– Comment se fait-il que tu circules toujours en limousine ?

– Parce que je travaille en même temps. Je téléphone. Je lis. » Il réfléchit. « Je conduis le dimanche.

– Qu'est-ce que tu as ? » La question m'était venue spontanément. Je voulais découvrir quelque chose de personnel sur lui.

« Pardon ? »

J'ignorais tout de la vie de Frank en dehors du fait qu'il travaillait pour mon père, payait toutes les factures, supervisait les finances familiales, organisait pratiquement chaque aspect de notre vie ; il était l'architecte de l'empire du mal paternel. Je ne sais pourquoi, peut-être à cause de mon état de fatigue avancé, j'éprouvais une curiosité perverse vis-à-vis de Frank. « Tu conduis quoi le dimanche, Frank ? Je veux dire, quand tu ne travailles pas.

– J'ai une Porsche », avoua-t-il.

Je ris, non pas du fait qu'il ait une Porsche, mais parce qu'il ne voulait pas me le dire, parce qu'il était embarrassé. C'était aussi saugrenu que Dark Vador se mettant à rougir.

J'insistai. « Quelle couleur, Frank ? De quelle couleur est-elle ?

– Rouge.

– Depuis combien de temps travailles-tu pour mon père ?

– Depuis bien avant ta naissance. Tu le sais.

– Combien d'années ? »

À son regard levé vers le toit de la voiture, je compris que Frank comptait les décennies. « Plus de trente-cinq ans, Angel, presque… Bon sang, plus de quarante.

– Tu as d'autres clients ?

– Pas comme ton père. »

Je répétai. « Pas comme mon père. »

Il rit comme Ed McMahon, l'animateur télé. « Non.

– Tu ne vois pas l'absurdité de la chose ? »

Ses yeux cillèrent.

« Tu es avocat, un putain d'avocat. Tu devrais être en train de plaider dans un tribunal, de poursuivre quelqu'un ou de défendre un criminel. Tu devrais faire des choses importantes, légales ou illégales, mais non, on t'envoie chercher le fils de ton client, comme si tu étais un larbin. Tu ne vois pas à quel point c'est lamentable – »

Il répéta calmement : « Ton père est mon client le plus important.

– Et qu'est-ce qu'il ferait pour toi ? Il irait te chercher ton fils ? »

Frank haussa les épaules. « Je n'ai pas d'enfants. »

Je soupirai. Ça n'aboutissait à rien, et cette sensation me devenait familière. « Là n'est pas la question.

– Alors, quelle est la question, Angel ? Dis-moi. »

La route est longue de West Hollywood à Malibu, et la circulation dense à cette heure de la journée. Le chauffeur de Frank avait choisi les rues les plus fréquentées, et nous progressions laborieusement comme un cortège de fourmis engagé dans le goulot d'une bouteille de Pepsi. J'étais crevé, épuisé d'avoir conduit moi-même toute la nuit dans la ville. Le ciel était particulièrement lumineux et malgré les vitres teintées, je ressentais la lumière tel un acide sur ma peau. Je portais les mêmes vêtements que lors de ma visite chez Victor – cela me semblait déjà si loin –, des cargos noirs et une chemise noire à manches longues, et je me sentais sale, poisseux, couvert de sueur et de sel. Même dans la splendide limousine à air conditionné de Frank, je suffoquais. Les vents chauds du désert soufflaient à nouveau, et les grains d'une poussière fine commençaient à obstruer chaque pore de ma peau. Le soleil brillait à travers le nuage de pollution, créant un halo de brume au-dessus du pavé.

Je regardais par la fenêtre, découragé, quand Frank me donna une tape sur le genou. « On est arrivés. »

La limousine remontait la longue allée qui conduit à la structure de verre, avec vue sur l'océan, de mon père. Je vis un domestique se diriger déjà vers nous, prêt à ouvrir la porte de la voiture et à nous accompagner vers la maison.

Je le suivis sur une allée de granit vers la maison faite entièrement de verre et d'acier, dont chaque millimètre à l'intérieur était exposé à la lumière naturelle aveuglante.

Frank marchait derrière moi. Nous avons pénétré ensemble dans l'entrée, puis dans l'immense séjour, garni de meubles années cinquante dignes d'un musée, où, sous le plancher en dalles de verre transparent coulait une rivière artificielle. Nous sommes directement allés à l'arrière, sur la terrasse qui faisait face au Pacifique et offrait une piscine noire, parfaitement alignée sur l'infini, posée au-dessus des vagues comme une pièce miroitante d'onyx poli.

Mon père était installé dans une chaise longue, exposant sans complexe son torse brun et bien enrobé, un verre de thé glacé ambré dans sa main manucurée. Il ouvrit les bras, à mon arrivée, comme un roi bienveillant. Melanie et Gabriel n'étaient pas loin, dans une piscine gonflable en plastique pour bébés, avec à leur côté l'éternelle, l'immuable nurse. Gabriel, qui n'était plus un bébé, barbotait sans entrain dans l'eau peu profonde.

Je regardai mon père, puis Frank.

Melanie se leva et vint vers moi. Chaque fois qu'elle me voyait, elle se croyait obligée de me donner un baiser maternel. Elle mit ses bras humides autour de mes épaules et je sentis ses lèvres douces effleurer ma joue. « C'est tellement agréable de te voir, Angel. » Ses démonstrations d'affection étaient à la fois condescendantes et implorantes. Elle ne savait pas vraiment si elle était avant ou après moi dans la hiérarchie familiale, et je me demandais quelle logique perverse poussait cette jeune femme plutôt séduisante à faire l'amour avec ce vieil homme repoussant.

Mais peut-être ne faisaient-ils jamais l'amour. Peut-être était-ce pour cela qu'ils avaient adopté un enfant.

Pas complètement sincère, je la serrai contre moi, puis m'assis à l'ombre d'un parasol et attendis, l'air sombre, que mon père parle.

Des siècles auparavant, Milos Veronchek avait débarqué dans ce pays avec ses parents originaires de Brno, une petite ville qui fait maintenant partie de la République tchèque. Il aimait bien raconter des histoires sur leur arrivée à Brooklyn, sur leur logement composé d'une unique pièce, où il dormait à même le sol avec ses parents. Sa mère mourut peu après d'une mystérieuse maladie, probablement une infection respiratoire non soignée, tandis que mon grand-père disparaissait tout simplement, laissant mon père à la rue comme ces gamins errants que l'on voit dans les photographies du début du XXe siècle. Imaginez un môme au visage ingrat couvert de suie, les yeux noirs comme du charbon, avec un chapeau noir fatigué et des journaux enveloppant ses pieds. C'est mon père.

Quoi qu'il en soit, l'histoire finit bien. Il bénéficia d'un programme destiné à venir en aide aux enfants des rues et fut envoyé dans un orphelinat près de Rochester. Il ne fut jamais adopté – il n'était pas assez mignon pour cela, croyez-moi – mais à quatorze ans, mon père commença à travailler à plein temps pour Kodak. Je n'ai jamais su comment les choses s'étaient vraiment passées en cette période pré-Hollywood de sa vie, excepté qu'il fit son chemin dans tous les services de Kodak, apprenant tout ce qu'il fallait savoir sur les caméras, la lumière, les pellicules et qu'à un certain moment, il commença à organiser des démonstrations techniques. C'est dans ce cadre qu'on l'envoya dans les années cinquante à Los Angeles, pour vendre à Hollywood un nouveau procédé couleur.

Il ne retourna jamais sur la côte Est, bien sûr, il trouvait le soleil de Los Angeles beaucoup trop séduisant. Il quitta Kodak et obtint un emploi au Département Éclairage d'Universal. Dans les années soixante, jeune producteur et conseiller technique, il avait travaillé sur une douzaine de films. Dans les années soixante-dix, il était devenu un des plus célèbres metteurs en scène de Hollywood, dirigeant des westerns à gros budget, des films catastrophes et des polars avec poursuites de bagnoles. Le dernier film qu'il réalisa était une histoire de braquage, où un voleur de bijoux à la retraite fait un dernier coup pour sauver de la faillite le magasin d'alimentation de son frère. Je pense que ce n'était pas un mauvais scénario, mais il ne trouva pas vraiment son genre. Était-ce une comédie, un drame, ou un film d'action ? Personne ne le savait, et il fut considéré comme une des plus grandes merdes de la décennie, mettant virtuellement fin à la carrière de l'équipe entière, y compris un acteur jadis sélectionné pour les Oscars.

Mon père se tourna après ça vers la production et enchaîna une série d'échecs commerciaux mineurs jusqu'à l'avènement des films formatés pour une vedette, qui fit de lui un des plus grands producteurs de l'histoire du cinéma.

Mon père a toujours réussi, mais cela a fait de lui un monstre. Je ne sais pas à combien s'élève sa fortune – des centaines de millions, peut-être plus. Ses films sont devenus de plus en plus importants, et sur son visage d'Européen de l'Est s'est inscrit le rictus permanent d'un homme à la fois arrogant et cynique, surpris par sa magnifique bonne fortune, et qui en profite. Il est tel Gatsby, mais sans la tragédie. Tout ce qu'il touche se transforme en or, platine, diamants – et, à mon avis, en merde.

« Tu ne veux pas connaître mon secret ? » m'avait-il demandé une fois.

J'avais haussé les épaules. Je ne voulais pas connaître son secret. Je n'ai jamais été intéressé par l'aspect commercial du cinéma.

« Je m'en fous, me précisa-t-il. Je ne dis pas aux écrivains comment écrire. Je ne dis pas aux acteurs comment jouer. Je ne dis à personne comment il doit faire les choses. Mais je les mets tous ensemble dans une pièce et je leur dis : "Faites un film !" »

Mon père est complètement chauve maintenant, excepté une couronne brillante de poils gris autour de sa tête et des sourcils broussailleux blancs à la Leonid Brejnev qui s'enroulent comme des flammes. « Je suis heureux d'être ici, dit-il tout le temps, heureux d'en faire partie. » Sa peau, comme celle de tous les grands pontes de Hollywood, est bronzée à outrance, presque luisante. Il est beaucoup plus petit que moi et mesure dans les un mètre soixante-dix. Ma mère le disait toujours, j'avais hérité de son esprit, mais pas de ses traits. Je partageais ses talents techniques, son intérêt pour la science et les maths. Il boit quelquefois et, quand il est ivre, il me dit qu'il m'aime, qu'il aimait ma mère, même s'il l'avait quittée, même s'il la traitait comme un bien négligeable, et il me dit que je n'ai pas à m'inquiéter comme il l'a fait, qu'un vrai père n'abandonne jamais son fils, qu'il me laissera sa fortune, et que je serai riche à jamais.

Question peau, nous sommes bien sûr à l'opposé. Il est toujours dehors, mon père, toujours exposé au rutilant soleil de Los Angeles, ses yeux bruns grands ouverts pour absorber l'intensité dorée du ciel.

Je le sentis m'observer pendant une bonne minute avant qu'il se mette finalement à hurler : « Angel, c'est ton frère là-bas. »

Je levai la tête et vit Melanie qui me souriait, inquiète de ma réaction, à faire pitié.

Je regardai alors le gamin, Gabriel, un petit chérubin à la peau sombre dans un maillot de bain rose vif, au visage rond, toujours éteint. Je ne savais pas quoi dire ; je suppose que j'aurais dû l'embrasser.

« Alors, tu ne peux même pas être aimable avec lui ? » Mon père, qui n'est pas un mauvais acteur lui-même, semblait sincèrement blessé. « Tu ne peux même pas lui dire salut ?

– Allons, Papa.

– *Angel.* »

Je me tournai vers le gamin, le gratifiai d'un rapide : « Salut, Gabe. »

Le môme tapa dans l'eau et tendit son visage maussade vers le soleil. Il n'avait même pas conscience de ma présence. La vérité était qu'il n'avait aucune idée de ce qui se passait autour de lui.

Vainqueur, mon père me demanda sur un ton plus agréable : « Alors, Angel, comment ça va ? »

Je réfléchis un moment. « Je ne sais pas.

– Est-ce que tu as besoin de quelque chose ? »

Cela me rendit fou. « Je croyais que tu devais me dire quelque chose à propos d'Angela. »

Il rit et toussa en même temps. Le bruit de sa toux était bizarre ; elle paraissait sèche au premier abord, mais il y avait quelque chose de gras, d'irrité derrière.

« Tu es malade ?

– Je suis vieux. Voilà ce qui arrive quand on est vieux.

– On n'est vieux que si on se sent vieux, dit Frank, obséquieux.

– Je me sens vieux », répondit mon père.

Soudain, Melanie se mit à piailler. « Est-ce que ce sont des dauphins ? » Elle prit Gabriel et le tint au-dessus de la balustrade face à la mer. Les yeux vagues du gamin balayèrent le vide devant lui. Il était paniqué, dans une confusion totale. Est-ce qu'il savait seulement ce qu'il cherchait ? Ou pensait-il que sa mère l'agitait ainsi sans raison au-dessus de la falaise ?

Je me disais, Ils se racontent des histoires. Ce môme est vraiment retardé.

« Papa, vas-tu me dire ce qu'il lui est arrivé, oui ou non ? »

Il jeta un regard à Melanie qui s'empressa de prendre Gabriel dans les bras et disparut dans la maison. Il faisait toujours cela, renvoyait les gens d'un clin d'œil, comme un pacha fait fonctionner son monde d'un arrogant claquement des mains.

Mon père se frotta longuement le menton de sa main brune, comme s'il réfléchissait. « Angel, me dit-il, pensif, tu as des ennuis.

– Je vais bien. » Je secouai la tête. « Je vais très –

– Cette fille. »

Je sentis mes mains, blanches et fragiles, se glacer. « Visiblement, tu m'as fait suivre. Je subis une surveillance de merde. Alors la moindre des choses serait que tu me dises ce que tu sais.

– Angel, s'il te plaît. Nous veillons seulement à ce que tout se passe bien pour toi, et d'habitude tu ne quittes jamais ce trou à rat qui te sert d'appartement, ce que je ne comprends toujours pas. Alors, quand tu commences à aller dans ce genre de boîte… » Sa voix se mit à chanter un peu sur la dernière phrase, comme un air de retour à son enfance tchèque.

Incrédule, je regardai la piscine noire et les reflets de l'océan derrière.

Un silence, des sourcils froncés, des visages inquiets. À eux deux, Frank et mon père, comme toujours ensemble, semblaient personnifier le dysfonctionnement parental.

« Cette fille, disait Frank, c'est celle qui travaille au Velvet Mask, n'est-ce pas ? »

Je le regardai. « Qu'est-ce que tu veux dire ?

– C'est celle que tu cherches, non ?

– Qui d'autre voudrais-tu que ce soit ? »

Frank ferma ses yeux, exaspéré. « Elle danse sous le nom de Cassandra ?

– Ouais. Je te l'ai déjà dit, Frank. Mais ce n'est… ce n'est pas réellement son nom. Qu'est-ce que tu sais d'elle ? »

Mon père, lentement, dit « Nous savons… nous en savons suffisamment.

– Quelque chose lui est arrivé. Quelque chose lui est arrivé, n'est-ce pas ?

– Laisse tomber. » La voix de Frank était douce.

« Angel. » Mon père appuya son dos contre la chaise longue, visiblement crispé. « Écoute-moi. *Écoute.* »

Je restai silencieux, dans l'attente de ce qu'il allait dire.

« Nous savons que tu l'as… recherchée, alors nous avons enquêté de notre côté. Nous avons des moyens…

– Cette Cassandra, ce n'est pas une fille pour toi, interrompit Frank. Elle a un passé criminel. Elle a été arrêtée plusieurs fois pour possession de drogue. Elle a été ramassée pour racolage… »

Je pris sa défense. « Elle est danseuse.

– Il y a dix ans, cette femme a été arrêtée à Orange County pour sa participation à une affaire d'extorsion de fonds, dit Frank. Il y a eu plusieurs accusations de possession de drogue, violence familiale, agression… Elle a un dossier long comme mon bras.

– C'est une traînée, Angel, dit mon père. Qu'est-ce que tu as à faire d'une femme comme ça ? Rien ne t'empêche de trouver une petite amie décente. Melanie peut te présenter une fille bien. Elle en connaît plein de gentilles. Et si tu as envie d'une femme pour une nuit, appelle Frank. »

Je soupirai et mis mon visage dans mes mains. « Est-ce que tu peux juste me dire où elle est ? »

Mon père et Frank échangèrent un regard. Ils savaient. Tout le monde savait où se trouvait Angela, sauf moi.

Ce fut mon père qui parla. « Elle a un copain. Elle est partie quelque part avec lui. On ne sait pas où.

– Un copain ?

– Un musicien, dit Frank. Elle a quitté le pays. Ils ont quitté le pays ensemble.

– Elle a quitté le pays ? »

Mon père confirma. « Très loin. »

On me racontait visiblement des conneries.

Je regardai Frank, puis mon père. « Pourquoi est-ce que vous me faites ça ? »

Mon père voulut se montrer rassurant. « On voulait être sûrs que tu saches ce qui lui est arrivé. Et qu'elle va très bien. Comme ça… » Il se mit alors à glousser, comme si la question était réglée. « Comme ça tu pourras retourner à je ne sais ce que tu fabriques toute la nuit dans ton misérable appartement. Tu fais quoi ? Tu écris toujours ? » Il n'attendit pas la réponse. « Pourquoi ne viens-tu pas vivre avec nous ? C'est un endroit merveilleux pour écrire un scénario, avec l'océan, la plage –

– Mais elle m'a appelé. Elle a appelé et dit mon nom, et puis –

– Et puis quoi, Angel ?

– Elle a été coupée. Mais elle a appelé dans le noir. Elle était terrifiée. Je pouvais l'entendre.

– Et alors ? Elle a changé d'avis, suggéra Frank en secouant la tête.

– Elle a peut-être décidé qu'elle ne voulait plus te parler, après tout.

– Comment le sais-tu ? » J'observai mes mains. Elles étaient blanches, bien sûr, et dessous, roses et bleues, la couleur de mes veines, la couleur de la chair sous la peau. Il y avait aussi une petite tache, quelque chose de pourpre qui se formait sur ma peau, juste sur la jointure du majeur. Je ne l'avais jamais remarquée. Elle pourrait se transformer en cancer si je n'y faisais pas attention. Mais c'était peut-être déjà un cancer. J'étais peut-être en train de mourir. Avec des métastases dans tout le corps, et seulement quelques semaines encore à vivre. Je me sentis soudain comme un acteur dans une tragédie. « Elle m'a dit qu'elle… elle m'a dit qu'elle m'aimait. » Et je ressentis de la honte à peine les mots sortis de ma bouche.

« Les filles sont comme ça, dit mon père, elles disent ce genre de chose… elles n'y croient pas elles-mêmes. »

Je secouai la tête. J'imaginai mes propres funérailles. J'imaginai Angela penchée sur le cercueil, mon visage d'albâtre s'offrant sereinement à elle. Je me tournai à nouveau vers le Pacifique et les vagues froides de l'océan qui parfois s'entrechoquaient, se chevauchaient comme un phénomène d'interférence avant de s'écrouler sur la plage dorée. « Mais pourquoi aurait-elle quitté son appartement en laissant toutes ses affaires ? Et je suis sûr que quelqu'un la harcelait. *Je l'ai vu.*

– Qui as-tu vu ?

– Un homme, dis-je piteusement. Il portait un costume gris. »

Frank et mon père échangèrent un regard. Je sentis qu'ils me prenaient pour un cinglé.

« Angel, dit mon père, laisse tomber.

– Laisse tomber ? Mais de quoi parles-tu, bon sang ? »

Mon père haussa les épaules. « Il n'y a rien d'autre à savoir.

– Quel est le nom de son copain ? »

Frank secoua la tête.

« Dans quel pays est-elle allée ?

– Angel, dit mon père, je t'en prie, arrête ça, pour ton propre bien. »

Je n'avais plus aucun sens de la réalité. Tout ce que je pouvais faire, c'était regarder la lumière, qui s'étalait au loin en douces couches d'orange et d'argent au-dessus de l'eau et du sable. Au loin, je voyais une écharpe de brume s'élever vers les collines rocheuses de Malibu Canyon. Mais sur la véranda découverte de mon père, le soleil tapait fort, laissant sur le granit moucheté des ombres nettes, bien découpées.

Je revoyais Angela dans l'eau fraîche de la piscine, son corps humide d'animal marin et ses faux cheveux collés sur son crâne.

Est-ce que cela s'était vraiment passé ? Est-ce que ces souvenirs étaient réels ?

Ça ne collait pas. Quoi que Frank et mon père aient découvert à propos d'Angela, ça n'expliquait pas tout.

Elle ne serait pas simplement partie.

Et sa voix.

Et la lettre… et l'argent…

Je pensais que j'aurais plus de chance en posant ces questions à Frank plus tard, en privé.

En plus, je me sentais mal.

J'arrivai cependant à me lever et allai dans la maison sans saluer personne. Melanie, bien sûr, réfugiée dans le séjour, me suivit jusqu'à la porte en tenant sur sa hanche Gabriel qui gigotait.

« Est-ce que tu veux l'embrasser ? » Elle me tendit l'enfant qui continuait à agiter les bras. « Ton petit frère.

– Quel âge a-t-il ?

– Il a presque quatre ans maintenant. Son anniversaire est exactement – elle semblait gênée de me le rappeler – dans trois mois.

– Il ne parle toujours pas ?

– … quelques mots… » Elle était embarrassée, comme si c'était de sa faute.

Je finis par me pencher vers Gabriel et, sentant son odeur de bébé, par appuyer ma joue contre la sienne.

Il y avait de la bave sur sa peau et je ressentis la souillure de ce liquide visqueux. Je n'avais rien contre cet enfant, ce petit garçon qu'on s'acharnait à appeler mon frère, mais je savais aussi, à ce moment-là, que je ne pouvais rien pour lui. Il était coincé chez ces gens.

*

Je m'installai à l'arrière d'une des limousines de mon père et indiquai la route au chauffeur : aller droit après les collines rouges de Malibu jusqu'au cœur de Santa Monica, prendre Wilshire jusqu'à Beverly Hills, pour remonter vers Doheny et finalement arriver à Sunset Boulevard. Je m'absorbai dans la circulation de Los Angeles et la vision des éclats du soleil se reflétant sur le métal poli et la fibre de verre peinte des voitures. Soudain, je me représentai l'associé de Frank, Marcel, à mes trousses. Était-il au club avec moi cette nuit-là ? Et qu'en était-il de tous ces délits qu'on reprochait à Angela ?

Quelqu'un s'était sûrement trompé – Frank, probablement. Il avait été mal informé.

Ou il mentait.

Pas très loin, sur Sunset Boulevard, il y avait un Tower Records, et sur une impulsion je demandai au chauffeur de s'arrêter. Je sautai de la voiture, me glissai entre les portes automatiques du magasin et allai directement au rayon Nouveautés Rock. Je trouvai un présentoir consacré aux ImmanuelKantLern. Leur nouveau disque était en pile sous un poster du groupe, qui affichait des jeunes gens au visage maussade posant sur une aire de stationnement vide aux premières lueurs du jour, chacun se tournant lui-même en dérision.

Mon père avait dit qu'elle était partie avec un musicien, et c'était le seul groupe qu'elle ait jamais mentionné.

De retour dans la limousine, j'arrachai l'emballage plastique du CD et examinai attentivement chaque membre du groupe. Ils avaient tous la coiffure hérissée rock-and-roll, de nombreux tatouages, des piercings étranges. Chacun portait le nom de famille d'un philosophe européen célèbre. Il y avait Timmy Schopenhauer, Jason Montaigne, Eddie Hume, Jared Burke.

Le bassiste, Joey Descartes, celui avec qui Angela disait avoir couché, affichait un ricanement d'adolescent sur un visage de trentenaire.

Quelques minutes plus tard, j'étais arrivé.

« Hé, dit le chauffeur alors que je descendais, vous êtes bien le fils de Milos Veronchek ? » C'était un jeune homme maigre, avec des cheveux châtain clair et une peau de rouquin.

J'hésitai. « Ouais.

– Je me sens idiot de vous le demander, mais – il s'excusait comme s'il craignait de recevoir un coup – pensez-vous, si je vous donnais un scénario et si vous l'aimiez… Je veux dire, sérieusement, mec, si tu aimais ce scénario, tu pourrais le passer à ton père ? »

Je n'avais aucune raison d'être désagréable avec ce type. « Bien sûr. Mais, je ne le vois pas très souvent. Il peut se passer pas mal de temps avant que je retourne là-bas. »

Il considéra mon immeuble en se demandant visiblement pourquoi je vivais dans un endroit comme ça alors que mon père était le grand Milos Veronchek. « Je pensais que si je pouvais donner ce scénario à quelqu'un comme ton père, tu sais, peut-être que je pourrais trouver un agent… » Il se pencha et sortit une enveloppe. « Et si je peux trouver un agent… »

La prochaine étape était manifestement la gloire, le vedettariat, la fortune… Son expression révélait l'étendue des possibilités qui s'ouvriraient à lui.

« J'en serais heureux.

– Il faut toujours essayer, dit-il en me tendant l'enveloppe, même si ça semble désespéré. Tu vois ce que je veux dire ? Comme Tom Cruise dans *Risky Business* – il rit – quelquefois il faut se dire, Et merde ! »

*

Chez moi, la télé était branchée sur *Blade Runner*, les personnages parlaient à voix basse. Mon bureau attendait ; l'écran de l'ordinateur s'éclairait comme par anticipation. Les rames de papier de couleur étaient toujours sur le sol : rouge, orange, jaune, vert, violet, bleu, du chaud au froid, le spectre visible de la lumière. Je laissai tomber par terre le scénario du chauffeur de la limousine, vidai mes poches sur le bureau, allai dans la cuisine et me versai une bonne chope de bourbon. J'en pris une longue, profonde gorgée, suivie par quelques comprimés d'Ambien, puis emportai la chope dans la salle de bains, où je pus enfin enlever mes vêtements sans être interrompu. Je me brossai les dents, en recrachant l'habituelle mousse rose teintée de sang dans le lavabo, et quand je pris une autre gorgée de bourbon, je ressentis cette méchante brûlure puis, un moment plus tard, une torpeur bienvenue.

Dans la cuisine, je fis le numéro du mobile de Frank.

« Allô ? »

Je murmurai. « Frank, est-ce que tu es encore chez mon père ?

– Je suis en voiture », répondit-il, indifférent.

Je repris ma voix normale. « Dis-moi la vérité.

– La vérité, Angel ?

– Où est-elle ? Est-ce qu'elle est vraiment partie avec le groupe ? C'est bien les ImmanuelKantLern ? »

Il soupira. « Si c'est ce que ton père a dit –

– Merde, Frank, je ne te demande pas ce que mon père a dit. Il n'est pas Dieu, n'est-ce pas ? Qu'il dise quelque chose n'en fait pas la vérité. Je te demande à *toi*, d'accord ? Je te demande si elle est vraiment partie avec ce putain de groupe. »

Frank resta un instant silencieux, démonstration de son appréciation relative de ma façon de lui parler. « On cause bien de Cassandra ? répondit-il finalement. La fille du Mask.

– Oui. La fille du Mask. Pourquoi continues-tu à me demander ça ?

– Je voulais en être sûr.

– Dis-moi. Ce putain –

– Selon nos informations, oui, elle est partie avec ce musicien.

– Le type des ImmanuelKantLern. »

Gros soupir. « Je pense que c'est comme ça qu'ils s'appellent.

– Frank, je vais raccrocher.

– Angel – »

À y réfléchir, cela tenait debout. Quelqu'un la harcelait, alors Angela s'était remise avec son ancien copain. Elle était partie avec lui et reviendrait quand les choses se seraient calmées.

Toujours dans mon vieux peignoir, je mis le disque des ImmanuelKantLern, *Jokes On You*, l'écoutai une fois, un peu perplexe, puis le rejouai, haïssant chacun de ses *beats* chiants, détestant chacune de ses mesures jouée sans talent. Il y avait quelque chose de répugnant dans cette musique, de dégénéré et de sordide. Le groupe se prétendait sincère, mais je détectai du cynisme sous la surface, comme s'il méprisait son propre public.

Jokes On You, d'accord.

Mais j'étais peut-être hors circuit, déjà trop vieux pour l'apprécier.

L'élément principal en était la basse, dont le son distordu de façon implacable dans les graves descendait à un niveau que l'oreille humaine ne pouvait plus percevoir. Les voix oscillaient quelque part entre le rap et le chant, et la guitare souffrait, gémissait, se lamentait. Je devais me forcer pour entendre quelque chose qui les rachète, trouvant seulement une satisfaction rageuse, un assentiment amer à l'attitude désinvolte, anarchiste du groupe.

Je cherchai sur l'ordinateur ImmanuelKantLern.com et découvris le calendrier des concerts de la tournée mondiale qu'ils effectuaient. En ce moment, ils se trouvaient en Amérique du Sud. Mon père avait raison – ce devait être d'eux qu'il s'agissait. En fait, ils jouaient à Rio les deux prochaines soirées. Elle était peut-être partie avec eux en Amérique du Sud et n'avait pu me joindre. C'était peut-être de là qu'elle appelait avant d'être coupée. Ou peut-être de l'avion qui montait vers le ciel clair, alors que les lumières de la cabine s'éteignaient ?

Je pris ma chope de Jack et m'écroulai sur le flokati. Les pétales des jacinthes mortes éparpillés un peu partout, maintenant brunis et desséchés, répandaient dans la pièce une odeur de décomposition.

« Tu n'es pas que blanc, m'avait dit Angela une nuit. Tu sais ça ? » C'était la suite d'une conversation qui avait commencé un peu plus tôt sur nos relations puis s'était perdue dans d'autres sujets, comme Mulholland Drive se perd dans les collines de Hollywood.

« Tu n'arrêtes pas de dire ça. Pourquoi est-ce que tu n'arrêtes pas de le dire ?

– Tu es blanc à l'extérieur, Angel, noir à l'intérieur.

– Je n'aime pas ces symboles. » Je pris une gorgée de bourbon. « Ils sont trop réducteurs. En plus, je croyais que tu m'avais dit que j'étais orange et rouge.

– Tout est symbole, dit-elle en relevant la tête pour me faire face. Tout est symbole, idiot. C'est un monde de symboles pour un autre monde.

– Qu'est-ce que tu sais des autres mondes ? »

Un éclair de colère zébra ses traits, comme des nuages rapides passent devant la lune. « Je sais que ce monde est de la merde.

– Il y a une théorie à propos d'autres mondes, lui dis-je tout à coup excité à l'idée de lui parler de quelque chose que je connaissais. Cela vient du principe d'incertitude. De l'étude de la lumière. »

Angela soupira, levant les yeux au ciel.

« Pour chaque événement alternatif, pour chaque incertitude quantique, il se produit une bifurcation de mondes ; il existe ainsi autant de mondes parallèles qu'il existe d'événements. » Je forçai son regard pour qu'elle m'écoute. « Ce n'est pas de la science-fiction. Des physiciens, des vrais de vrais, le croient. »

Angela avala une gorgée de vodka, tira une longue bouffée de sa cigarette, laissant une trace rose sur le filtre blanc.

« Il y a d'autres mondes, et celui-ci est aussi vrai que tous les autres. Tous les mondes sont également viables. »

Elle me sembla plus vieille à cet instant, les lignes et rides autour de ses yeux plus profondes que d'habitude. « On baise maintenant, demanda-t-elle, ou pas ? »

Je m'endormis sur le tapis avec le souvenir d'Angela, en essayant malgré tout d'écouter la musique des Immanuel-KantLern, la chope vide à la main et les pétales séchés des jacinthes éparpillés autour de mon corps épuisé comme des fleurs autour d'un cercueil.

Au milieu de la nuit, je me traînai vers mon lit, avec le désir que cela soit vers un de ces autres mondes.

« Merci d'avoir appelé Varig Airlines. » Une vraie voix féminine répondit enfin. « Puis-je vous aider ?

– Je voudrais un billet. » Cela se passait le lendemain matin, quelques minutes après mon réveil.

« Où voulez-vous aller, monsieur ?

– Rio de Janeiro.

– Et quand voulez-vous partir ?

– Tout de suite. »

Je ne pris aucun bagage. Je trouverais tout ce qu'il me faudrait sur place. De toute façon, je n'y resterais qu'une journée. Je pourrais me dégoter n'importe où des vêtements de rechange et une brosse à dents. Je me souvins tout à coup qu'il me fallait un passeport. Merde. Où était-il ? Je cherchai comme un fou dans tous les tiroirs de l'appartement pour le découvrir enfin dans une vieille boîte en argent au fond de mon placard. Frank allait voir le débit du prix du billet sur ma carte de crédit – débit qui s'agiterait sous son nez comme un drapeau anarchiste – et s'empresser d'en informer mon père.

Merde. Merde à Frank. Et merde à mon père. J'avais tout de même trente-deux ans. Je faisais ce que je voulais.

Qu'ils aillent se faire foutre. Merde à tout.

Comme le chauffeur de la limousine paternelle me l'avait rappelé, quelquefois il faut se dire : Et merde !

Je me douchai, enfilai des vêtements propres, fourrai dans mon portefeuille l'argent que j'avais trouvé, ainsi que la lettre, et juste au moment de refermer la porte, je me rappelai que c'était un très long vol et qu'il me fallait quelque chose à lire. Je pris sur mon bureau le premier livre qui me tomba sous la main, sans chercher à voir son titre, et sortis.

Dans la Cadillac, je remarquai le ciel couvert, d'un blanc épais. L'atmosphère était lourde, surchauffée, et les feuilles du palmier retombaient comme des chiens battus. C'était un jour d'aéroport, il n'y avait pas d'autre façon de le décrire.

Je conduisis le plus vite possible sur l'autoroute, où la circulation n'avait pas encore atteint son point critique.

À LAX, je n'attendis pas plus de cinq minutes avant le début de l'embarquement, et on m'attribua le premier siège de la première classe.

Je pris le bouquin dans ma poche pour voir ce que c'était.

Je me retrouvais coincé avec un exemplaire du *Chat de Schrödinger : Physique quantique et Réalité*.

Je le feuilletai, et lus à la première page un exergue du célèbre physicien : « Je n'aime pas cela, et je suis désolé d'y avoir jamais été mêlé. » Il parlait du principe d'incertitude, dont le postulat est que, à son état fondamental, la lumière est à la fois particule et onde, et quoi qu'elle soit à un moment donné, sa nature dépend entièrement de l'observateur. Je lisais ce livre quelques semaines avant qu'Angela disparaisse, reprenant ainsi contact avec quelques-unes des idées qui m'avaient obsédé quand j'étais à la fac. Erwin Schrödinger avait cherché à réfuter le principe d'incertitude en faisant appel au bon sens. Il avait imaginé pour cela une expérience autour d'un chat.

Supposons un chat dans une boîte. Dans la boîte, il y a aussi une fiole de poison scellée, et suspendu au-dessus de la fiole, un marteau. Accroché au marteau, un détecteur photosensible, conçu pour ne fonctionner qu'une fois, enregistre si un photon isolé possède les propriétés de l'onde ou les propriétés de la particule. Disons que si le photon est une onde, le marteau ne fait rien, reste suspendu au-dessus de la fiole, et le chat vit. Si photon est une particule, le marteau s'abat sur la fiole, et le chat meurt instantanément. (Pour que cette expérience fonctionne, vous devez imaginer que la boîte est insonorisée, ce qui est le point faible de tout ce scénario, je sais, mais c'est comme ça.) En fait, la seule façon de savoir ce qui s'est passé, si le résultat est particule ou onde, c'est d'ouvrir la boîte.

Et entre-temps, qu'est-ce qui se passe pour cet imbécile de chat ?

La réponse, et Schrödinger lui-même la trouva ridicule, est que le chat n'est ni vivant ni mort. Il est vivant *et* mort. C'est ce que les physiciens appellent une superposition d'états.

Ironie et, pour Erwin Schrödinger, grosse déception, son expérience par la pensée fut utilisée pour *prouver* l'idée du principe d'incertitude, et non pour la discréditer. De plus, une théorie complémentaire suggère qu'il se produit une bifurcation d'univers, un dans lequel le photon est onde – et le chat est vivant – et un autre dans lequel il est particule – et le chat est mort.

Deux mondes. Deux chats. Les deux existant simultanément.

C'est seulement quand on regarde dans la boîte qu'un des deux mondes s'effondre.

C'est ce que j'avais essayé d'expliquer à Angela cette nuit-là, les mondes multiples, les réalités alternatives qui se partageaient à chaque instant d'indécision subatomique. Si tu examines de près la lumière, lui avais-je dit, tu y trouveras l'incertitude, le doute, la vacillation ultime au cœur de la réalité. Sa direction dépendra, selon le principe d'incertitude, de l'observateur.

La lumière, semble-t-il, est seulement ce que tu en fais.

Je me souvins d'un autre jour/nuit/matin/soirée. Cette fois-là, on s'était envoyé une pleine poignée de pilules en forme de cubes.

« Il y a deux genres d'artistes, me disait Angela, ceux qui tirent leur noirceur du présent et ceux qui la rapportent du passé. De quel genre es-tu ?

– Je ne suis pas un artiste. Je suis un scientifique.

– Je croyais que tu étais écrivain.

– Quand t'ai-je parlé de mes écrits ?

– Tu écris un scénario, me répondit-elle en désignant une pile de papier bleu. Il s'appelle *Los Angeles*. »

À la télévision se déroulait la scène où Rick Deckard boit à petites gorgées une boisson transparente, et un filet de sang s'écoule dans le liquide visqueux. Il s'assoit à un piano et regarde des photographies, réveillant des souvenirs. « Eh bien, je ne suis plus écrivain. » Je disais n'importe quoi à cause de tous les médicaments que j'avais absorbés. « Je suis un scientifique électromagnétique. » Je ressentais dans mes jambes les effets de trop d'antidépresseurs. Mes veines étaient gonflées à l'hélium, et je savais que si j'essayais de me lever, je me mettrais à flotter. Je suppliai. « Aide-moi. » J'étais entièrement fait de rubans élastiques.

« Un électromagicien ? » Angela posa son verre sur le sol, saisit mes mains et se levant, me tira vers elle. « Es-tu un électromagicien noir, Angel, ou un blanc ? »

Je m'appuyai sur son épaule, et elle me conduisit dans la chambre. « Je t'avais dit que je n'aimais pas ce genre de symbolisme.

– Ce genre de symbolisme, c'est tout toi.

– Je personnifie ce genre de symbolisme, je le sais. J'en suis conscient. J'en suis douloureusement conscient. » Je m'écroulai sur le lit, la tête la première. « Mais cela ne veut pas dire que je le défends. »

Angela se glissa contre moi, ses longues jambes fraîches frôlant les miennes.

« Électromagnétisme, le spectre complet, de la lumière à l'obscurité. » J'essayai de lui expliquer l'histoire de la lumière, quelques-unes des choses importantes que j'avais apprises à la fac – les théories de Newton sur la lumière, les découvertes sur la diffraction de Fresnel, les équations de Maxwell et l'électromagnétisme, l'ultime perception d'Einstein de la nature essentiellement duale de l'univers. Parce que c'est de là –

« Je peux t'embrasser ? » demanda-t-elle.

« – de là que viennent Schrödinger, Heisenberg et son principe d'incertitude, la Théorie des Mondes Multiples et tout le reste.

« Vas-y, embrasse-moi », dis-je, abandonnant la partie.

Notre conversation continua ainsi. Étaient encore inscrits dans ma tête des fragments de phrases, des bouts de dialogues qui apparaissaient et réapparaissaient avec l'image d'Angela, son visage, son corps, ses membres qui m'enlaçaient, ses lèvres sur mon cou, sur ma poitrine, sur mes lèvres.

Et toujours, toujours, cette chatte.

Criait, hurlait, geignait.

Nous étions dans le séjour, sur le flokati, dans la cuisine en train de préparer des verres ou de réchauffer des plats au micro-ondes. Nous étions dans la chambre à coucher, au lit, nos membres liés, la chatte miaulant désespérément dehors.

« Qu'est-ce que tu aimes, Angel. » Elle n'arrêtait pas de me le demander. « Qu'est-ce que tu veux que je fasse ? »

La chatte hurlait.

« Seulement ça. Seulement toi.

– Qu'est-ce que tu veux, spécifiquement. *Spécifiquement.* Quelque chose de concret, quelque chose de particulier. »

Geignait, miaulait, braillait.

« Je n'ai rien de spécifique. Je ne suis que généralités. Je ne suis qu'abstractions. »

Elle alluma une cigarette, et sur ses paupières mi-closes, je vis un croissant de fard, un sourire de mascara.

À la télévision, passait la scène où l'acteur Morgan Paull interroge Leon. C'est au début du film, la première séquence violente. Morgan dit « Tu en as peut-être marre. Tu as peut-être envie d'être tout seul. Qui sait ? Tu baisses les yeux et tu vois une tortue, Leon, elle avance vers toi. »

Je lui demandai. « Qu'est-ce que c'est ?

– Quoi donc ?

– La chose après laquelle tu cours ? Qu'est-ce que tu attends de moi ? »

Angela secoua la tête, les yeux toujours clos.

« Réponds à la question. »

Elle fit un geste. « Je suis… énigmatique.

– Je ne suis pas exactement un gros lot. Je veux dire, regarde-moi.

– Oui, dit-elle, en souriant. Je te regarde.

– Je suis un monstre. »

Un cri d'angoisse monta du dehors.

« Tu es mon petit prince.

– J'ai des problèmes psychologiques.

– Lesquels ?

– Je souffre d'agoraphobie. Je suis asocial –

– Quel est le problème qui te fait craindre la vérité ? » Angela fit glisser son doigt sur l'arrête de mon nez. « Parce que c'est *ça* la maladie dont tu souffres. »

Dans l'avion, sur la piste d'envol de LAX, je pensai à la façon dont j'avais enterré cette malheureuse chatte dans le jardin du vieil homme. Dans ce monde, elle était morte, c'était certain. Mais peut-être était-elle encore vivante dans un autre monde ? À cet instant l'avion décolla. Une hôtesse blond platine, qui avait dû être une poupée Barbie sexy, me demanda si je voulais boire quelque chose.

Je lui dis : « Vous me faites penser à ma mère.

– C'est un compliment, je suppose. » Elle avait l'accent du Sud et une telle couche de maquillage que le fond de teint se craquelait comme du vieux ciment sur son visage.

Je précisai. « C'était un mannequin célèbre. Une actrice de cinéma française. »

L'hôtesse sourit, impatiente. « Vous voulez boire quelque chose ou non, mon chou ?

– Vous avez du bourbon ?

– Ah ! un buveur de whiskey. » Toujours souriante, elle s'en alla puis revint avec une mignonnette de Jack Daniel's et un petit verre.

J'étais assis près du hublot et regardais l'asphalte de L.A. s'éloigner sous l'avion, puis l'eau d'acier du Pacifique, grise et bleue avec des moutons blancs qui clignotaient comme des flashes aux Jeux Olympiques. L'avion vira sur l'aile vers le sud, penchant de façon impressionnante sur le côté. Prendre l'avion ne m'a jamais gêné, mais il y avait quelque chose dans ce voyage, la rapidité de ma décision, je suppose, et le fait que je ne pouvais pas revenir en arrière, qui me mettait mal à l'aise. Mon estomac penchait d'un côté, l'avion de l'autre. Oui, ce n'était pas le vol qui m'incommodait ; c'était ma décision.

Je pris une gorgée de Jack Daniel's. Il avait un goût de pelure de banane.

Je fis un rapide inventaire du contenu de mes poches. Il y avait le livre sur Schrödinger, mon passeport et mon portefeuille avec les milliers de dollars en billets de cent, cette lettre folle trouvée devant la porte d'Angela, mes cartes de crédit et mon permis de conduire californien. L'inventaire de mon appartement comprenait une table, un fauteuil, un tapis noir floconneux, des piles de bouquins et de CD, deux ordinateurs, une télévision grand écran – qui repassait *Blade Runner* en boucle –, une chaîne stéréo, une machine d'ambiance aquatique électronique, un placard plein de vêtements pour la plupart identiques à ceux que je portais en ce moment, un lit avec des draps noirs et des couvertures rouges, des serviettes rouges dans la salle de bains, une brosse à dents, un lave-linge séchant encastré. L'inventaire de ma vie comprenait un père célèbre, sa jeune femme et un bébé adopté, une mère dont le visage avait été entièrement reconstruit, un psychiatre, un avocat sociopathe, une petite amie disparue, et une rock star que, peu importe comment, je devais retrouver à Rio de Janeiro même si ça me répugnait.

Je demandai à l'homme assis près de moi « Est-ce que vous savez par hasard où les musiciens descendent quand ils vont à Rio ?

– Les musiciens ? » Il avait des cheveux noirs, les tempes grisonnantes, un costume froissé et une cravate en soie rouge. Son visage était marqué de cicatrices anciennes.

« Vous savez, comme des rock stars.

– Comme Madonna ?

– Oui. » Je haussai les épaules. « Comme Madonna.

– Ils pourraient être au Copacabana Palace. Du luxe. » Il réfléchit. « Vous êtes une rock star ?

– Moi ? Non. » Je ris. « Non, non. J'en cherche une. »

Cela piqua sa curiosité. « Vous cherchez quelle rock star en particulier ?

– Un groupe. Les ImmanuelKantLern. Je dois aller les voir ce soir.

– Ah !

– Et j'espérais pouvoir descendre dans le même hôtel. Vous avez entendu parler d'eux ? »

Il fronça les sourcils. « Je ne connais pas très bien la musique moderne. » Il eut un sourire poli qui me donna l'impression qu'il me prenait pour un fou et n'avait pas vraiment envie de me parler. « Je préfère le jazz. »

Je regardai mon verre. Mon Jack Daniel's à la pelure de banane avait apparemment disparu.

Je jetai un œil par le hublot pour jouir de la lumière douce du ciel à cette altitude. Mais il n'y avait rien à voir, à part quelques nuages duveteux disposés comme pour une publicité située au paradis, avec un ciel bleu et un soleil jaune d'or. Je m'attendais presque à voir un faux ange accroché à un fil.

Une heure plus tard, la luminosité du ciel devint pénible. Un soleil blanc brillait comme le flash d'un appareil photo inusable. Je tirai le volet et me frottai les yeux. Je remis mes lunettes de blaireau sur le nez. Je me repassai dans la tête la vision d'Angela surgissant dans mon appartement, les bras chargés de jacinthes. Je continuai d'entendre la musique irritante, antisociale des Immanuel-KantLern. En lisant à propos de la Théorie des Mondes Multiples – « *les deux chats sont réels. Il y a un chat vivant, et il y a un chat mort ; mais ils résident dans des mondes différents* » – je tombai dans une espèce de songe somnambulique, puis me réveillai en sentant la main de l'hôtesse me secouer gentiment l'épaule. Je me rendis immédiatement compte que j'avais eu une érection en rêvant d'Angela dansant sur scène au Mask.

Je sursautai, embarrassé. Je me demandai si je l'avais eue aussi raide tout le temps et regrettai de ne pas avoir posé la petite couverture de l'avion sur mes genoux.

Je me rendis compte aussi que j'avais oublié d'emporter tous mes médicaments.

Je remontai le volet et regardai de nouveau par le hublot. On descendait dans un coucher de soleil en Technicolor, la lumière filtrait à travers les nuages orange, roses, et d'une infinité de nuances de gris. Tout semblait faux, une toile de fond peinte par le département des effets spéciaux. L'avion tout entier était peut-être faux, une de ces maquettes que mon père construisait pour ses films catastrophes. Un moteur provoquait une légère vibration, donnant l'illusion qu'on volait.

J'avais l'impression absurde qu'Angela m'attendait à la sortie et qu'elle m'accueillerait bras ouverts quand j'apparaîtrais, « Angel… Angel… », comme ma mère le faisait quand je rentrais de la Vancouver School. Angela porterait ses lentilles bleues, et sa peau scintillerait comme le jour où nous nous étions rencontrés…

Mais personne ne m'attendait.

À la zone de retrait des bagages, j'utilisai un téléphone gratuit pour réserver une chambre au Copacabana Palace. Je trouvai immédiatement un taxi à la sortie.

« Excusez-moi, vous parlez anglais ? »

Le chauffeur, un petit homme avec une casquette de base-ball, se tourna vers moi. Il fit un geste avec ses doigts signifiant *un peu* et dit « Mon anglais… »

Il était assez jeune à mon avis pour savoir où se donnait le concert. Je me penchai vers lui. « Est-ce que vous avez entendu parler des ImmanuelKantLern ? »

Il hocha la tête, tout excité. « ImmanuelKantLern ! Oui ! Musique rock !

– Est-ce que vous pouvez m'emmener au concert ?

– Concert ? »

Je ne savais pas s'il comprenait. « Ils jouent ce soir. À Rio. » J'agitai les bras comme les fans dans le public. « Un concert.

– Il y a rock… concert, dit le chauffeur.

– Vous pouvez m'y emmener ?

– Oui, oui. » Il avait finalement compris. « Je vous emmène. » Il partit à toute allure.

Il était déjà presque neuf heures du soir. Selon leur site Internet, le concert devait commencer à dix heures. Je craignais de le manquer. J'avais peut-être intérêt à rester dans le même hôtel pour essayer d'y rencontrer ce con de Joey Descartes. Je ne savais pas comment l'approcher, mais je voyais déjà Angela se tourner vers moi, et même si elle m'avait quitté pour lui, se précipiter dans mes bras dans un ralenti exquis, les yeux remplis de larmes.

J'imaginais aussi la tête que ce bassiste allait faire.

Le taxi traversa d'abord le désert industriel qui sépare tous les aéroports des villes, puis une vraie jungle urbaine, des rues étroites, des avenues bordées d'immeubles résidentiels à terrasses et d'arbres majestueux aux feuilles bruissantes. Le taxi arriva finalement à une grande plage claire, où les vagues retenaient dans l'eau satinée la pâle clarté de la lune.

« Ipanema », commenta le chauffeur.

Il conduisit le long de cette plage pendant quelques minutes, puis entra de nouveau dans la ville. Des vignes vierges escaladaient les balustrades, et les branches épaisses des arbres s'agitaient au-dessus des ruelles sombres. Le chauffeur s'arrêta le long d'un trottoir bourré de monde. Je vis un haut mur, qui s'étendait sur un demi-pâté de maisons, percé par une série de doubles portes.

« Vous pouvez attendre ? » Je tirai de mon portefeuille un des billets de cent dollars.

Il comprit immédiatement. « J'attends. Oui, oui. Je vous attends. » D'un large mouvement du bras, le chauffeur indiqua la grande place devant la salle de concert.

J'entendais les pulsations de la musique à l'intérieur, et me demandais comment j'allais pouvoir entrer. Les premières doubles portes s'ouvrirent sans incident sur un long hall où des grappes compactes d'adolescents bouchaient les accès à la salle. La musique à l'intérieur était incroyablement forte, son rythme aberrant, et pénétrait dans mes oreilles comme de la lave brûlante. Ici, l'air avait perdu sa fraîcheur et l'odeur nauséabonde, suffocante, de milliers de corps humains envahissait l'atmosphère. Je m'avançai vers une des entrées quand je remarquai les deux videurs. L'un d'eux leva la main et me lança le regard qui signifie *arrête-toi, mec* dans toutes les langues.

Je fis l'innocent. « Vous parlez anglais ? »

Il bredouilla quelques mots, et ce qu'il dit fit en tout cas rire l'autre videur.

« Anglais, dis-je d'un air stupide. Américain. »

Il posa sa main sur ma poitrine et poussa. J'avais besoin d'un billet, me disait-il.

Je pris mon portefeuille, sans penser à l'imbécillité de mon geste, et en tirai trois des billets neufs de cent dollars d'Angela. « Est-ce que je peux en acheter un ? »

Il saisit l'argent, se tourna vers son collègue, lui dit quelque chose de drôle, assurément, et glissa les billets dans sa poche.

J'avançai à nouveau d'un pas, en espérant que cette fois il me laisserait entrer, mais il me repoussa, les doigts écartés comme une énorme araignée sur ma poitrine.

L'air implorant, je m'adressai à l'autre videur, qui se contenta de glousser, le visage fendu d'un sourire cruel.

À l'extérieur, des mômes vendaient des t-shirts. Ils sentirent le pigeon et fondirent sur moi en émettant d'incompréhensibles incantations. Je les contournai et aperçus au coin de l'immeuble une ruelle bordée de poubelles puantes. Là, une petite bande se passait un joint de main en main. Je les dépassai et découvris au fond de la ruelle, derrière une haute clôture grillagée, un parc de stationnement jouxtant la salle de concert, et elle était là…

Une longue limousine blanche.

Deux vigiles faisaient les cent pas à côté en fumant une cigarette. C'était probablement la limousine qui ramènerait le groupe à l'hôtel.

Je me dépêchai de rebrousser chemin. Adossé à son taxi garé dans la mauvaise direction, la porte ouverte, mon chauffeur flirtait avec deux filles aux cheveux brillants.

Je m'approchai. Il m'ouvrit immédiatement la porte arrière. « Hôtel ?

– Non. Je veux attendre.

– Attendre ?

– Le groupe. »

Son expression montra qu'il n'avait pas compris.

« ImmanuelKantLern. » Je mimai les mains sur le volant. « Vous les suivez, d'accord ?

– *Ahh.* » Le chauffeur tapota sa tempe de son index.

On attendit encore une demi-heure, en écoutant la clameur à l'intérieur de la salle de concert. La foule manifestait son euphorie à chaque morceau, ajoutant un élément de violence à la dominante déjà sauvage de la soirée.

Puis, après plusieurs rappels, la musique s'arrêta enfin.

Je demandai « Ils partent ? »

Juste à ce moment, la limousine démarra. Mon chauffeur mit la clef de contact, attendit quelques secondes qu'elle s'engage dans notre rue et se glissa derrière dans la circulation. Il la suivit un moment en direction de la plage d'Ipanema. Elle s'arrêta devant un immeuble moderne clair, mon chauffeur derrière elle. Je bondis hors du taxi et aperçus brièvement les musiciens du groupe, des jeunes gens aux vêtements excentriques et aux coiffures bizarres, alors qu'ils s'engouffraient dans le hall.

Elle était là. Elle était avec eux. Je ne pouvais pas voir son visage, mais j'entrevis dans un éclair les faux cheveux blonds d'Angela alors qu'elle entrait avec eux dans l'immeuble.

Je criai « Angela ! Attends ! »

Mais la porte s'était déjà refermée.

J'essayai la poignée. La porte s'entrouvrit et un homme avança la tête. « Puis-je vous aider ?

– Je dois… voir le groupe – les types qui viennent d'entrer.

– Les ImmanuelKantLern ? C'est une soirée privée, uniquement sur invitation, me dit-il froidement. Puis-je voir votre invitation ? »

Je soupirai. « Mais c'est important. »

Il sourit d'un bon sourire merdeux d'Américain. « Si vous avez une invitation, vous pouvez entrer. Autrement –

– Autrement ? » Je crus un instant qu'il allait me proposer une autre solution.

« – fous le camp d'ici. »

Je pensai lui refiler un peu de fric, mais me rappelai ce qui s'était passé avec les videurs. Je me moquais de l'argent ; ce n'était pas le mien, de toute façon. Mais je savais que ça ne marcherait pas. De plus, la porte s'était déjà refermée, et visiblement elle ne s'ouvrirait pas avant longtemps.

Je pouvais éventuellement attendre qu'ils sortent et essayer alors de les accoster.

Ou je pouvais réessayer demain.

D'après le calendrier de leur site, ils donnaient un concert dans la même salle dans moins de vingt-quatre heures.

Je revins vers mon taxi. « Pouvez-vous m'emmener à mon hôtel ? Le Copacabana ? »

Le chauffeur mit le moteur en marche. « C'est à environ… vingt minutes. »

On longea la plage. Je n'avais pas encore remarqué les bars, les clubs, les promeneurs qui déambulaient sur les larges trottoirs et les petits kiosques où une foule de gens dansaient, s'amusaient, buvaient. Les vagues douces de l'océan léchaient la plage iridescente sous une lune pareille à un monocle, qui paraissait n'avoir pas été suspendue à la bonne place dans le ciel. On suivit des rues bordées d'arbres et des boulevards pavés, puis une longue avenue très fréquentée pour aboutir à une autre plage, en forme de croissant nacré, séparée d'une armée de gratte-ciel par une vaste promenade. J'essayai de me souvenir si j'étais déjà venu là. Avec mes parents, sans doute, dans la retraite discrète avec air conditionné de l'hôtel le plus luxueux de l'époque. Mes parents n'auraient jamais pris le risque de me laisser sortir sous un tel climat, pas le jour en tout cas.

Je me souvenais de soirées fraîches dans des endroits comme Rio, petit garçon planté devant la fenêtre de l'hôtel, à souhaiter que le soleil descende un peu plus vite. J'avais alors envie d'accélérer le mouvement. J'allais et venais, des rideaux au lit de ma mère, répétant, anxieux, paniqué, « il est presque couché », « Maman, on va tout rater, on va tout rater », comme si la nuit elle-même allait s'éclipser.

Elle me disait « On ne va rien rater. Il n'y a rien à rater. »

Je tirais sur sa main, suppliant « *Mah-man.* »

Finalement, un faible sourire apparaissait sur ses lèvres, et ma mère quittait son lit, enfilait un jean, des sandales et une élégante marinière. Nous traversions l'hôtel, le bar, les restaurants, contournant les gens qui venaient passer la soirée, et je courais, les bras grands ouverts, vers l'eau.

« Angel, sois prudent ! »

Je courais droit à l'océan et laissais les vagues fouetter mon corps, s'écraser sur ma poitrine osseuse d'albinos.

Après une journée de soleil, l'eau était encore chaude et assez douce pour que j'y barbote un petit moment.

Ma mère enlevait ses sandales et les balançait du bout des doigts. Elle remontait parfois le bas de son jean et entrait dans l'eau à son tour, en me disant, « Angel, Angel, sois prudent, petit prince... Ne va pas trop loin. »

Lorsque les étoiles commençaient à briller comme des têtes d'épingle roses et jaunes dans le ciel assombri, elle me rappelait qu'il était temps de s'habiller. Nous devions retrouver mon père pour dîner.

Je résistais, bien sûr, traînai dans l'eau, sur le sable frais et humide, vivant quelque chose de proche de ce que les autres enfants trouvent ordinaire, jusqu'à ce que je sache à la voix de ma mère que je ne pouvais pas faire durer mon bonheur plus longtemps. Elle m'enveloppait dans une serviette rêche et me serrait contre elle. Je lui prenais la main et je retournais à l'hôtel, quel que soit le pays où nous nous trouvions – les Caraïbes, Hawaï, l'Espagne – toujours navré du peu de temps qui m'était accordé dehors, mais aussi revigoré par l'eau fraîche et la brise du soir.

Ma mère me promettait de m'emmener à la piscine après dîner si j'avais de la chance, si j'étais gentil, si je jouais bien mes cartes.

*

Le chauffeur s'arrêta devant un immeuble blanc, rectangulaire, qui ressemblait à une pièce montée de mariage. Des fenêtres d'un jaune vif éclairaient le trottoir en mosaïque. Un homme en uniforme m'ouvrit la porte du taxi ; la poitrine décorée de boutons en métal doré, il me fit presque une révérence et me demanda avec un accent anglais exagéré : « Puis-je vous souhaiter la bienvenue au Copacabana Palace ? »

Je donnai à mon chauffeur casquetté de jaune deux des billets de cent dollars, le remerciai, descendis du taxi et pénétrai dans le hall de l'hôtel qui sentait le gardénia.

Les murs étaient recouverts de marbre. Les appliques étaient en or. Sur chaque table se trouvaient des coupes en argent remplies de pommes vernies. Au moins dix employés s'activaient nerveusement un peu partout, dont un jeune homme à genoux qui frottait une tache sur le sol avec un mouchoir de dentelle.

« J'ai fait une réservation, dis-je à la réception. Mon nom est –

– M. Veronchek, bien sûr. » L'employé était un homme d'un certain âge à l'allure distinguée, dans un costume un poil trop grand pour lui. Ses cheveux paraissaient trente ans trop jeunes. « Nous avons une suite pour vous, monsieur.

– Merci. » Je me sentais soulagé.

« Pouvons-nous prendre l'empreinte de votre carte de crédit pour les dépenses éventuelles ?

– Absolument. » Je la lui tendis. « Je voudrais aussi vous demander si vous pourriez me réserver un billet pour un concert. »

L'homme à moumoute derrière le comptoir leva les yeux et sourit. « Il y a en ce moment beaucoup de manifestations musicales à Rio. Nous avons de la musique classique, l'Opéra National, et bien sûr, la Samba, qui est – »

Je l'interrompis. « Les ImmanuelKantLern.

– Excusez-moi ?

– C'est un groupe de rock. Ils jouent à Rio demain. J'ai essayé de les voir ce soir, mais je n'ai pas pu entrer. »

Son sourire se mit en veilleuse. « Très bien, monsieur. Je vais prendre toutes les dispositions. Votre billet vous attendra demain matin.

– Merci.

– Pouvez-vous – il soupira – Pouvez-vous s'il vous plaît m'épeler le nom de ce groupe ? »

Je le lui épelai, souffrant sur chaque lettre et lui expliquant comment elles s'assemblaient.

Puis il regarda l'écran de son ordinateur et fronça les sourcils.

« Quelque chose ne va pas ?

– Votre carte, dit-il calmement, a été rejetée.

– C'est impossible.

– Je suis sûr que c'est une erreur. En avez-vous une autre ? »

Cela m'était déjà arrivé au supermarché quelques jours avant la disparition d'Angela. J'avais appelé le bureau de Frank à ce propos, mais depuis personne ne s'en était occupé. Ces cartes disposaient de possibilités de crédit considérables, et je dépensais vraiment peu. Quelqu'un avait-il oublié d'alimenter le compte ? À moins que la banque n'ait fait une erreur. Heureusement, mon autre carte Visa marcha, et une minute plus tard, je suivis un jeune homme à travers le hall de marbre, puis le long d'une piscine qui luisait comme une lune liquide et d'un bar où un groupe d'Européens fortunés discutaient paisiblement tandis qu'un guitariste jouait en sourdine une bossa-nova.

Il me fit traverser un restaurant éclairé de chandelles roses puis prendre un ascenseur dont les parois étaient aussi en or.

Je le suivais, comme à des funérailles.

Finalement, le garçon d'étage m'ouvrit une porte et me fit visiter la chambre.

Je lui donnai un énorme pourboire – je n'avais que ces billets de cent dollars – et j'eus un mal fou à me débarrasser de lui. « Tout est parfait, s'il vous plaît… vous pouvez partir maintenant, merci. »

Il sortit à reculons.

Je me laissai tomber sur le lit en arrachant mes vêtements humides de sueur.

Je pensai au nouveau CD des ImmanuelKantLern.

Jokes On You. C'est toi le dindon de la farce.

Je ne restai pas éveillé à écouter le bruit des vagues sud-américaines, je ne rêvai pas, je ne me levai pas une seule fois de la nuit pour boire de l'eau au robinet. Je dormis simplement.

Du sommeil profond, libre de toute pharmacie, du vaincu.

J'étais bien le dindon de la farce.

*

J'avais passé la première partie de ma vie dans des hôtels comme celui-ci, emmailloté dans des couvertures parfumées, derrière des rideaux épais. J'ai grandi dans des chambres comme celle-là tout autour du monde en fait, en Europe, à New York, en Californie, en Amérique du Sud, aux Caraïbes. À chaque Noël, j'accompagnais mes parents pour quelque destination exotique… St. John, Bora Bora, Saint-Tropez, les Seychelles… et tout ce dont je me souvenais c'était, bien sûr, les chambres, les moquettes gris perle et les meubles de style français, les rideaux tirés pour me protéger du soleil, les restaurants éclairés aux chandelles la nuit, où je m'asseyais avec un livre tandis que mes parents mangeaient en silence, ou alors mon père recevait des invités et sa voix dominait l'assemblée. J'ai dû aller à Paris une vingtaine de fois, mais je ne suis jamais monté à la tour Eiffel. J'ai été à New York cinquante fois, mais je ne me suis jamais promené à Times Square. Cependant quand je me levais au milieu de la nuit, j'éprouvais ce sentiment familier de me retrouver chez moi à l'hôtel, avec son atmosphère maîtrisée, l'ambiance assourdie des couloirs moquettés. J'avais été partout, c'est la vérité, et nulle part.

En me réveillant le matin, j'eus l'impression d'être métallique, mes bras suspendus comme des haltères à mon corps et ma peau comme une feuille d'aluminium. La chambre était glacée, le climatiseur branché sur le froid. Je commandai à la réception un jus de pamplemousse et un café et je m'enveloppai dans un des légers peignoirs blancs accrochés derrière la porte de la salle de bains. J'avais balancé mes vêtements au pied du lit et en les reprenant, je constatai qu'ils étaient encore humides de sueur, tout froissés par les innombrables heures d'avion.

J'aurais vraiment dû apporter du linge de rechange. Au moins des sous-vêtements.

Je prenais ma douche quand une femme de chambre s'amena. Elle partit dès qu'elle m'entendit dans la salle de bains. Je me précipitai pour vérifier si l'argent était toujours dans mon portefeuille. On disait tant de choses sur la criminalité en Amérique du Sud.

Mais il était là. Des milliers de dollars en billets neufs de cent. La lettre aussi, la lettre bleue que j'avais trouvée devant la porte d'Angela. *Respire parce que tu respires/*

Tu es le sang dans mes veines/l'air dans mes poumons/le goût dans ma bouche/Ceci est une menace/une promesse/ un avertissement.

J'enfilai mes vêtements sales et froissés et pris l'ascenseur.

À la boutique de cadeaux de l'hôtel, je choisis les articles dont j'avais besoin : dentifrice, brosse à dents, une chemise propre, des sous-vêtements. Je fouillai dans le maigre étalage de chemises tropicales et de vêtements de plage et me décidai finalement pour une chemise rouge à manches courtes. Une jeune fille aux yeux bruns me fit un aimable sourire. Ce n'était pas l'accueil de circonstance de Los Angeles auquel j'étais habitué – celui-ci était ouvert, direct.

Elle enregistra les articles et me demanda avec l'accent portugais si j'avais besoin d'autre chose.

C'est alors que je vis la vitrine de bijoux. J'en fus sûr, si j'achetais quelque chose pour Angela, nous nous retrouverions. C'était une pensée magique, un acte de foi, la conviction presque religieuse qu'elle m'attendait, que la voix que j'avais entendue murmurer dans le noir au téléphone me parlerait à nouveau, pleine de souffle et de lumière, de chair et de sang.

Ce serait aussi la preuve de mes sentiments. Cela lui montrerait à quel point j'étais sérieux.

La vendeuse attendait patiemment derrière le comptoir que j'examine les bijoux. Il y avait des grenats brillants, des émeraudes scintillantes, de vulgaires rubis.

Des colliers, des bracelets, des boucles d'oreilles…

Je choisis un diamant et des saphirs d'un bleu profond sertis sur une bague de platine.

« Oh – la fille rayonna derrière son comptoir – Les saphirs… ils sont si beaux. »

Je lui tendis ma carte, celle qui marchait.

Quelques instants plus tard, vêtu de ma nouvelle chemise rouge, la boîte noire en velours contenant la bague d'Angela enfouie dans la poche droite, au bas de mon pantalon cargo, et les dents fraîchement brossées, je m'avançai vers le concierge qui ouvrait déjà un tiroir.

« Votre billet, M. Veronchek. » Il me donna une enveloppe, qui alla rejoindre l'écrin en velours.

Un chasseur s'avança. « Je vous appelle un taxi ? »

Je mis mes lunettes de soleil sur mon nez et le suivis.

Le ciel était d'un bleu pelucheux, semé de nuages comme des bouts de papier éparpillés dans un champ. La plage était beige moquette, d'une nuance élégante qu'aurait pu choisir un décorateur, et la mer qui paraissait si noire au clair de lune tournait à l'émeraude là où les vagues absorbaient les rayons du soleil. Au-delà du ressac, vers l'eau profonde, les vagues devenaient d'argent brillant. Un globe de feu liquide, haut dans le ciel, ruisselait dans l'air. Il peignait les gratte-ciel modernes d'un jaune clair, éclaboussait la rue et se répandait sur les dalles en mosaïque des trottoirs.

Un taxi s'arrêta devant moi. J'avais dit au chasseur que je voulais aller à la salle de concert des ImmanuelKant-Lern. Il répéta l'adresse au chauffeur, qui s'engagea dans la large rue pavée de noir et blanc.

Sur la plage, des groupes d'adolescents jouaient au foot. Il y avait des filles aussi, des centaines, arborant de minuscules bikinis, des cheveux noirs brillants et des sourires qu'on pouvait voir de loin, éclatants de blancheur. On quitta la plage pour entrer dans la ville, suivant la circulation dense mais rapide jusqu'à l'immense édifice de béton où j'avais essayé de pénétrer la nuit dernière, un bâtiment gris, sans décoration, si différent à la lumière du jour.

Le chauffeur me désigna l'entrée vitrée.

Je lui donnai un des billets de cent dollars et balayai d'un geste sa réaction de surprise.

Elle était là, j'en étais sûr. Je sentais sa présence. Elle était là, quelque part, tout près.

« Angel, me dirait-elle, avec un sourire épanoui, comme elle m'avait souri cette nuit-là au Mask, tu m'as retrouvée… »

Le concert ne commencerait pas avant des heures, mais j'avais prévu de faire une reconnaissance de jour, de repérer où étaient les accès à l'arrière du bâtiment, où les camions rechargeraient le matos, peut-être même d'essayer de joindre Angela avant le concert.

Je longeai la façade, dépassant la série des doubles portes vitrées et un espace avec des places réservées pour les voitures.

Je continuai vers l'arrière, vers la zone de chargement. Deux camions étaient déjà là, ainsi qu'un énorme bus de tournée. J'essayai de voir à travers les vitres, sans succès. Elles étaient sombres et me renvoyaient mon reflet, mais j'entendais de la musique, un rythme familier et pénible.

Je remontai vers l'avant du bus et m'apprêtai à frapper à la porte.

« Hé, hé, hé, hé, hé. » Une voix derrière moi. « Encore vous ? »

Je me retournai et vis cet Américain avec de longs cheveux gris dépassant d'un panama blanc. C'était le type de la nuit dernière, celui qui m'avait demandé ma carte d'invitation à la soirée.

« J'ai entendu la musique. J'ai pensé –

– Vous pensez, vous pensez. Qu'est-ce que vous voulez ? »

Je pris le risque. « Je cherche quelqu'un.

– Qui ?

– Je cherche une fille qui s'appelle Jessica Teagarden. Quelquefois, elle se fait appeler Cassandra. »

L'homme fit un pas vers moi. « Et pourquoi est-ce que je la connaîtrais ?

– C'est la petite amie de… d'un des types du groupe.

– Je suis le directeur de tournée. » Il rit et souleva son chapeau, révélant un crâne chauve bordé par les longs cheveux gris. Il fit courir ses doigts sur son caillou luisant en repoussant son chapeau. Il me rappelait Mike, le flic qui était venu dans mon appartement la nuit suivant la disparition d'Angela. On aurait dit le même acteur interprétant un nouveau rôle. « Et il n'y a pas de petite amie qui fait la tournée avec le groupe. Croyez-moi, je le saurais.

– J'ai vraiment besoin de la trouver, et je pense… je pense qu'elle est peut-être là. Je viens spécialement de… de Los Angeles. » Le mec ne réagissait pas, alors je pris mon portefeuille. « C'est très important. Une question de vie ou de mort. »

Doucement, je me mis à compter cinq billets de cent dollars.

« Eh bien – il regarda autour de lui, l'air coupable – le groupe est avec la presse en ce moment, et il ne revient pas tout de suite. »

J'ajoutai deux coupures et les lui tendis, avec un regard encourageant. « Vous pouvez m'aider ?

– T'es pas un peu cinglé ? me demanda-t-il en prenant l'argent. Un peu taré ? Tu te fous de moi ?

– Je veux juste trouver – »

Il m'interrompit, en empochant l'argent. « Joey est plutôt parano ces temps-ci, mais je vais voir ce que je peux faire. » Il fit un numéro sur son mobile, puis s'éloigna en parlant doucement dans l'appareil. Je crus l'entendre prononcer le nom Cassandra, mais je n'en étais pas sûr. Je remarquai aussi que le bruit qui venait du bus s'était arrêté. Il fit les cent pas, en parlant doucement pendant plusieurs minutes, puis coupa et revint vers moi. « Les garçons seront là une heure avant le concert. Joey te verra aux alentours de neuf heures. Ça te va ?

– Est-ce qu'il sait où elle est ? »

Son visage se crispa. « On n'en a pas parlé.

– Okay. Où dois-je le rencontrer exactement ? »

Il prit dans son sac en bandoulière un rectangle de plastique brillant. « C'est un passe pour les coulisses. » Il me le présenta comme un maire offre les clefs de sa ville. « Viens vers neuf heures. » Il indiqua une porte en métal gris. « Et le garde te laissera entrer.

– Une heure avant le concert ?

– Une heure.

– Neuf heures, donc ? » Je voulais éviter la moindre erreur.

« Exactement à neuf heures. »

Je me voyais marchant vers cette porte, et avant même que je lève la main, elle l'ouvrait. Je retrouvais son visage, les petites rides au coin de ses yeux, cette impression de compréhension…

« Merci. Merci beaucoup. » Je retournai vers l'entrée principale de la salle de concert et me trouvai tout à coup en train de traverser la circulation dense de la large avenue à quatre voies.

Il y avait un petit parc de l'autre côté de l'avenue. L'endroit idéal pour attendre. Je m'assis dans l'herbe tropicale humide à l'ombre d'un vieux magnolia. Je serrai mes bras autour de mes jambes et posai mon menton sur mes genoux, devant la mer miroitante, la plage sablonneuse, les adolescents qui jouaient au foot, les filles qui folâtraient au soleil. Je me sentais allègre, extatique, attendant et regardant la lumière danser sur la surface de l'eau. Presque trois heures de l'après-midi. Le soleil était une furieuse boule de flammes. Derrière moi, le bruit continu de la circulation dense, les grondements de moteurs et les crissements de pneus me semblaient différents, plus légers que ceux de L.A.

« Angel ? » me disait une voix lointaine.

Je levai les yeux.

« Angel ? »

Je n'y croyais pas. C'était ce jeune avocat, celui qui était avec Frank à L.A.

Marcel.

« Angel ? » Il se trouvait à environ trente mètres de moi. Il portait un pantalon kaki, une chemise de golf rose, un blazer bleu. Même en Amérique du Sud, il arborait les vêtements de prix de l'avocat-du-monde-du-spectacle-en-tenue-décontractée.

Je me levai d'un bond et me mis à courir sous les vieux magnolias vers la route encombrée.

Je ne cherchai pas à savoir s'il me suivait – je courus, les jambes pratiquement coupées, et faillis causer un gros accident.

Quand je me retournai enfin, à bout de souffle, les chevilles douloureuses, dégoulinant de sueur, j'avais couru comme un fou.

Qu'est-ce qu'il pouvait foutre ici ?

Frank avait dû envoyer ce crétin pour me récupérer. Il avait probablement pris l'avion suivant.

Je continuai, en regardant furtivement derrière moi, jusqu'à un café. Je m'y installai tout au fond, dans la partie la plus sombre de la salle. Quoique suant comme un porc, je commandai un cappuccino à la serveuse. Quelques minutes plus tard, j'observais le jeune avocat qui cherchait à voir derrière les baies vitrées. Il jeta même un œil à l'intérieur du café.

Je baissai la tête et me fis tout petit. Heureusement, il ne me vit pas, finit par tourner les talons et disparaître. J'imaginais la conversation que Frank et mon père avaient dû avoir quand ils découvrirent que j'étais en Amérique du Sud. J'avais fait mettre sur ma note d'hôtel le prix du billet pour le concert, il ne figurait donc pas au débit de la carte de crédit. Non. Mais le concierge avait dû en parler à l'assistant de Frank. Il avait fait le tour de la salle de concert pour finir par me repérer dans le petit parc sous le magnolia.

Je bus mon cappuccino brûlant à petites gorgées et mâchai lentement les deux biscuits secs qui l'accompagnaient. Le café était d'époque, avec des tables de marbre petites et rondes et des chaises cannées. Il y avait un comptoir en bois sombre patiné, une machine à espressos sifflante. Le carrelage abîmé laissait apparaître le ciment par endroits. Heureusement la salle était bondée, raison pour laquelle l'assistant de Frank ne m'avait pas vu. Il avait dû se précipiter au téléphone pour informer Frank qu'il m'avait trouvé et perdu, que je m'étais sauvé, mais qu'il restait sur mes traces.

Je finis mon cappuccino, laissai un autre billet de cent dollars et sortis en surveillant le coin de la rue. Marcel allait m'attendre à la salle de concert. J'espérais seulement qu'il n'était pas au courant pour mon passe, et que je pourrais voir Joey – et Angela – avant.

Une fois encore, mais beaucoup plus prudemment, je fis le tour de l'édifice gris.

Le soleil brillait encore très fort en cette fin d'après-midi. Je le sentais brûler ma peau, semer des taches sur ma rétine. J'aurais dû acheter une crème de protection totale à la boutique de cadeaux. J'étais vraiment stupide. Le temps humide favorise la pénétration des rayons du soleil, les rend plus agressifs quand ils passent par le filtre des microscopiques gouttes de condensation de l'air. Cela me fit penser aux néons dans la pénombre, à l'ambiance vulgaire du Velvet Mask. Cela datait de quand ? J'avais l'impression d'avoir parcouru des millions de kilomètres, d'être à des siècles de cet appel téléphonique.

J'allai, pour la deuxième fois de la journée, dans la zone de chargement derrière la salle de concert où je constatai une activité beaucoup plus intense. L'énorme bus avait été déplacé sur le côté. Une fois encore, j'entendis de la musique. Je me glissai dans le petit espace entre le mur et le bus et réfléchis une minute.

Impossible que l'assistant de Frank me trouve ici. J'avais le passe pour les coulisses et mon billet à la main. J'avais tout ce qu'il me fallait.

Il suffisait d'attendre.

C'est alors que la porte du bus s'ouvrit. Le manager en descendit. Heureusement, il ne tourna pas la tête de mon côté et se dirigea vers le bâtiment en laissant la porte ouverte. Personne d'autre n'apparut, mais j'entendis du bruit à l'intérieur, l'habituelle cacophonie assourdissante – la musique des ImmanuelKantLern, si on veut appeler ça de la musique. Je me dirigeai vers la porte et montai une première marche. Le siège du chauffeur était vide, un rideau épais isolait l'arrière du bus. Je montai une deuxième marche, vers un tintamarre croissant.

« Holà ? Je tenais mon passe comme une amulette. Holà ? »

Je tirai le rideau. Il y avait des couchettes, des sortes d'étagères avec des matelas, mais personne dessus. La musique venait du fond. Quelqu'un fumait aussi là-bas. Je sentais l'odeur de la cigarette et celle des vieux goudrons et nicotines qui imprégnait le tissu des fauteuils. J'avançais doucement, lentement, vers un autre rideau.

Il était là.

Les yeux fermés dans une expression de pur plaisir, Joey Descartes, installé sur un canapé encastré, jouait sur une Fender noire. Une cigarette pendait à ses lèvres. À ses pieds, sur le sol, se trouvait un petit ampli. Il avait des cheveux blonds coiffés à la rock star actuelle, soigneusement hirsutes, des épaules musclées et une poitrine sans poils. Torse nu – sa peau était blême, presque aussi pâle que la mienne –, il portait un vieux pantalon de cuir. Un cœur rouge était tatoué sur sa poitrine, pas celui, ordinaire, des amoureux, mais un cœur humain assez réaliste, avec ses ventricules. J'attendis la fin du morceau, lugubre, répétitif, jouant la même note inlassablement, sans jamais la moduler ni la fléchir.

Je fis encore un pas.

Elle était assise en face de lui, un livre de poche ouvert sur les genoux.

C'était Angela.

Mais ce n'était pas Angela.

« Angela ? » Je savais que ce n'était pas la bonne, mais espérais encore qu'elle se transformerait en la vraie Angela.

C'était comme si une actrice interprétait Angela dans un film sur sa vie. Elle en avait l'allure, les vêtements, la couleur… mais ses traits, et spécialement ses yeux, ne correspondaient pas.

Tout clochait.

Il y avait erreur sur la personne. Ma présence ici était une erreur. Mon motif était une erreur.

Elle me regarda, la confusion inscrite sur son superbe visage.

« Angel, dit-elle, qu'est-ce que tu fais ici ? »

Je la regardai à mon tour. « Qui êtes-vous ? demandai-je. Comment connaissez-vous mon nom ?

– Et *toi*, t'es qui, connard ? » hurla Joey en venant vers moi, sa Fender noire brandie comme une batte.

*

Il y a une autre sorte d'obscurité, celle qui n'a rien à avoir avec l'absence de lumière. Celle dans laquelle on est plongé quand on est inconscient, que le temps a disparu, et la mémoire aussi. C'est intéressant, n'est-ce pas, cette absence de conscience qu'on appelle le noir, intéressant que le sommeil soit associé à l'obscurité et l'éveil à la lumière ? Ce sont plus que des métaphores, leur sens est plus que symbolique. C'est un aperçu du présent, de la façon dont notre conscience mesure l'univers. Suis-je dans l'obscurité ou dans la lumière ? Suis-je éveillé ? Suis-je vivant ?

Il y avait de la lumière. Je *suis* donc éveillé.

J'ouvris complètement les yeux et me découvris dans un espace de la taille approximative d'une salle de classe.

213

Pas de fenêtres, pas de meubles, seulement quatre murs nus, un sol de ciment et des tubes fluorescents au plafond. J'essayai d'ouvrir la porte en métal, elle était fermée. Je ne savais pas si j'étais resté inconscient des heures, des minutes, peut-être des secondes. Le bassiste avait dû cogner fort avec sa Fender, et on m'avait relégué ici. Automatiquement, j'appuyai sur l'interrupteur près de la porte. J'avais besoin de l'obscurité. Je suivis le mur du bout des doigts vers le coin le plus éloigné, puis glissai vers le sol, mes bras serrant mes genoux.

Dans le noir, je murmurai mon propre nom. « Angel. » Je le dis comme Angela l'avait fait au téléphone et écoutai pour savoir si c'était d'une pièce comme celle-ci qu'elle avait appelé. Son écho me parut étrange, comme si l'obscurité elle-même me répondait. J'attendis que mes yeux accommodent. Mais pas le moindre filet de lumière ne filtrait sous la porte, qui aurait éclairé la pièce entière. Cette obscurité était absolue. L'obscurité personnifiée. Comme avec le bandeau d'Angela, mes yeux ne pouvaient réagir à rien, photon, particule ou rayon, rien ne me parvenait. Mon extrême sensibilité à la lumière ne m'aiderait pas ici. Je dis mon nom, « Angel », encore et encore afin d'entendre l'écho, jusqu'à ce que la voix chuchotante se matérialise.

C'était elle. C'était Angela. Elle me parlait, elle m'appelait dans le noir.

« *Angel.* »

J'attendis.

« *Angel, tu m'entends ?*

– Oui. Je t'entends. Je suis ici, je suis dans le noir avec toi. » Du noir profond. Mes yeux auraient pu aussi bien être clos. « Où es-tu ? Dis-moi où tu –

– *Je t'ai attendu*, disait Angela. *Attendu.*

– Je suis vraiment désolé.

– *Tu as dit que tu me sauverais.* » C'était la même voix faible qu'au téléphone, assourdie, terrifiée. « *Tu as dit que tu me chercherais, que tu me trouverais, que tu viendrais.* »

Je me levai et fis le tour de la pièce, mes doigts le long des murs lisses, la main tâtonnante. « Je sais. Je te cherche. Je te cherche partout. Je te trouverai, je te le promets. C'est juste –

– *Il fait si noir*, dit Angela. *Angel, il fait si noir ici.*

– N'aie pas peur. » Je la suppliai, les bras tendus. « Je t'en prie, Angela, n'aie pas peur.

– *Je suis si seule. Où es-tu ?* » Sa voix était de plus en plus faible, comme si elle s'éloignait.

« Non » je dis à l'obscurité. « Je suis ici. Chaque seconde, Angela. Je suis ici avec toi. Mais je ne peux –

« *Angel, quel est l'endroit le plus noir ?* » Sa voix était presque complètement partie, difficilement audible.

« Je ne sais pas. Je ne sais pas ce que tu veux dire. S'il te plaît, Angela – »

Puis la porte s'ouvrit comme roule une pierre arrachée d'un sépulcre, et un vigile brésilien dit quelque chose dans un portugais déroutant.

Allongé, la joue collée au sol, je levai les yeux vers lui. Il me désigna d'un geste le hall. Je me relevai avec difficulté et allai vers la lumière. Il me traîna par le bras dans le couloir brillamment éclairé, et me fit sortir par l'arrière du bâtiment, me lâchant dans l'air tropical comme une truite que l'on remet à l'eau.

Il faisait nuit.

Je compris que je n'avais jamais quitté le bâtiment. Après m'avoir assommé, Joey, sans s'embarrasser de la police locale, m'avait fait enfermer pour éviter de m'avoir dans les jambes.

Je dépassai les camions et le bus de tournée des ImmanuelKantLern sans me retourner. Cinq minutes plus tard, j'étais en plein centre de Rio. Il avait plu, une averse tropicale, et les rues et les trottoirs reflétaient les lumières des voitures. Les immeubles se penchaient vers moi comme dans une peinture expressionniste allemande. Je me sentais un peu dans les vapes, les bruits de la ville me paraissaient distants, incomplets. Mon cou, mes bras et mon visage étaient brûlés par le soleil de l'après-midi. Je n'avais rien mangé depuis les deux biscuits au café et la faim me donnait le vertige. Je voulais retourner à l'hôtel. Je n'étais pas sûr d'être dans la bonne direction et cherchais à me repérer par le bruit de l'océan.

Il devait être quelque part sur ma droite, j'en étais certain.

Non, minute, plutôt devant.

Merde. J'aurais dû prendre un taxi devant la salle de concert, mais maintenant, j'en étais trop loin. Je pris une petite rue, puis une autre.

J'ignorais où j'étais.

Les fenêtres des immeubles clignotaient comme les yeux des citrouilles de Halloween. Le quartier était plus dense, avec des rues étroites, sans grandes artères.

Puis, je le vis et me mis à crier. « Hé ! »

Je n'en revenais pas. Marchant devant moi, la tête baissée… Cela ne faisait pas de doute.

Il tourna la tête vers moi mais continua d'avancer, en accélérant le pas.

« Hé ! » Je me mis à sa poursuite.

Qu'est-ce qu'il pouvait bien foutre par ici ?

Je commençai à courir, et il se mit à courir aussi. Je le suivis le long de quelques pâtés de maisons avant qu'il tourne dans une allée étroite et disparaisse dans l'ombre.

Je remontai l'allée en courant jusqu'à l'autre bout, le souffle court. Où était-il passé ?

Puis je le vis juste à côté. Accroupi, dissimulé dans un fourré, attendant que je parte.

Je fis semblant de ne pas le voir, puis plongeai dans le fourré et le saisis par le col. Il se débattit, mais je réussis à le plaquer au sol.

« Qui êtes-vous ? Pourquoi me suivez-vous ? »

Les yeux pleins de terreur, l'homme en gris ne répondit pas.

« Pourquoi cherchez-vous Angela ? Hein ?

– S'il vous plaît ». L'homme avait un fort accent. « S'il vous plaît. »

Je fouillai la poche intérieure de sa veste et pris son portefeuille. J'y découvris toutes sortes de cartes, d'identité, de crédit de la Banque du Brésil, et même une carte de transport de bus.

C'était un Brésilien ordinaire. Tout comme Angela avait été remplacée par une étrangère, il avait remplacé l'homme en gris.

Je me redressai.

Il se leva, inquiet, brossa ses vêtements.

Je lui rendis son portefeuille. « Je suis désolé. »

Je ne savais pas quoi lui dire. J'avais attaqué un parfait inconnu.

Il recula, se glissa dans les fourrés et fila vers la rue. Il allait chercher un flic, cela ne faisait pas de doute. Rien n'était plus facile à repérer qu'un albinos en chemise rouge dans les rues de Rio.

Je hâtai le pas sous le couvert des arbres, bottant les feuilles mortes. Il fallait que je retourne à l'hôtel, que je prenne la route de l'aéroport, que je foute le camp de ce pays. Je tournai à un coin de rue, puis à un autre, cherchant un chemin qui me mènerait à un taxi. Finalement, j'aperçus ce qui semblait être une grande avenue.

Mais en quelques secondes, je me retrouvai contre un mur, la lame dentée d'un couteau de cuisine appuyée contre ma gorge.

Ils avaient surgi de l'ombre comme des braqueurs dans un film, l'un balançant d'une pichenette sa cigarette sur le côté, un autre la main profondément enfoncée dans sa poche. Un autre encore – il ne devait pas avoir plus de quatorze ans – me fit les poches et ne tarda pas à trouver mon portefeuille. Il parlait rapidement, dans un dialecte difficilement identifiable, mais je compris sa surprise quand il y découvrit les milliers de dollars. J'avais déjà distribué pas mal d'argent, mais il m'en restait encore plein. C'était de la stupidité pure et simple. Qu'est-ce que je foutais, avec tout cet argent au milieu de la nuit à Rio de Janeiro ? Le môme au couteau avait un regard étudié de maniaque. Il rejeta la tête en arrière pour que je voie le blanc de ses yeux fous. C'était délibéré, je le savais, fait pour inspirer la plus grande peur, et un metteur en scène aurait dit qu'il en faisait vraiment trop.

Puis, je ne sais pourquoi, je me laissai fasciner par l'éclat d'un réverbère qui brillait au fond du parc. Deux sources de lumière au bout d'une rangée d'arbres épais. L'une était d'un jaune chimique, l'autre un néon blanc lumineux. Les deux rayons se chevauchaient. Ils ne se mélangeaient pas exactement, mais semblaient se superposer, et dans la zone d'interférence se créaient de fascinants motifs oblongs et en forme de croissants, un effet que les physiciens appellent murène.

La scène était éclairée. Les caméras filmaient. Je m'attendais à ce que le réalisateur crie « Coupez » et que mes braqueurs demandent si leur jeu n'était pas trop forcé.

« Non, non, dirait Ridley. C'était parfait, absolument fantastique. Mais on en refait une, pour être sûr. »

Je sentis la lame du couteau appuyer davantage sur ma gorge, et pendant tout ce temps, je me concentrais sur l'interférence lumineuse. Je me disais, ce n'est qu'une scène. Juste une séquence dans un film. Ridley et son équipe étaient là quelque part, cachés par l'obscurité, derrière les caméras. Cela me fit penser à une expérience qu'Isaac Newton avait faite avec des couteaux. Newton, du moins dans le domaine de l'optique, est associé principalement à la dispersion de la lumière blanche à l'aide d'un prisme. Pour une expérience historique, il fabriqua un appareil muni d'une fente composée par deux lames.

Puis il dirigea un rayon de lumière sur cette fente. Il installa un élément de diffraction avec une feuille de papier blanc posée à faible distance. Il découvrit ainsi que la lumière *se courbe* autour d'un obstacle, qu'elle ne se déplace pas en ligne droite, ainsi qu'on pourrait le penser ; elle se courbe comme les vagues de l'océan autour d'un rocher.

Particule ou onde ?

Rouge. Orange. Jaune vif. Feu.

Ce n'étaient que des adolescents, ces garçons, mais même dans le faible éclairage du parc, je pouvais lire sur leurs visages une vie entière d'expérience. Bizarrement, je n'avais plus peur et éprouvais au contraire de l'envie. Ils brûlaient de ce que je n'avais pas. Un but, une mission claire qu'ils pouvaient remplir. Ils avaient besoin d'argent, et ils feraient tout pour en avoir. Ils me tueraient si c'était nécessaire.

L'un d'eux me donna un coup de pied dans les jambes, et alors que je m'écroulais sur le sol, je sentis la pointe du couteau déraper vers ma pommette.

J'attendis que la lame s'abaisse, comme le couteau de boucher d'Anthony Perkins dans *Psychose*, en agitant involontairement les mains pour protéger mon visage.

Mais quand j'ouvris les yeux, les garçons étaient partis.

Ils avaient pris tout l'argent mais, heureusement, laissé mon portefeuille et son contenu par terre. Dans l'excitation du moment, ils n'avaient pas remarqué l'écrin de la bague fourré dans ma poche au bas du pantalon.

Je pris cela pour un signe.

Je me sentis tout à coup doté d'une sensibilité animale aux bruits de la circulation et me laissai guider par mes oreilles vers une avenue, puis vers la large promenade parallèle à la plage.

Je sentis alors quelque chose d'humide sur moi et baissai les yeux.

Quelle horreur ! J'avais pissé dans mon froc.

Je me dirigeai vers la plage et me roulai dans le sable. Des gens déambulaient sur les trottoirs, les lumières des grands hôtels brillaient d'une façon chaleureuse. J'entrai dans la mer et m'aspergeai la figure d'eau salée. Je saignais et craignais de ne pas trouver de taxi avec un visage en sang. Je n'avais guère plus de chance si je puais l'urine, alors je me lançai carrément à l'eau et me rinçai abondamment.

Je perdais un peu la tête, je dois l'avouer. Mon esprit sautait d'une idée à l'autre, mes pensées se confrontaient, le rationnel à l'irrationnel, l'impossible à l'éventuel. Je savais que certaines de ces choses étaient réelles, que d'autres ne l'étaient pas. Qu'une partie de mon raisonnement était réaliste, et l'autre démente. Mais je ne pouvais qu'avancer. Je ne pouvais que continuer ma recherche. Je devais trouver Angela. Je l'avais entendue m'appeler dans l'obscurité de la pièce en béton sous la salle de concert, et je savais qu'elle était tout près. Je l'avais entendue à nouveau, et tandis qu'une partie de moi savait que c'était un rêve, une hallucination folle, j'étais aussi persuadé qu'elle était vivante quelque part, qu'Angela attendait dans l'obscurité que je la sauve.

« *Angel* », avait-elle dit.

Je marchai le long de la plage pendant une heure ou deux, le temps que mes vêtements sèchent, puis je trouvai une file de taxis devant un hôtel.

Je me glissai à l'arrière d'un taxi avant que le chauffeur remarque mon état.

« Copacabana Palace. » L'hôtel allait devoir payer la course.

On traversa les rues tropicales de Rio. Je palpai avec précaution la coupure toute fraîche sur ma pommette. Ça avait l'air d'aller.

*

« Tu t'es encore trompé, Frank. » En entrant dans la chambre, je savais presque instinctivement où il serait.

« À propos de quoi ? » L'avocat de mon père était étendu sur le lit, une bouteille verte d'eau minérale dans sa main semée de taches de son. Son visage était blême, couleur de cendre ; ses yeux injectés de sang. Sa complexion robuste semblait avoir perdu de sa vitalité, et sa peau pendait sur son squelette comme son costume de prix tout froissé. Frank prit la télécommande et éteignit la télévision, créant ainsi un silence embarrassant.

« À propos d'Angela. Ce n'était pas elle. »

Je remarquai Marcel, assis près de la coiffeuse, en costume de lin beige et chemise blanche. Ses grosses lunettes dissimulaient ses yeux, mais sa peau, à l'inverse de celle de Frank, était saine et rose. En fait, l'assistant de Frank paraissait rafraîchi par son long voyage et notre course poursuite dans les rues d'une ville étrangère.

« Qu'est-ce qui est arrivé à ton visage ? » La voix d'ordinaire profonde de Frank semblait fêlée, faible.

Je vidai le contenu de mes poches, mon portefeuille, l'écrin de la bague, sur la table de nuit et allai dans la salle de bains. « J'ai été braqué. » La coupure n'était pas aussi méchante que je le craignais, juste une meurtrissure sur ma pommette gauche et une toute petite estafilade qui commençait déjà à former une croûte. J'échangeai mes vêtements humides contre un peignoir et retournai dans la chambre. Le réveil digital rouge sur la table de nuit indiquait deux heures neuf. J'étais resté longtemps dehors. « Désolé de t'avoir empêché de dormir, mais tu sais, Frank, j'ai trente-deux ans. Je n'ai pas vraiment besoin qu'on me suive comme ça. J'ai droit à ma propre –

– Angel – il se redressa et sa voix se durcit – tu n'as droit à rien. Tu n'as aucun travail. Tu n'as jamais rien payé. Tu ne t'es jamais pris en charge. Ton père t'assure une complète autonomie, c'est beaucoup trop à mon avis pour ce que tu lui donnes en retour. » Il poussa un soupir amer. « Il n'attend rien de toi. Tu pourrais au moins lui dire où tu te trouves. » Il s'arrêta, prit une profonde inspiration avant d'ajouter : « Au fait, tu as trente-quatre ans. »

Je m'assis sur le lit près de lui et regardai ma main, la tache pourpre du cancer qui se développait à la jointure du doigt.

« Ils ont pris tes cartes de crédit ? »

Je haussai les épaules. « Seulement l'argent. »

– Dis-moi ce que tu fous dans ce pays !

– Je voulais la retrouver. »

Frank secoua sa grosse tête charnue. « Ton père est terriblement inquiet à ton propos. Il était terrifié de te savoir ici. Il était prêt à envoyer les marines. » Il tendit un doigt gris vers ma joue. « C'est un endroit très dangereux, comme tu as pu en faire l'expérience. » Il toucha brutalement la plaie et j'eus un mouvement de recul. « Nous avions contacté l'hôtel pour nous assurer que tout allait bien pour toi, mais ton père n'en pouvait plus. »

Je lui fis mon sourire le plus glacial. Le même que j'avais fait à Angela quand j'avais ouvert la porte le jour de notre rencontre. « Tu es sa pute. » Je savais que je n'aurais pas dû lui dire ça, que je paierais terriblement cher cette insolence, mais c'était plus fort que moi.

Frank me rendit son sourire le plus cauteleux, le tu-peux-dire-tout-ce-que-tu-veux-ça-ne-me-touche-pas.

Je ne pus m'empêcher de rire. « Et toi, tu es la pute de Frank. » Marcel y eut droit aussi.

L'avocat de mon père se frotta les yeux et regarda autour de lui comme s'il venait de prendre conscience de l'endroit où il se trouvait.

Marcel attrapa sa veste de lin beige. « C'est d'accord si je pars ? »

Frank accepta d'un petit bruit de langue et d'un clin d'œil.

« Ton père m'avait demandé, reprit Frank après le départ de Marcel, de ne pas te quitter des yeux. Mais je vais aller dans ma chambre maintenant, parce que je suis épuisé, et puis… et puis nous allons prendre le premier avion demain matin. » Il se releva, ramassa mon porte-feuille, y préleva mes cartes Visa qu'il glissa dans sa poche. « L'avion part à neuf heures, nous devons donc être à l'aéroport à sept. Si tu sais ce qui est bon pour toi, tu me rejoindras à six heures à la réception. »

*

Le livre sur Schrödinger était là où je l'avais laissé, sur la commode. Je le feuilletai au hasard en me souvenant de la chatte que j'avais enterrée dans le jardin du vieil homme. Par goût de l'absurde, je me mis à penser à elle comme si elle était le chat de Schrödinger. Selon la Théo-rie des Mondes Multiples, elle devait être vivante dans un monde alternatif, miaulant toujours sous la fenêtre d'une cuisine alternative tandis qu'une version alternative de moi-même la regardait. Pourquoi pas ? Tous les mondes sont possibles, non ? S'il y a des mondes multiples, pour-quoi ne serais-je pas heureux et indépendant dans au moins l'un d'entre eux ? Dans le même temps, je ne pou-vais m'empêcher de penser à mon retour à L.A., à la rou-tine des nuits devant *Blade Runner*, aux rasades de bourbon dans mon café, aux visites bihebdomadaires chez Silowicz et à sa bienveillante et inépuisable provi-sion de régulateurs de mémoire.

Mon corps était encore saturé d'adrénaline, probable-ment à cause de l'agression, alors je pris un bain pour essayer de me détendre, laissant ma tête flotter dans l'eau chaude de la baignoire luxueuse, écoutant ces bruits étranges et lointains qui me parvenaient sous l'eau. Fina-lement j'en sortis pour regarder pendant plusieurs heures *Friends* à la télévision. Il y avait une chaîne à Rio qui donnait tous les épisodes, en anglais avec des sous-titres portugais. Les personnages me paraissaient avoir terriblement vieilli. Ils avaient la trentaine avancée, mais jouaient comme des crétins de vingt ans. Rien ne bougeait dans leur vie. Dans la mienne non plus. J'avais sombré dans une rêverie profonde, insipide, dont Angela m'avait extirpé, même si cela n'avait duré qu'un temps, avant de disparaître, me laissant éveillé à la mauvaise heure, au mauvais âge.

Est-ce que j'avais vraiment trente-quatre ans ?

Je feuilletai le livre sur Schrödinger et me plongeai dans la Théorie des Mondes Multiples.

« Confrontée à un choix au niveau quantique, non seulement la particule elle-même mais encore l'ensemble de l'univers se scindent en deux versions. Dans un univers, la particule passe par le trou A, dans l'autre elle passe par le trou B. Dans chaque univers il y a un observateur qui voit la particule passer par un seul trou. Après quoi, les deux mondes sont séparés à jamais, n'entretiennent plus aucune interaction. »

Séparés à jamais… était-ce vraiment possible ?

S'il y a des chats multiples dans des mondes multiples, pourquoi n'y aurait-il pas de multiples Angela ? Et pourquoi pas de multiples Angel ? Peut-être y avait-il un autre moi dans un autre monde, un Angel avec une peau normale riche en mélanine, qui peut marcher au soleil, ou un monde où je n'aurais pas besoin des drogues de Silowicz, ou encore un où j'aurais fini d'écrire mon stupide scénario.

Il y avait forcément des façons d'y parvenir, de passer d'un monde à un des autres.

Mon cerveau privé de médicaments partait dans toutes les directions, chacune étant en elle-même un univers alternatif.

Puis, vers cinq heures et demie, ayant réussi à fermer les yeux pendant quelques instants extrêmement troublés, je sortis du lit et remis mes vêtements encore humides et imprégnés de sueur.

Quelques minutes plus tard, on frappa à la porte.

Je l'ouvris sur l'assistant de Frank, un air serein sur son visage de jeune cadre. « Frank est en bas et s'occupe de la voiture, me dit Marcel. Il vous demande d'être prêt dans cinq minutes. »

J'envisageai de me sauver par l'arrière de l'hôtel, de disparaître comme Angela avait disparu, et de partir à sa recherche, s'il le fallait, dans chacun des mondes alternatifs.

Mais je ne le fis pas. J'attrapai mes affaires et descendis au rez-de-chaussée. De plus, Frank avait toujours mes cartes de crédit, et j'aurais besoin d'argent dans tous les mondes.

Il était assis dans le hall sur un canapé rose et or, la tête penchée, tenant dans sa main son front grisâtre. Il regardait ses mocassins à glands, dont le cuir brun de qualité luisait tristement dans la lumière très vive du hall.

Je pris un siège près de lui. « Bonjour, Frank. »

Il demanda, sans lever la tête, « Tu as bien dormi ?

– Non.

– Moi non plus. » Son visage avait tellement vieilli. Les rides autour des yeux étaient devenues des sillons ; ses yeux, autrefois si brillants, avaient terni et étaient profondément enfoncés dans les orbites.

À voir Frank ainsi, je me sentais vieux moi aussi.

Trente-quatre ans. Peut-on arriver à trente-quatre ans sans s'en rendre compte ?

Un homme en gilet rouge s'avança vivement vers nous. « Monsieur, dit-il, en offrant à Frank son sourire employé-d'hôtel-zélé, votre voiture vous attend. »

On se dirigea vers la sortie. Le soleil levant avait coloré le ciel d'une nuance rose, douce et resplendissante. C'était encore plus beau que les levers de soleil filtrés par la brume que j'avais l'habitude de contempler à travers les stores de San Raphael Crescent.

« Regarde ça. » Je n'avais pas pu m'en empêcher.
« Bon sang, mais regarde ça, Frank. »

Je sais que plein de gens ont décrit le ciel, la lumière, le
soleil qui se lève au-dessus d'un horizon étranger, mais
je sentais, j'étais sûr que je n'en avais jamais vu d'aussi
splendide. Ce devait être dû à la pollution, à l'atmosphère
impure, à la brume permanente qui se développait comme
un film brillant au-dessus de la ville, bien plus tenace
qu'à Los Angeles. Rose, bleu, orange, toutes ces couleurs
s'harmonisaient, comme les voix d'un chœur divin. Les
flocons de nuages blancs étaient comme des coups de
pinceau jetés sur la toile par un expressionniste abstrait,
un coloriste pris d'un coup de cœur. J'y vis le travail de
la même équipe d'éclairagistes qui me suivait partout
depuis quelque temps. L'assistant cadreur était derrière,
tendant le photomètre vers le ciel. Le producteur demandait s'ils étaient enfin prêts. Les effets spéciaux avaient
probablement été produits par Industrial Light & Magic,
et tout ceci était un film. Voilà pourquoi c'était si beau.
Voilà pourquoi tous ceux que je rencontrais étaient des
personnages stéréotypés, pourquoi les acteurs principaux
de ma vie paraissaient choisis par un directeur de la dis-
tribution.

C'était un film, et j'étais un de ses personnages. Il me
semblait voir les pages du scénario se déployer.

Frank secoua la tête et fit un geste de rejet. « Ils ne
prennent pas de mesures contre la pollution ici. Toute
cette merde dans l'air… » Il ne finit cependant pas sa
phrase et on quitta l'hôtel comme le *Millennium Falcon*
quittant Death Star.

*

Une heure plus tard, l'assistant de Frank était quelque
part à l'arrière de la cabine. J'avais un siège près du
hublot, toujours en première classe, et Frank, près de

moi, montait la garde comme si je risquais de m'échapper de l'avion s'il détournait les yeux. Je passai la matinée à regarder les durs rayons du soleil percer les nuages étincelants. Même avec mes lunettes de blaireau, les rayons me brûlaient les yeux, mais je ne sais pourquoi, je voulais regarder, je voulais voir tout aussi clairement que possible. Finalement, une hôtesse me demanda de baisser le volet, prétendant, quelle ironie, que la forte lumière gênait les autres passagers. Je restai, l'esprit flottant, dans la cabine assombrie à jouer avec l'écrin de velours qui gonflait ma poche.

La bague de fiançailles. J'avais eu de la chance que mes braqueurs ne la trouvent pas. Ou, peut-être, avaient-ils été dégoûtés quand je m'étais pissé dessus. Ils ne voulaient plus me toucher. En tout cas, elle était là, et je me voyais déjà en train de la lui offrir. Angela en aurait le souffle coupé, bien sûr, elle mettrait son élégante main sur sa bouche sensuelle et dirait « Oui, oui, petit prince, oh oui. »

Frank ouvrit sa mallette et se mit à travailler sur une masse de documents juridiques, étalant les papiers, contrats, accords soigneusement imprimés et propositions. Il était devenu un des avocats les plus influents de Hollywood et avait été lui-même producteur exécutif de quelques films, et voilà qu'il avait pris l'avion pour l'Amérique du Sud, pour Rio de Janeiro, afin de me récupérer. J'avais étudié son visage à travers mes yeux mi-clos, le regardant travailler sous le filet de lumière poussiéreuse qui tombait du plafond. Mais qu'est-ce que je savais réellement de lui ? Et mon père, que savait-il de Frank Heile ? Je savais qu'il vivait à Beverly Hills. Je savais qu'il avait une femme qui s'appelait Sara, une petite femme aux cheveux gris, terre à terre, un petit moineau. Qu'il ne conduisait sa Porsche que le dimanche et que cela le gênait de le reconnaître. Mais autrement, il n'était que Frank, la représentation du mal. Combien de vies avait-il gâchées, combien de carrières avait-il détruites ? Je me souvenais de cette habitude qu'il avait, quand j'étais petit et surtout en l'absence de ma mère, de me menacer, je me souvenais de la pression de ses énormes mains sur mes bras osseux.

Je dormis pendant tout le reste du vol, me réveillant juste pour me caler dans un coin et ajuster la petite couverture. Il faisait froid, et un souffle d'air glacé me poursuivait, me gelant les fesses. L'obscurité chaude de mon appartement à West Hollywood me manquait. Je me rêvais assis devant mon ordinateur, travaillant mes dialogues tronqués et mes mouvements de caméra absurdes, délires aberrants, je le savais, d'un rêveur insensé. Même ce bon vieux Silowicz me manquait. Le vide en moi, quand je me réveillai, n'était pas seulement celui de la faim. « Frank, il t'est arrivé de perdre quelqu'un ? » Je ne sais pas pourquoi je lui posais la question, mais arrivé à ce point, je me foutais de tout.

Il avait fini de travailler et lisait le *Wall Street Journal*, soulignant de son stylo en argent des colonnes entières. « Allez, Angel, dit-il.

– Réponds-moi.

– Pourquoi tu te casses tellement la tête ? » Il ne leva même pas les yeux. « Ce n'était qu'une fille stupide. »

Je lui lançai un regard furieux.

« On va bientôt atterrir.

– Qu'est-ce qui va se passer ?

– D'abord, on va retrouver ta voiture. » Il soupira. « Et puis je t'emmène chez ton père. Et après, je vais à mon bureau et je me remets au travail.

– Que lui est-il arrivé, Frank ? »

Il secoua la tête.

« Elle est partie ?

– Laisse courir, Angel. Laisse courir, et repose-toi. »

J'insistais. « Qu'est-ce qui s'est vraiment passé ? » Je savais qu'il savait et ne me le dirait pas. Il m'avait envoyé sur une fausse piste, qui m'avait conduit jusqu'à Rio, pour m'empêcher de découvrir la vérité.

« Angel, quelquefois ces femmes, spécialement celles que tu rencontres… dans ces circonstances, disparaissent tout simplement. » Il secouait la tête. « Et tu ne les retrouves plus. Et crois-moi, ça vaut mieux. »

Je le lui demandai à nouveau. « Mais que lui est-il arrivé ?

– Angel, écoute-moi –

– Frank, dis-moi ce qui s'est passé, ce qui s'est vraiment passé. » Je savais qu'il savait quelque chose. Je savais que Frank savait beaucoup plus que ce qu'il me disait.

Cela a toujours été ainsi. Il était omniscient.

Il se tourna vers moi, et dans la pénombre de l'avion, son visage se détachait en blanc et noir, comme celui du méchant dans une bande dessinée. « Angel, tu n'as pas besoin de cette fille, crois-moi. C'est –

– Ne me dis pas ce dont j'ai besoin, Frank. Je n'ai jamais eu besoin de rien. Je ne t'ai jamais demandé quoi que ce soit, ne vous ai jamais ennuyés ni toi ni mon père pour –

– Angel », les muscles du visage de Frank s'étaient contractés comme un poing, « elle est partie, et il lui est arrivé la pire chose que tu sois capable d'imaginer, d'accord ? »

*

Observer. Faire des hypothèses. Déduire. Expérimenter. Je raisonnai. Si Angela avait été aperçue cette dernière nuit quittant le Mask avec l'homme en gris, cela n'avait pu être qu'à la sortie donnant sur le parking utilisée par tout le monde. Et la seule personne à qui cela n'aurait pas échappé, était justement la seule que je n'avais pas encore interrogée.

Le Velvet Mask commença à se vider aux environs de trois heures et demie. Les clients, qui en émergeaient comme des taupes aveuglées quittent leur souterrain, se dirigeaient avec regret vers leurs Nissan, leurs Honda et leurs Jeeps. Puis les danseuses apparaissaient à leur tour, la plupart dans leurs vêtements de tous les jours. Elles allumaient des cigarettes et se disaient au revoir comme des caissières de supermarché à la fin de leur service de nuit. Parfois une danseuse, encore vêtue de sa robe scintillante, partait au bras d'un homme, toujours blanc, presque toujours en costume gris, comme l'homme avec qui Angela était censée être partie, comme celui que j'avais vu dans son appartement en sortant du placard.

Je leur avais faussé compagnie, bien sûr, prétextant un besoin d'aller aux toilettes tandis que Frank attendait que Marcel récupère la limousine. Je retrouvai la Cadillac là où je l'avais garée et fonçai directement au Mask.

Les clients commençaient à quitter les lieux, les voitures se dégageaient et s'en allaient, tous feux allumés.

Vers quatre heures du matin, il sortit à son tour. Le mastodonte en ridicule costume de majordome, immobile sous le faible cône de lumière de l'ampoule jaune, alluma un joint et le fuma jusqu'au bout en quelques bouffées puissantes, puis envoya négligemment le mégot d'une chiquenaude dans l'obscurité. Il avait plu un peu plus tôt, et de ma place j'entendis le léger *ffssttt* qu'il fit en atterrissant sur le sol mouillé. La danseuse blonde, celle qui m'évoquait un camp de concentration lors de ma dernière visite, apparut derrière lui, en costume pantalon moulant orange fluorescent et talons hauts de dix-huit centimètres en plastique. Lester se tourna vers elle, et, chose surprenante, il parut lui parler, mais il était difficile d'en être sûr depuis la Cadillac.

Peut-être lisait-il sur ses lèvres. Peut-être parlait-il, mais à la manière particulière des sourds.

Finalement, la blonde retourna à l'intérieur, et Lester se dirigea en se dandinant vers sa limousine noire extra-longue. Ce n'était pas vraiment un corbillard, mais le genre de véhicule qu'utilisent les pompes funèbres pour le transport de la famille du défunt. Il installa sa masse derrière le volant, mit le moteur en marche, régla ses phares, inondant de lumière le parking en partant.

J'attendis quelques secondes, puis démarrai à sa suite.

Lester prit Sunset Boulevard puis tourna peu après dans La Brea Avenue, jusqu'à Pico, et se dirigea vers Santa Monica. À Lincoln Boulevard, il prit une petite rue, puis s'engagea lentement dans la cour d'un immeuble bas, et s'arrêta finalement sur le côté. Il y avait là une plaque en émail discrète avec le même logo que la voiture de Lester, Horace & Geary. Le bâtiment était, comme la plupart des constructions à Los Angeles, en parpaings et en stuc, et la plaque, mal éclairée, ternie par le temps, presque illisible. Je le dépassai puis garai la Cadillac près d'un vieux magasin de pianos, derrière une benne à ordures. Je descendis de la voiture et arrivai juste à temps pour voir Lester ouvrir la porte latérale. Je vis un pinceau de lumière vive se dessiner, ce qui signifiait que c'était probablement ouvert, qu'il y avait du monde à l'intérieur. Était-ce la règle ? Il était à peine cinq heures et demie du matin. Quelqu'un était-il chargé de garder le mort toute la nuit ? Les pompes funèbres ont-elles, comme les morgues, une équipe de nuit ? Je contournai le bâtiment gris très prudemment, en prenant des précautions pour maintenir une certaine distance. La façade, quoique plus discrète, était comme toutes les façades de magasins, mais l'arrière tout à fait différent. C'était en fait une sorte d'usine, une énorme structure en métal avec un enchevêtrement de tuyaux apparents. Je ne compris pas leur usage avant de remarquer les volutes de fumée au-dessus du toit.

Un incinérateur, constatai-je calmement, et j'eus une impression subite de déjà vu.

C'était là qu'avaient lieu les crémations.

Ce fut précisément à cet instant que je sentis le ciel s'ouvrir et entendis un *crac* caractéristique, que je reconnus presque instantanément comme le bruit de la rencontre d'une énorme bague en or avec mon fragile crâne d'albinos. Mon corps se tordit comme je tombais par terre, et je vis Lester au-dessus de moi, une vilaine grimace sur son visage de Bouddha et le poing encore tendu. Le monde devint momentanément noir puis retrouva de la clarté tandis que ma conscience s'évanouissait et revenait en vitesse. Je vis de multiples points de lumière se former dans mon champ de vision et ressentis une puissante vague de nausée monter de mon estomac.

Cela allait causer une nouvelle migraine, je le savais, un véritable monstre.

La bile envahit ma gorge et je faillis vomir.

Lester me tenait alors par la chemise et me soulevait à hauteur de son visage. « *Merde*, qu'est-ce que tu *fous*, qu'est-ce que tu peux foutre ici, merde ? »

Il me laissa retomber. Je levai les mains et me ramassai sur moi-même, une posture qui, je l'espérais, lui inspirerait de la pitié.

« Pourquoi tu me suis, connard de vampire de m –

– Ne me frappez pas.

– T'as du pot que je te tue pas tout de suite, *connard*. » Lester avait un défaut de prononciation, un zézaiement évident, et le ton haut perché de sa voix lui donnait quelque chose d'efféminé qui paraissait incongru vu sa taille.

Voilà pourquoi il ne parlait pas au club. Il n'était pas sourd, il était gêné. « Je croyais que vous étiez sourd.

– Je suis pas sourd. » Il me mit un poing menaçant sous le nez, les biceps gonflés. « Je cause pas beaucoup. Ça te va, *connard* ? »

Le soleil pointait à l'horizon, et une douce lumière gris doré grandissait dans le ciel lointain. « Je cherche seulement Angela – Jessica Teagarden – Cassandra, dis-je, en me souvenant d'utiliser tous ses noms. Je vous en prie, ne me frappez pas. » La lumière des rayons du soleil enveloppait la planète, se courbait en venant vers nous.

« Cassandra est partie.

– Où ? »

Lester me relâcha, me renvoyant sur mes talons si violemment que je faillis en perdre l'équilibre. « Tu veux savoir ce qui lui est arrivé, *connard* ?

– Oui. C'est tout ce que je veux.

– Tu veux vraiment savoir ce qui lui est arrivé ? »

Je lui dis tout. « Elle m'a appelé dans le noir.

– Dans le noir ?

– Elle a dit mon nom. »

Ne comprenant rien, Lester secoua sa grosse tête.

« Mon téléphone a sonné, et c'était elle. Elle a dit mon nom et puis elle a été coupée –

– Si je te montre ce qui lui est arrivé, t'arrêteras de la chercher ? Tu la laisseras tranquille ? »

J'acceptai.

« Viens à l'intérieur, connard, dit-il de sa voix étrange, et je te montrerai ce qui lui est arrivé. » Il contourna le crématorium et ouvrit une porte sur le côté. Sa tête s'agitait bizarrement.

Je me relevai et le suivis, en me frottant l'arrière du crâne. Apparemment, ça ne saignait pas, mais je sentais pousser une bosse, de la taille de mon poing. Je ne voyais pas encore la pleine aura, mais je savais qu'elle viendrait, je savais qu'à ce stade c'était inévitable. J'entrai, suivant le large dos de Lester, dans une pièce grise meublée d'un bureau métallique, sur lequel se trouvait un petit jeu de scrabble en plastique avec une partie en cours. Tout le mur au-dessus du bureau était occupé par un panneau de contrôle. Il y avait des cadrans et des boutons, des jauges, des compteurs et des interrupteurs. Toute la pièce était une machine : des rails couraient d'un mur à une porte coulissante, et sur ces rails il y avait une boîte en métal, à l'ouverture juste assez grande pour laisser passer un cercueil. « Ça atteint des milliers de *putains* de degrés ici », dit Lester, une nuance de fierté dans sa voix pointue. Il fit coulisser la porte dans le mur et révéla un conduit en acier couvert de cendre. Il se tourna vers moi. « Je suppose que quand je l'ai mise ici, elle avait encore son putain de téléphone. Elle a dû t'appeler. » Il appuyait sur chaque mot. « Elle a dû t'appeler », répéta-t-il, en parlant lentement à dessein, « de l'intérieur de l'incinérateur… juste avant… de partir en fumée.

– Frank t'a payé ?

– Frank ? » Il avait du mal à prononcer ce nom. Cela sortit comme *Fthlank*. Lester sourit, révélant l'éclat d'une dent en or. « Qui c'est ce putain de Frank ? »

Je reculai, en direction de la porte. Ces cendres… c'était un être humain ?

Lester riait de bon cœur, le gras de son corps s'agitant allègrement. Il avait l'air d'avoir doublé de volume et exposait sa dent en or, joyeux comme un Père Noël.

« Elle m'a appelé dans le noir. »

La chair épaisse du cou de Lester, qui essayait de corriger les mouvements convulsifs de sa tête, se contracta. « Elle a dû t'appeler juste avant que je déclenche les putains de flammes.

– Vous mentez. » En moi-même je le suppliai de me dire qu'il mentait. « Vous dites ça pour me faire peur.

– Ouais. Frank m'a payé pour le faire. » Il se dirigea vers moi. « Peu importe qui c'est. Et il a payé pour que je t'y colle aussi. Il a dit que tu viendrais. »

Je réussis à atteindre la porte derrière moi et me précipitai dehors. La lumière soulignait l'horizon, et la brume grise se teintait de jaune. Le soleil de Los Angeles arrivait, ses rayons d'or cascadant du ciel voilé. Je ne me retournai pas. Je courus. Je me retrouvai quelques secondes plus tard dans la Cadillac de ma mère. Je faisais de l'hyperventilation, et dus me forcer à respirer plus calmement, profondément. Tout mon corps tremblait tandis que j'essayais d'engager la clef de contact.

Je pensais à Angela dans le crématorium. Elle ne m'avait pas appelé dans le noir – elle m'avait appelé dans la lumière.

Dans la lumière.

Et la douleur que j'avais entendue dans sa voix était celle du feu.

La lumière.

Rouge. Orange. Jaune vif. Feu.

En voyant son visage ce matin-là, le matin où elle avait volé les jacinthes, j'avais eu l'impression que je regardais dans le cœur de la lumière.

Je compris alors que j'avais regardé dans le futur.

Tout au long de la route, du salon funéraire de Lester à chez moi, je tremblais.

À San Raphael Crescent, je tremblais toujours, me remémorant mon amour pour elle. J'avais aimé Angela, Jessica, Cassandra, quel que soit son putain de nom, je l'avais aimée comme jamais je n'aimerais personne.

À peine arrivé chez moi, je me versai une chope de Jack, laissant l'alcool me brûler la bouche, engourdir ma langue, puis tout mon corps. J'ouvris la capsule de sécurité du flacon en plastique abricot de Heuristat, toujours tremblant, agité comme un vieil alcoolique en manque pris d'une crise de delirium tremens, en sachant pertinemment qu'aucune quantité d'Inderol, Xanax, ou Elavil, ne pouvait m'empêcher de trembler.

Du bonheur pur – voilà ce dont j'avais besoin.

Heuristat.

Mes oreilles bourdonnaient sous la pression du sang. J'entendais comme un bruit de grosses vagues qui s'écrasaient inlassablement sur une plage, puis le silence qui envahissait l'univers, un vide si grand que je ne pouvais le décrire.

J'avalai une pleine poignée de petites pilules sèches.

Heureux, heureux Heuristat.

La pire chose, avait dit Frank.

Et c'était la pire, bien pire que n'importe quel cauchemar que j'aurais pu faire.

Je saisis la bouteille de Jack et le petit flacon de pilules, retournai dans la Cadillac, et me lançai à travers la ville – ma ville, Los Angeles. La migraine me prit, une migraine comme je n'en avais jamais ressenti. Mon cerveau explosa en supernova. Elle fut la bienvenue. Je me garais de temps à autre et vomissais dans le caniveau, avalais une autre lampée de bourbon, prenais une autre pilule de Heuristat, ou deux. Et poursuivis ainsi jusqu'à ce que le soleil soit haut dans le ciel, éclatant comme l'œil furieux de Dieu lui-même.

Finalement, je m'arrêtai au bord de la route à Malibu et fermai les yeux, imaginant l'inimaginable.

*

Elle apparut à la porte du Velvet Mask, après s'être changée. Elle portait un jean, un vieux t-shirt Immanuel-KantLern et des bottes à hauts talons en cuir. Lester l'attendait sous la lampe jaune à lucioles. Il était tard, presque le matin, et il tirait sur son habituel joint, en aspirant profondément.

« Tu me files une taffe ? » lui demanda-t-elle.

Il avait dû sourire de son sourire de petit garçon. Il lui tendit le joint. Elle le prit entre son pouce et son majeur, et fuma ce qui restait, en aspirant en experte. Il a toujours le meilleur hasch, pensa-t-elle. « Alors tu viens avec moi ? » La voix de Lester était douce, comme celle d'une gamine. Il fit briller sa dent en or. Quelque chose en lui la persuada d'accepter. Lester n'avait jamais rien demandé

236

à Angela, alors, pensa-t-elle cette nuit-là, pourquoi pas ?
Elle le suivit dans la longue limousine noire dans laquelle
il emmenait au cimetière les familles des défunts. Il lui
tint même la porte. Elle n'était pas sûre de ce qu'il attendait d'elle, mais avait toujours été curieuse de la vie de
Lester. En fait, il le lui avait demandé un peu plus tôt
dans la soirée, en s'approchant de l'estrade où elle dansait.
Elle s'était penchée vers lui, nue. Il lui avait murmuré une
question à l'oreille. Il voulait lui montrer quelque chose,
acceptait-elle de le voir après la fermeture ?

Pourquoi pas ? avait-elle dit en lui chatouillant le
menton.

Merde, pourquoi pas ?

Ils quittèrent le parking du Velvet Mask et s'engagèrent
dans Sunset Boulevard.

« Où tu m'emmènes, Lester ? »

Il eut un petit sourire. « Je veux te montrer où je travaille.

– Les pompes funèbres ?

– Ouais. »

Il avait la moustache duveteuse d'un gamin de quatorze ans. Pour être aimable, pour lui montrer un peu
d'affection, elle se glissa sur le siège de la limousine
tout contre lui. « Pourquoi veux-tu me montrer tes pompes
funèbres ? »

Elle avait posé son sac à ses pieds, mais conservé son
mobile dans la poche de son jean. Il cognait sur l'os en
saillie de sa hanche.

« Parce que, disait Lester, juste parce que. »

Elle le taquina. « C'est parce que tu veux être seul avec
moi ? »

Il poussa un soupir timide et détourna le regard en
s'arrêtant à un feu rouge. Il sentait les cigarettes et l'eau
de toilette, et sa chair formait un bourrelet au-dessus du
col de sa chemise.

Elle lui demanda, charmeuse, « Pourquoi ne portes-tu jamais autre chose que ce vieux costume bizarre ?

– J'ai d'autres vêtements. C'est parce que je suis toujours en train de travailler.

– Pourquoi travailles-tu tant, Lester ?

– Parce qu'il y a rien d'autre à faire. » Finalement, il s'arrêta dans un endroit désert, derrière un vieux bâtiment mal éclairé, et lui dit « Attends ici. »

Angela attendit sur son siège que Lester fasse tout le tour de la limousine pour lui ouvrir la porte.

« Oh, dit-elle en descendant de voiture, un gentleman !

– C'est à l'intérieur.

– Quoi donc ?

– Ce que je veux te montrer. »

Lester referma la porte. Elle le suivit jusqu'à l'arrière du bâtiment. Il y avait des tuyaux et des conduits partout, et de la fumée au-dessus du toit. Il ouvrit la porte et elle passa devant lui. Ils entrèrent dans une petite pièce pleine d'appareils, avec tout un panneau de boutons et d'interrupteurs au-dessus d'un bureau et d'une chaise, avec un minuscule jeu de scrabble ouvert sur le bureau. Le long du mur courait un tapis roulant et sur le tapis roulant, une boîte en métal. Elle se retourna tandis que Lester refermait la porte derrière lui.

« Je suis désolé, dit-il.

– Désolé de quoi, mon chou ?

– Ça n'a rien de personnel. » Il alla vers la boîte de métal et souleva le couvercle.

« Lester, de quoi parles-tu ? »

Il vint vers elle, ses énormes mains bougeant si rapidement qu'elle n'eut même pas le temps de réagir. Il la souleva, comme une mariée pour passer le seuil de la chambre d'hôtel le soir de ses noces, et la porta vers la boîte.

« Lester », dit-elle. Elle avait envie de crier, voulait dire quelque chose, mais sa voix s'étrangla. « Lester, s'il te plaît, murmura-t-elle. *S'il te plaît.* »

Il la déposa dans la boîte, et elle s'agrippa à lui, griffa son visage de ses ongles durs et vernis en laissant sur sa joue une trace sanglante.

Elle plaida sa cause, en lui disant qu'elle ferait tout ce qu'il voulait, absolument tout ce qu'il voulait si seulement il – *arrêtait ça.*

Et le couvercle retomba.

Elle était dans le noir. Elle tenta de repousser le couvercle de l'intérieur, mais rien ne bougea. Elle continuait de le supplier, mais il lui devenait de plus en plus difficile de respirer. Elle entendit quelque chose, un vrombissement, une machine qui se mettait en marche, le grincement d'un embrayage, puis quelque chose se déclencha, et elle sentit que la boîte avançait, allant inexorablement vers sa destination. L'air devenait plus chaud, la température s'élevait dans l'obscurité terrifiante. Elle devait se forcer à penser, quand elle se souvint du mobile dans sa poche. Elle le trouva et l'ouvrit rapidement. Il s'éclaira de la lumière verte des cristaux liquides et elle vit mon numéro, *Angel*, le dernier numéro qu'elle avait composé. Elle fit *appel*, et attendit que cela sonne. Elle ne savait même pas ce qu'elle allait me dire. Elle ne savait pas comment j'étais supposé la sauver, mais je l'étais.

J'étais supposé la sauver.

La boîte glissa le long des rails, continuant sa route sur le tapis roulant jusqu'au cœur du four alors que le signal de son téléphone voyageait dans les airs.

« Allô ?

– Angel ? »

Clic.

Imaginez la lumière, le cœur de la lumière, le vrai centre d'un soleil d'hydrogène, et pas de protection pour vos yeux. Angela sentait ses paupières fondre, sentait sa peau se boursoufler, brûler, et sa chair se découvrir, et le mobile se désintégrer en même temps que notre communication, se liquéfier dans ses mains, le plastique et le métal se transformer en gaz, et ses cheveux brûlaient, en feu, refusant de s'éteindre. Elle sentait ses os se transformer en braise comme des charbons dans un feu de joie. Elle était toujours vivante, toujours vivante et en feu. Elle continuait de dire mon nom, « *Angel* », encore et encore, comme si je pouvais la sauver, comme si le dire pouvait la sauver. Elle était cendre. Ses mains étaient poussière. Ses yeux étaient de verre fondu. Ses os étaient charbon. Son corps était cendre, charbon, suie. Elle était noir et gris et blanc, soufflée dans les coins de la boîte de crémation en métal inclinée maintenant, les cendres de son corps refroidissaient, et elle était versée dans une urne, emportée dans les bras de Lester, tenue comme une bouteille et jetée dans les herbes folles derrière le parking, mêlée aux canettes de soda, mégots de cigarettes et papiers d'emballages.

Lester donnait un coup de pied dans le tas, éparpillant son corps dans les herbes pour que personne ne trouve ses restes, et disait « *Merde, merde, merde.* »

Paix à ses cendres.

Mais la vérité d'Angela, son sens, son âme, se sont révélés avec le feu, sont devenus lumière.

J'en arrivais à la conclusion qu'Angela elle-même était dans une superposition.

Particule ou onde ?

Elle était la petite amie de Schrödinger. Je la voyais assise ici, dans la Cadillac de ma mère, et j'étais Schrödinger.

Angela n'était ni vivante ni morte.

Et il revenait à l'observateur – il me revenait à moi, Angel Jean-Pierre Veronchek – de déterminer le résultat.

La lumière. Cette *putain* de lumière.

Je devais regarder dans la lumière.

Il fallait le décider. Particule ou onde ? Et le résultat ?

Vivante ou morte ?

Il n'y avait qu'une façon de le découvrir. Je devais changer le résultat, je devais intervenir dans l'expérience.

Je devais ouvrir la boîte.

J'avais conduit, conduit dans toute la ville, la bouteille de Jack nichée entre mes jambes, le flacon maintenant presque vide de Heuristat dans la poche de ma chemise.

Je levai les yeux après m'être garé et je vis Zuma Beach, magnifique, dorée.

Je ne me souvenais même pas avoir conduit jusqu'ici. J'avalai le dernier des Heuristat et le fond du bourbon, repoussai la porte de la Cadillac de ma mère, et balançai mes jambes fragiles sur le bitume collant de l'aire de stationnement en pensant à l'avertissement sur la notice du médicament : *sensibilité accrue au soleil.*

Je sortis de la voiture comme on sort de son lit, en posant avec précaution mes pieds sur la route caillouteuse. J'enlevai mes sandales, puis mes vêtements, ne gardant que mon caleçon.

La plante de mes pieds comptait chaque saillie, particule, bosse ou nodule du sol. Je grimpai sur le talus herbeux qui menait aux vagues. C'était un de ces après-midi de fournaise. Le soleil était un œil brillant qui regardait droit vers ma tête, incendiait mes rétines même à travers les verres de mes lunettes de blaireau. Le ciel, comme mon crâne, avait explosé en supernova d'un jaune atomique, enflammé. Mais je m'en foutais. J'étais le Petit Prince, avec mes cheveux blancs dressés en auréole. Mes yeux étaient déjà calcinés quand j'enlevai mes lunettes que je laissai tomber sur le sable. Je ne savais pas quelle heure il était, mais à en juger par la lumière, je pensais qu'il devait être dans les deux heures de l'après-midi.

Quel jour étions-nous ? Ce devait être un dimanche. Quel mois ?

Juillet ? Août ?

Quelle année ? J'avais quel âge ?

Je ne savais plus. Je m'en foutais désormais.

Les beaux jeunes gens, hommes et femmes, de Malibu étaient étendus au soleil, leurs corps bruns luisant de lotion solaire et suant les pulvérisations d'eau minérale de montagne. Leurs enfants folâtraient et faisaient des cabrioles au bord de l'eau comme des souris dans un dessin animé, se précipitaient dans les vagues, riaient, et revenaient en courant, faisant semblant d'avoir peur. Quelque part au large nageaient les dauphins – Melanie nous les avait montrés, n'est-ce pas ? – des putains de dauphins heureux qui jaillissaient des vagues comme ces heureux enfants humains, un sourire permanent inscrit sur leurs gueules toujours souriantes de mammifères marins. Le sable était sec et chaud sous mes pieds, brûlant comme du feu. Une femme tout près me regarda et me sourit, comme un rayon de soleil. Elle était radieuse, éblouissante, scintillante. C'était une fleur épanouie, une fleur de pissenlit au milieu d'une pelouse. J'ouvris les bras, tendis mon visage vers le ciel incandescent et pensai à Angela, à la fulgurance de sa souffrance, à la chaleur du feu sur sa peau. Je ressentais cette chaleur sur mes épaules, mon dos, mes bras, mon visage, brûlant, du feu. Oui. *Orange. Rouge. Jaune vif. Feu.* Oui, je m'offrais, regardant droit dans la lumière. « Vous allez avoir besoin de ça. » La femme scintillante me tendit un flacon d'écran total. Elle avait des cheveux blonds et portait un maillot une-pièce jaune. Sa peau était abîmée, semée de fâcheuses taches de rousseur, détruite par des années d'abus de soleil.

Bon sang, elle était si heureuse.

Heureuse, heureuse, heureuse.

« Non, merci, Maman, lui répondis-je. J'essaie de bronzer. »

Elle rejeta sa tête en arrière et se mit à rire.

J'allai jusqu'à l'eau pour échapper à la femme heureuse, heureuse, qui me rappelait ma mère, les pieds brûlés par le sable acide, et finalement entrai dans la fraîcheur de l'océan. Ça ne me semblait pas juste – c'était froid, mouillé, un soulagement –, ça me semblait indécent d'éprouver un soulagement, alors je retournai vers le brasier sableux et laissai mes plantes de pieds connaître un peu de ce qu'Angela avait pu ressentir, la brûlure, le flamboiement éclair.

Je fis les cent pas sur le sable, regardant les vagues s'écraser sur la grève et les enfants qui piaillaient en jouant dans l'eau et leurs parents qui les prenaient par leurs petits bras et les ramenaient vers la sécurité de la plage. Ainsi, voici donc la lumière. C'est une métaphore. C'est le symbole de la fameuse VÉRITÉ en lettres capitales que tout le monde aime tant. Je tendis mes bras et souris à un petit garçon. La lumière brasillait sur ses drôles de cheveux roux, chatoyait dans la vague et flamboyait sur le sable. Elle brûlait comme un feu chimique. Elle se reflétait sur les carrosseries métalliques polies des voitures qui roulaient sur l'autoroute au bord du Pacifique. Elle ravivait même les montagnes éteintes de Malibu Canyon. Il me sembla voir aussi les sommets blancs de San Gabriel briller au loin.

La lumière baignait toute la Californie, les vivants et les morts. J'en riais tout seul. La lumière pénétrait en moi, à travers mes yeux, transperçait mon corps et ma peau comme un milliard d'aiguilles microscopiques, et elle illuminait tout, révélait tout, mes organes partaient en flammes, mes idées sur le sort d'Angela prenaient vie comme le scintillement orange d'un feu de broussaille.

« Pourquoi est-il si blanc, Papa ? demandait le petit rouquin. Pourquoi est-il si blanc ? »

Je me retournai. « Tu es bien blanc toi-même. »

L'homme qui tenait la main du garçon le tira vers une serviette de plage. « Je suis désolé », dit-il, un air embarrassé sur son jeune visage de père.

Le petit rouquin continuait à demander, s'adressant directement à moi cette fois-ci : « Pourquoi es-tu si blanc ? Qu'est-ce qui va pas chez toi ?

– Je ne sais pas, je suis né comme ça.

– Ce n'est pas gentil de dire des choses comme ça aux gens, Peter. Tout va bien chez lui.

– Mais il est si blanc. » Il devait avoir dans les cinq ou six ans. Je me retournai à nouveau, toujours souriant – grimaçant serait plus près de la vérité, cette aberration sur mon visage –, toute la surface de ma peau réagissant au soleil brillant, à sa chaleur, aux rayons de destruction infrarouges, au feu qu'elle avait dû éprouver. Sensibilité accrue au soleil. Je brûlais, comme Angela avait brûlé. Je prenais feu, je le sentais. Je me consumais. Je pouvais enfin ressentir quelque chose de réel, quelque chose que je n'étais pas censé sentir. La douleur. La souffrance de la réalité elle-même. J'avais huit ans à nouveau, comme ce jour-là au bord de la piscine de ma mère. J'allais renaître comme un phénix.

J'étais étincelant, un véritable feu d'artifice. J'étais l'éclair aveuglant d'un flash, un rouleau de pellicule complètement exposé.

Mes yeux piquaient, mais je me forçais à les garder ouverts, à écarter mes paupières le plus possible, faisant naître ainsi des nuages de larmes, des cataractes de taches solaires et d'amibes, des flotteurs, mouches, points et taches aveugles. La migraine, qui avait commencé avec le coup de Lester, était allée au-delà de ce que j'avais jamais ressenti – c'était une attaque au ralenti, une ivresse sauvage, épileptique, extatique, une fugue qui emportait ma conscience au-delà de la douleur et la transformait en une horrible, déchirante rhapsodie. Je voulais davantage de lumière pour m'y fondre. Je ne m'inquiétais pas de la brûlure. Je la cherchais. Je la souhaitais. Je regardais même le soleil et imaginais que mes paupières se liquéfiaient, que la chair se détachait de mes os. Parce que c'était ce qui lui était arrivé. Les derniers instants d'Angela. Son corps avait fondu, cloqué, noirci, s'était transformé en charbon, cendre, poussière. Je me demandais si elle avait senti la chaleur augmenter. Si elle avait compris où elle était dans les dernières secondes où cela s'embrasait. Je me demandais si ses os se ravivaient comme des charbons ardents dans le vent de la nuit.

De quelle couleur étaient ses os ?

Bleu, bleu comme la flamme dans le poêle – fantastiquement bleu comme étaient ses yeux à la première minute de notre rencontre – bleu comme les points qui s'étaient formés sur le plafond du sous-sol de mes parents.

Bleu.

Bleu, bleu, bleu électromagnétique.

Je pensai à Angela et à sa brassée de jacinthes, bleu et blanc, la lumière qui semblait émaner d'elle. Je regardais à nouveau dans le cœur de la lumière, le silence.

« Angel. » J'entendis mon nom à nouveau. C'était elle, elle m'appelait.

Je revécus ma vie, chaque détail du désir, de la tentation et de l'abandon.

Je la vis. Je fis un pas vers elle.

Dans la lumière. Dans le cœur de la lumière. Dans l'incertitude elle-même.

C'était elle. Elle m'appelait. Disait mon nom.

« *Angel.* »

Je continuai d'avancer, dans la lumière, vers Angela.

« *Angel.* » Elle répétait mon nom, d'une voix qui n'était plus qu'un souffle, les bras grands ouverts pour me recevoir.

Je traversai le rideau aveuglant de lumière et laissai les photons tomber sur mon corps comme une pluie photoélectrique. Je voyais à la fois la particule et l'onde, comme à travers un prisme, les couleurs se partageant, se divisant, les incidences de la réflexion et la réfraction exposées sur mes rétines brûlées.

Je passai la ligne de partage quantique... J'ouvris la boîte.

« On a fait une recherche de toxiques, disait une voix forte, il y avait à peu près de tout là-dedans, une pharmacie complète, sans parler du taux d'alcoolémie qui monte jusqu'à la stratosphère. » J'avais le vague souvenir d'avoir été dans une ambulance et regardais les plaques perforées blanches d'un plafond d'hôpital. Je pouvais à peine ouvrir les yeux. « On lui a seulement mis un anesthésique local, continuait la voix, de toute façon ce mec ne sentira rien pendant des semaines.

– Il est cohérent ? disait une autre voix. Ou est-ce que je dois attendre ?

– Cohérent ? Je n'en sais rien. Pourquoi ne pas le lui demander ? » Un visage apparut au-dessus de moi. « Vous pouvez parler, Angel ? » C'était un visage de médecin.

« Oui, je murmurai, pratiquement sans voix. Je crois que je peux parler.

– Il y a un officier de police qui veut vous voir. Vous vous sentez capable de lui parler maintenant ? Ou est-ce que vous préférez qu'il revienne plus tard ?

– Un officier ? »

Un autre visage apparut. Avec des lunettes, des cheveux grisonnants. « Je suis le Lieutenant Dennis. Est-ce que vous voulez bien répondre à quelques questions ? » C'était lui. C'était l'homme en gris.

Je répétai. « Des questions ?

– Est-ce que vous connaissiez une femme du nom de Jessica Teagarden ? »

Mes lèvres étaient enflées. Je pouvais difficilement articuler. « Oui. » Je me retrouvai brutalement plongé dans une douleur extrême. Chaque centimètre de ma peau était brûlant, en feu. « Je la connaissais.

– Parce que nous avons trouvé les… les cendres d'un être humain dans le parking derrière les Pompes Funèbres Horace & Geary. » Il soupira. « Nous craignons que ce ne soient les siennes. Avez-vous une idée de ce qui a pu se passer ? »

Non. Je fermai les yeux. *Non*. Ça ne collait pas. Ce n'était pas bon.

« On a fait une recherche de toxiques, disait une voix forte, il y avait à peu près de tout là-dedans, une pharmacie complète, sans parler du taux d'alcoolémie qui monte jusqu'à la stratosphère. » J'avais le vague souvenir d'avoir été dans une ambulance et regardais les plaques perforées blanches d'un plafond d'hôpital. Je pouvais à peine ouvrir les yeux. « On lui a seulement mis un anesthésique local, continuait la voix, de toute façon ce mec ne sentira rien pendant des semaines.

– Angel ? » C'était la voix de ma mère. Ses traits plastiquement modifiés apparurent au-dessus de moi. « Angel… qu'as-tu fait ?

– Maman ?

– Oh, Angel, Angel, mon doux Angel. »

Non.

« On a fait une recherche de toxiques, disait une voix forte, il y avait près de tout là-dedans, une pharmacie complète, sans parler du taux d'alcoolémie qui monte jusqu'à la stratosphère.

– Vous pensez qu'il fonctionne mal ?

– Fonctionne mal, c'est le moins qu'on puisse dire, disait une voix. Je crois qu'il a été perturbé par les implants. Il pensait qu'il était humain. » Le visage de Tyrell apparut au-dessus de moi. « À Tyrell, le commerce est notre but, dit-il. Plus humain qu'humain est notre devise. Angel n'est qu'un sujet expérimental, rien de plus. Nous commençons à reconnaître en lui d'étranges obsessions. Après tout, il est émotionnellement inexpérimenté, il a très peu d'années dans lesquelles engranger les expériences que vous et moi considérons comme normales. Si nous lui accordons un passé, nous créons un coussin ou oreiller pour ses émotions, et pouvons par conséquent mieux le contrôler.

– Des souvenirs, dit le docteur. Vous parlez de souvenirs.

– Mais l'échec était fatal.

– Dois-je les retirer ?

– Je ne vois pas d'autre solution. »

« On a fait une recherche de toxiques, disait une voix forte, il y avait à peu près de tout là-dedans, une pharmacie complète, sans parler du taux d'alcoolémie qui monte jusqu'à la stratosphère.

– Qu'est-ce qui s'est passé ? dis-je. Où suis-je ?

– Coupez ! C'était fantastique. » Ridley Scott me sourit. « On la refait, okay ? Seulement cette fois, Angel, tu es encore plus perturbé. Chacun reprend sa place. »

« On a fait une recherche de toxiques, disait une voix forte, il y avait à peu près de tout là-dedans, une pharmacie complète, sans parler du taux d'alcoolémie qui monte jusqu'à la stratosphère. »

J'ouvris les yeux et le vis. Il se dressait au-dessus de moi, regardant au-delà de moi, regardant à travers moi. Je crus entendre un battement d'ailes. Il se pencha et toucha mes paupières, les ferma en disant « *Chh*.

– Qui êtes-vous ? demandai-je, les yeux fermés, levés vers la réconfortante obscurité. Dites-moi qui vous –

– *Chh*, dit-il. *Chh.* »

« On a fait une recherche de toxiques, disait une voix forte, il y avait à peu près de tout là-dedans, une pharmacie complète, sans parler du taux d'alcoolémie qui monte jusqu'à la stratosphère. » J'avais le vague souvenir d'avoir été dans une ambulance et regardais les plaques perforées blanches d'un plafond d'hôpital. Je pouvais à peine ouvrir les yeux. « On lui a seulement mis un anesthésique local, continuait la voix, de toute façon ce mec ne sentira rien pendant des semaines.

– Qu'est-ce qui s'est passé ? » Je chuchotais, malgré la lumière violente qui inondait la chambre. Mes paupières étaient gonflées, même ma langue avait enflé. « Où suis-je ? »

Une lune rose apparut au-dessus de moi. C'était Silowicz, le visage parsemé de touffes de poils blancs. « Angel, dit-il, pourquoi ne *me* racontez-vous pas ce qui est arrivé ? »

Je le suppliai. « Ne dites rien à mon père. *Je vous en prie.* »

Silowicz me regarda, la joue flasque et blême. « Angel, dit-il, comme si prononcer mon nom me persuaderait de répondre.

– Dr Silowicz… »

Mon psychiatre lança un regard au jeune docteur qui apparut aussi au-dessus de moi, un homme avec des cheveux noirs d'une coupe ordinaire et un visage de vedette de cinéma, un visage si neutre que vous pouviez y projeter tout ce que vous vouliez.

Le docteur hésita, puis commença à parler. « Angel souffre d'une insolation grave, et il était déjà couvert de cloques quand il a été admis à l'hôpital. Il va se trouver dans un état extrêmement… inconfortable pendant quelque temps, peut-être même deux semaines. » Il s'arrêta, changea d'expression. « Mais pour le moment, ce qui m'intéresse ce sont les drogues et l'alcool qu'il a absorbés. » Je sentais dans l'hésitation de sa voix qu'il nous désapprouvait, moi, mais aussi mon psychiatre.

« Merci, dit Silowicz, courtoisement. Mais moi, ce qui m'intéresse ce sont les drogues qu'il n'a *pas* absorbées. »

Le jeune docteur neutre sembla sur le point de répondre, puis se contenta de hausser les épaules et disparut de ma vue.

« Je suis là depuis quand ? »

Le Dr Silowicz parut presque s'excuser. « Ils vous ont amené ici hier.

– Comment saviez-vous que j'étais là ? »

Je sentais un fourmillement sous les couches de gaze qui enveloppaient mon corps. Il y avait une viscosité qui se formait là, due peut-être aux cloques elles-mêmes ou à l'anesthésique local, je ne savais pas trop.

Le Dr Silowicz baissa vers moi des yeux brillants, larmoyants comme ceux d'un acteur de feuilleton à l'eau de rose. « Frank avait envoyé quelqu'un à votre recherche, un enquêteur. Il vous avait déjà filé, apparemment, et quand vous avez disparu de l'aéroport, Frank l'a contacté. Il a appelé une ambulance quand il vous a retrouvé sur la plage, et le type des urgences a dû trouver la bouteille de médicament dans votre main… le Heuristat. L'étiquette porte mon nom et mes références, je suppose, et voilà… »

Je répétai « *sensibilité accrue au soleil* ».

Puis tout devint noir, comme l'iris qui se referme à la fin d'un dessin animé des Warner Brothers.

*

« Angel – Mon père se tenait au-dessus de moi, son crâne chauve luisant sous l'éclairage aseptique – pourquoi me fais-tu ça ? »

Ce connard de Silowicz, c'était tout ce que je pensais. Il avait parlé à mon père alors que je lui avais expressément demandé de ne pas le faire.

« À *toi* ? »

Je vais le poursuivre. C'était un cas de rupture flagrant du code de confidentialité docteur-patient.

« Pourquoi t'es-tu brûlé comme ça ?

– J'avais besoin de voir la lumière. J'avais besoin de voir à l'intérieur de la lumière.

– Cela n'a aucun sens, Angel. » C'était Melanie, avec le petit Gabriel perché sur sa hanche.

L'iris se referma.

Il se rouvrit. Angela apparut au-dessus de moi, ses yeux comme des soleils jumeaux bleus.

« Angela. J'ai passé la ligne. J'ai ouvert la boîte.

– Qui est Angela ? »

J'insistai. « J'ai passé la ligne.

– Tout va bien, mon chou, chanta la jolie infirmière aux yeux bleus si doux. Vous n'avez aucune ligne à passer. Vous restez là où vous êtes. »

L'iris se ferma, puis se rouvrit.

Ce fut Frank qui apparut cette fois. « Tu vas guérir, Angel. Tu vas guérir, et nous te ramènerons à la maison. »

*

255

Il devait faire nuit dehors. Depuis quand étais-je dans cette chambre ? Trois jours ? Une semaine ? Mes épaules, mon cou, mon dos étaient enveloppés de gaze. Il y avait du gras dessous, c'était déplaisant mais j'hésitais à bouger de peur de relancer une vague de douleur.

Chaque fois que je respirais, se déclenchait une nouvelle sensation pénible.

« Je crois que je commence à me transformer en monstre », annonçai-je à la cantonade.

Je voyais ma peau se détacher de mon corps comme la chair d'un poulet bouilli de ses os.

La lune rose réapparut. « Vous paraissez agité, Angel, dit le Dr Silowicz. Voulez-vous que j'appelle le docteur ? »

Puis il disparut quelque part sur ma gauche. Il avait installé sa chaise près de la fenêtre. J'entendais sa voix désincarnée, râpeuse.

Agité ? Merde. Hystérique, oui.

Oh mon Dieu, mon Dieu, mon Dieu, mon Dieu.

Ma peau me démangeait, des millions de minuscules araignées couraient dessus.

J'entendis Silowicz s'adosser à la chaise dont les pieds de métal raclèrent le linoléum.

Je gardais les yeux fermés. Cela me démangeait aussi sous les paupières. Est-ce que je m'étais brûlé l'intérieur des paupières ? La chose était-elle possible ?

« Dr Silowicz, il faut prévenir ma mère. Vous pouvez dire à Maman que je suis là. J'aimerais la voir. Pas seulement mon père, d'accord ?

– Votre père est déjà venu. Vous ne vous souvenez pas ?

– Oh oui. » Je me souvenais. « J'allais même vous poursuivre pour ça. »

*

Je restai au lit, soigné par une infirmière efficace, ne parlant pratiquement à personne. Je flottais dans un état de rêve intermittent qui n'alla jamais jusqu'au sommeil profond et ne progressa pas vers l'éveil complet. Je croyais que ma peau essayait de me quitter. J'avais le sentiment que si je me levais du lit très vite, je pourrais m'échapper de mon propre corps, qui resterait étendu là, et m'enfuir de l'hôpital par la fenêtre.

L'iris se ferma, s'ouvrit, se ferma, et s'ouvrit à nouveau.

Je vis le Dr Silowicz, Melanie, mon père, et même Frank.

La fille que j'avais cru être Angela était seulement une infirmière aux yeux bleus.

À un moment, la chambre s'était trouvée pleine de fleurs et de ballons, et puis plus rien.

J'imaginais des mondes.

J'imaginais un monde dans lequel Angela avait été tuée, incinérée, réduite en cendres. J'en imaginais un autre où elle était vivante. Ils étaient également viables. Particule ou onde. Allongé dans le lit, j'écoutais les bruits inhumains de l'hôpital et imaginais un monde dans lequel je ne m'étais jamais installé dans mon appartement de West Hollywood, et un autre où *Blade Runner* continuait à défiler en boucle sur ma télé. J'imaginais un monde où j'avais une peau normale, un monde dans lequel je pouvais marcher au soleil, les yeux ouverts, absorbant la lumière. Je rêvais éveillé. J'imaginais que les mondes se multipliaient. Je me représentais des photons infinitésimaux qui se transformaient de particule en onde, d'onde en particule, se divisant et se redivisant, des mondes qui se superposaient, des mondes qui s'épanouissaient comme des pétales de jacinthes, des mondes qui se divisaient comme des atomes dans une bombe à hydrogène, l'univers s'alourdissait, en expansion exponentielle libérée de toute contrainte, continuait de se développer.

Est-ce que le monde dans lequel je me trouvais était dû au hasard ? Est-ce que je l'avais choisi, créé moi-même ? Est-ce que j'avais réellement passé la ligne ? Il y avait une infinité de mondes, des mondes où toutes les possibilités étaient réalisées. C'était scientifique, indiscutable. Il y avait un monde où les océans étaient de sable, où les jacinthes tombaient du ciel. Il y avait un monde où ma mère ne s'était pas soumise à toute cette chirurgie et où son visage avait mûri dans la dignité au lieu d'être esthétisé. Il y avait un monde dans lequel mon père ne s'était pas installé dans ce pays et un autre dans lequel je ne naissais pas. Il y avait un monde où j'étais sain d'esprit.

Des versions et des versions de mondes.

Des mondes sans fin.

Ma peau me grattait furieusement, et je rêvais de ces autres mondes. J'en visitais tant, mon imagination voyageant dans cet univers en expansion tel Gulliver, un géant qui enjambait les montagnes, pataugeait dans les océans, contournait les villes. Il y avait un monde dans lequel Angela vivait encore, je finis par le croire, un monde dans lequel elle n'avait pas été absorbée par le rouge, orange, jaune vif, le feu, la lumière brûlante de Lester.

Mon imagination elle-même s'alourdissait. Je crois même qu'elle s'est effondrée.

Comme s'il y avait réfléchi un moment, comme s'il hésitait même à l'évoquer, le Dr Silowicz dit « Angel... je voulais vous demander à propos... à propos de votre mère. »

« Décrivez en mots simples, dit Holden dans la première scène dialoguée de *Blade Runner*, seulement les bonnes choses qui vous viennent à l'esprit... à propos de votre mère. »

« Ma mère ? répond Leon. Laissez-moi vous parler de ma mère. »

« Que voulez-vous dire ? » J'étais assis sur une chaise dure en plastique moulé jaune. Je baissai la voix. « Que voulez-vous savoir ? » Derrière moi une fenêtre s'ouvrait sur une prairie verte ondoyante. Des tilleuls frémissaient dans la brise tiède – eux aussi refusaient que Silowicz me pose des questions sur elle.

« Quelle est la dernière chose dont vous vous souvenez ? » Sa voix était presque un chuchotement, comme si la chambre avait été plongée dans l'obscurité. Mais tout était, comme toujours, impitoyablement éclairé – les murs blancs, la lumière blanche, le sol blanc ciré – resplendissant comme le décor d'un jeu télévisé. Halogène, fluorescent, en tungstène, à incandescence, ils utilisaient toutes les sources de lumière qu'ils possédaient, semblait-il, de quoi épuiser un générateur. On m'avait amené directement ici depuis l'hôpital. Une fois ma peau cicatrisée, je m'étais retrouvé au Centre Psychiatrique Saint Michael. J'étais là depuis ce qui me paraissait des années, mais le Dr Silowicz me dit que cela faisait seulement deux semaines.

« Les maux de tête, je suppose.

– Pouvez-vous me décrire ces maux de tête dont votre mère souffrait… tout ce dont vous vous souvenez ?

– Elle en avait tous les jours. » Je me souvenais de ceci : ma mère avait tout essayé pour ses migraines, tous les médicaments, tous les traitements. Alors quand elles devinrent quotidiennes, elle n'alla pas voir un médecin, persuadée que rien ne pouvait l'aider. « Les maux de tête. » Je me souvenais de la pauvre Monique, de sa main montant vers son front, des ondes de douleur qui se dessinaient sur son visage fragile à la peau tendue par la chirurgie. « Elle ne pouvait rien contre eux.

– Pourquoi, Angel ? »

Je haussai les épaules. « Rien ne marchait.

– Et alors, qu'est-ce qui s'est passé ? Vous vous souvenez de ce qui s'est passé après ? »

Ce qui s'est passé après. Je secouai la tête. Mais c'était un mensonge. Parce que je… je me souvenais. « Après, le Dr Evanson est arrivée.

– Exactement, dit le Dr Silowicz de sa voix sifflante, crachotante. Votre mère est allée voir une neurologue. »

Finalement, ma mère fut forcée de consulter une spécialiste des migraines, une grande femme alarmiste avec une voix aiguë et des mains papillonnantes. Je répétai « le Dr Evanson ». Quand on diagnostiqua une tumeur en évolution sur le lobe frontal droit du cerveau, il n'y avait pratiquement plus rien à faire. Ils avaient enlevé tout ce qu'ils pouvaient, rasé sa chevelure à la Farrah Fawcett, pénétré dans son fragile crâne franco-suisse. Puis ma mère dut endurer la radiothérapie, la chimiothérapie, les traitements habituels…

Je réfléchis un long moment. Je me souvenais d'un environnement médical assez semblable à celui-ci, mais en plus chic.

Je demandai « Est-ce que je brille ? »

– Que voulez-vous dire, Angel ? »

« Est-ce que je brille ? » demandait ma mère installée dans son fauteuil roulant. Elle était chauve, et quand ses cheveux commencèrent à repousser, ils étaient gris, les cheveux gris d'une femme vieillissante. Elle ressemblait à une actrice célèbre dans un dernier rôle dramatique, qui aurait été sélectionnée pour un Oscar. Son être entier avait été dépouillé de tout glamour, mais cela la rendait, d'une certaine manière, encore plus fascinante.

« Comment va-t-elle ? demandai-je à Silowicz. Est-ce qu'elle va bien ?

– Angel, répéta-t-il, comme s'il essayait de m'apaiser.

– Je voulais être un scientifique spécialiste de l'électro-magnétisme, je voulais être un scénariste.

– Vous pouvez encore le devenir. » Silowicz se pencha vers moi. « Vous pouvez être ce que vous voulez.

« Tu peux être ce que tu veux, m'avait dit ma mère, alitée, ce que tu veux, mon petit prince. »

« Tout ceci est une aberration ». Je regardai autour de moi. « Tout est faux. » Je pleurais, bien sûr, des larmes tièdes coulaient sur mes joues. Mais cela m'était familier, de pleurer dans un hôpital. « Je voulais être un chef éclairagiste. Je voulais être un coureur de fond. » Je disais n'importe quoi. Ces souvenirs de ma mère… j'avais l'impression de les découvrir dans ma tête, comme si Silowicz avait eu accès à mon cerveau et les avait incrustés par une sorte de greffe psychiatrique.

« Ce sont des choses que vous pouvez encore faire, dit-il finalement. Vous êtes encore jeune, et vous avez la chance d'avoir votre père… et Melanie pour vous aider.

– Je ne suis pas si jeune, et je ne me sens pas de chance du tout. » Puis une idée me vint à l'esprit, terrible. Je chuchotai « Je vous en prie, dites-moi. Dr Silowicz, vous me le diriez, n'est-ce pas ? Est-ce que je suis un répliquant ? Est-ce que ces souvenirs sont réels ? »

Je n'avais pas besoin de voir la scène. Elle se déroulait là, sur l'écran de mes paupières.

Rick Deckard se penche et demande « Comment peut-il ne pas savoir ce que c'est ? »

Tyrell serre ses mains et dit « A Tyrell, le commerce est notre but. Plus humain qu'humain est notre devise. »

Deckard ne lève pas les yeux. « Souvenirs, dit-il. Vous parlez de souvenirs. »

« Vous avez arrêté de prendre vos médicaments.

– J'en ai pris des tonnes. » Je pleurais de plus en plus. « Je prends tout ce que vous me donnez. » Je voyais les flacons alignés sur le comptoir de ma cuisine, les cocons ambrés qui enfermaient ces prisons de poudre, ces pilules qui vous coupaient de la réalité. Chaque fois que j'en avalais une, je restais affalé sur la surface du monde, suffoquant comme un poisson rejeté sur un quai.

« Mais pas les bons, Angel. Pas ceux qui sont importants. » Il voulait parler de Réalité, bien sûr, et c'était vrai. Je ne l'avais pas pris.

« J'en prends maintenant. Je n'ai pas le choix. » Ils m'en apportaient tous les jours, et même deux fois par jour.

« Quoi d'autre, Angel ? » Il me poussait gentiment à parler. « De quoi d'autre vous souvenez-vous ? »

Ce n'étaient pas de vrais souvenirs, je le savais, c'étaient des implants, mais je me revoyais, essayant d'étudier, installé sur un canapé de vinyle dans le hall de l'hôpital, écoutant tous les bruits étouffés des appareils – qui rotaient, pompaient, hoquetaient, pétaient – qui maintenaient les gens en vie, les corridors inondés d'une fluorescence aseptique. De temps à autre, je traversais un long couloir de lumière clinique pour aller dans la chambre de ma mère, passais devant les infirmières de nuit, un vieil aide-soignant assoupi, un vigile somnolent, un homme de ménage somnambulique qui cirait le sol avec une machine ronronnante. Je passais la tête par la porte entrouverte. C'était une chambre particulière, bien sûr, avec des meubles qu'on aurait plutôt vus dans un hôtel de luxe, avec des bouquets de fleurs, et je la voyais là, la bouche ouverte, sa délicate tête rasée soutenue par des coussins de satin. Quelquefois, si elle était réveillée, elle m'appelait, « Angel, Angel, mon doux Angel.

– Je peux t'apporter quelque chose, Maman ? Un verre d'eau ? »

Elle prenait ma main et me regardait.

« Tu te sens bien ?

– Je suis sous calmants », je me souviens l'avoir entendue dire. « Je me sens bien. Je ne me suis jamais sentie aussi bien de ma vie. »

Je pouvais voir chaque veine de son visage translucide. Je pouvais voir à travers ses yeux son cerveau martyrisé.

« Essaie de ne pas rester seul tout le temps », me dit-elle une nuit. Son visage se brisa alors comme un miroir. « Oh, Angel, tu étais un garçon si gentil. »

J'eus moi aussi des tas de migraines là-bas, et si elles avaient un lit libre quelque part, les infirmières me laissaient m'y étendre. La vérité est que je ne me suis jamais senti autant chez moi.

Ces souvenirs artificiels se mirent à dériver devant mes yeux comme des grains de poussière dans un rayon de soleil.

Silowicz m'encourageait, me poussait, me posait la bonne question pour les libérer, disait juste ce qu'il fallait pour que je me souvienne. À mon avis, il m'avait inséré ces souvenirs et voulait être sûr qu'ils avaient pris racine, et maintenant ils s'épanouissaient comme ces jacinthes dans le jardin du vieil homme.

*

Quand ma mère tomba malade, j'étais en fac. J'avais l'habitude de m'asseoir au fond de la classe, de me dissimuler dans un coin sombre des salles de lecture fortement éclairées. Si on regardait dans ma direction, je détournais les yeux pour éviter tout contact, terrifié à l'idée de devoir parler. Un cours en particulier, Concepts en Physique Moderne, était très fréquenté, et presque toutes les places étaient occupées dès le début du semestre. Je restais au fond, la tête baissée, à gribouiller sur mes feuilles de papier de couleur. J'essayais de noter tout ce que le professeur disait, et plus tard, dans la lumière tamisée de la chambre de ma mère, je reprenais toutes ces notes manuscrites pour en comprendre le sens.

Le professeur s'appelait Dr Natalie Lem, une petite femme aux longs cheveux bruns, fins, avec une frange légère qu'elle repoussait sans arrêt en arrière pour dégager ses yeux un peu perdus. Elle portait un jean et une veste de lin beige, un corsage rose impeccable, les mêmes vêtements tous les jours. Sa voix était douce, la voix d'une personne qui parle dans une pièce faiblement éclairée. Elle trimballait un grand fourre-tout en bandoulière avec ses carnets de notes – illuminés de pensées, j'en étais sûr, d'une profondeur et d'une dimension illimitées. Je croyais qu'à l'intérieur de ce sac se trouvaient les secrets mêmes de l'univers. Et dans ses cours, elle les expliquait, dévoilant les mystères que j'attendais depuis toujours de comprendre. Elle définissait les propriétés et comportements de la lumière, la dualité particule/onde, et vous révélait qu'en regardant attentivement au cœur même de la matière, dans la réalité, vous découvriez l'incertitude, l'*irréalité*… vous découvriez votre propre imagination qui se retournait vers vous, un sourire malicieux sur ses lèvres scientifiques.

Une nuit, alors que je parcourais mes notes – le sujet du cours du Dr Lem avait été le principe d'incertitude de Heisenberg – je tombai sur quelque chose d'important.

Durant le cours, je ne lui avais pas trouvé une signification particulière, mais là, dans la chambre de ma mère, elle m'apparut, terrible, cruciale. « Beaucoup de physiciens de l'époque, avait dit le Professeur Lem, pensaient que le débat qui résultait de la théorie de Heisenberg appartenait au même genre d'ineptie qui avait agité les clercs médiévaux, comme la question de savoir si un ange peut danser sur une tête d'épingle. »

Je m'étais contenté de la noter en cours, elle me fascinait maintenant.

Pourquoi avait-elle choisi cette phrase particulière ? Cela ne pouvait pas être une simple coïncidence. Le Pr Lem avait utilisé mon nom – *ange*, *Angel* – dans un but bien précis. Elle savait que j'étais assis au fond de la classe et désirait m'envoyer un message.

… si un ange peut danser sur une tête d'épingle.

Que voulait-elle dire ?

Je revins sur mes notes, très soigneusement cette fois, à la recherche du sens caché de chaque phrase. Il y avait des clefs partout, des bribes de messages ici et là qui, ajoutées les unes aux autres, révélaient un système chiffré de communication.

Je ne l'avais simplement pas encore décodé.

En classe, je me rapprochai de quelques rangs, bravant les regards curieux des autres étudiants, afin d'être sûr de ne pas manquer un seul mot.

Je décidai de la suivre. Un jour je pris mon Leica et attendis dans le couloir que le Pr Lem sorte de la salle de cours. Elle était seule. Elle traversa le hall, son fourre-tout pesant sur son épaule. Je pris ma première photo en douce. Mais j'avais oublié d'enlever le flash, et cela surprit quelques étudiants autour.

Je murmurai « Désolé. »

Heureusement, elle ne se retourna pas.

Je la suivis dans le parking jusqu'à sa voiture, puis la regardai partir.

Cette nuit-là, j'épluchai le programme des cours, et l'après-midi suivant, je l'attendis à la sortie d'un labo de physique et la suivis en voiture. Elle alla de magasin en magasin dans le centre commercial. J'essayai de trouver un sens à ceux qu'elle choisissait – Book Star, Banana Republic, Patagonia. Cela me parut particulièrement intéressant lorsqu'elle commanda un grand 7 UP à un café et s'assit seule à une table pour le boire en lisant *National Geographic*.

Je me souvenais avoir lu un jour dans *National Geographic* un article sur les albinos dans le monde.

De toute évidence, c'était un autre message. Elle savait que je l'observais.

Je continuai d'éplucher mes notes. Dans la salle d'attente de l'hôpital, au bout d'un couloir, j'y découvrais une infinité de sens, signes et codes. Le Pr Lem m'envoyait des clefs, j'en étais certain. J'en vins à la conclusion qu'elle était amoureuse de moi mais dans l'incapacité de parler – publiquement en tout cas. L'Université la virerait tout de suite si elle découvrait la chose ; une histoire entre professeur et étudiant conduirait à mon expulsion et à sa démission dans le meilleur des cas, sinon à une procédure pénale contre elle. Elle devait se montrer plus que prudente : notre relation devait rester complètement secrète. Je recherchais un code dans ses cours, entourant par exemple un mot sur quatre pour former de nouvelles phrases, ou un sens symbolique à certains passages des textes qui les accompagnaient. C'est ainsi que je découvris, belle coïncidence, le principe d'incertitude, et crus que le Pr Lem me demandait de décider.

Le résultat dépend de l'observateur, avait-elle dit dans son cours.

Et j'avais observé.

J'observais depuis quelque temps déjà, et elle le savait. Je la suivais tous les jours, prenant des photos d'elle dans

266

sa vie quotidienne. Je la suivis même un après-midi chez elle, une petite maison en forme de cube dans la Vallée.

Elle était le chat, et moi le scientifique, et ceci – la petite maison – était la boîte.

Quand je retournai ce soir-là à l'hôpital auprès de ma mère, je tremblais. Le Pr Lem me demandait d'entrer dans sa maison, de la suivre à l'intérieur. Je tremblais de comprendre ce qu'elle voulait que je fasse. Tout serait révélé.

Cette nuit-là, dans la luxueuse chambre médicalisée de ma mère, je restai éveillé et regardai mes notes.

« Angel, dit-elle, petit prince…

– Qu'est-ce qu'il y a, Maman ? »

Elle se réveillait ainsi parfois, désorientée, paniquée, voulant savoir où elle était… où j'étais…

« Angel ?

– Je suis là. » Je lui pris la main.

« Oh, mon petit cœur.

– Comment vas-tu, Maman ? Je peux t'apporter quelque chose ? De l'eau fraîche ?

– J'ai acheté de très jolies choses. Margaret et moi sommes allées chez Fred Segal, et ils avaient les plus belles… »

Je voulais tout lui raconter à propos du Pr Lem. « Je suis tombé amoureux, Maman.

– … robes, et ils avaient le plus exquis ensemble de valises, avec des poignées couleur chamois et abricot, en écaille de tortue, je crois –

– Je suis tombé amoureux d'une fille.

– Veux-tu aller chez ta grand-mère ? dit-elle. En Suisse ?

– Maman ?

– Nous pourrons y rester aussi longtemps que tu le voudras. Zurich est si beau à cette période de l'année. Il n'y a pas de neige du tout.

– Rendors-toi.

– Nous ferons des achats ensemble. Tu m'aideras à trouver un collier, Angel, mon Angel, mon doux, doux Angel… »

*

« Vous vous souvenez de la suite ? » demanda le Dr Silowicz. C'était un autre jour. Il était assis en face de moi sur sa chaise en plastique, jambes croisées, toujours chuchotant.

« La suite de quoi ?

– Vous vous souvenez, n'est-ce pas, Angel ? Il s'éclaircit la gorge. Mais vous ne le voulez pas. »

Je regardai mes mains. « Je me souviens.

– Les funérailles ? » demanda-t-il doucement.

Je répétai. « Les funérailles. »

Les funérailles. Le cercueil. La cérémonie.

La crémation.

Ils l'avaient brûlée – je me souvenais de cela. Les cendres.

Rouge. Orange. Jaune vif.

Feu.

Ils avaient brûlé le corps de ma mère, puis avaient envoyé ses cendres en Suisse reposer sur une étagère dans le mausolée familial.

« Non, dis-je. Je ne me souviens pas. Pas vraiment. »

Ces souvenirs ne pouvaient pas être réels. C'étaient des implants. Très certainement.

Je soulevai la tête afin de voir mon psychiatre de l'autre côté de la chambre blanche. Il ne me regardait pas ; ses yeux se dirigeaient quelque part derrière moi. J'avais envie de crier comme ce jour où, tout enfant, au milieu de la cuisine, le corps enduit du beurre d'Annabelle, j'avais crié alors que les mains légères de ma mère papillonnaient autour de moi.

Mais je me souvenais : Monique était morte, incinérée. Elle n'était que cendres. Je pensais à son visage, à mon visage, au visage que nous partagions. Je pensais à la peau de ma mère, à la façon excessive dont elle avait été tendue sur l'ossature de son visage par le chirurgien esthétique. Je me souvenais de ses funérailles, de la parade des vedettes imbéciles. Je me souvenais de l'article nécrologique que mon père m'avait fait lire dans *Variety*, une « célébrité », y disait-on, « la femme d'un metteur en scène/producteur bien connu », « une grande figure de la scène hollywoodienne… » Quand ma mère mourut, elle sembla se transformer en cire. Vivante, sa peau avait déjà pris, du fait de toutes ces opérations, un aspect rigide, caoutchouteux, dans la mort sa chair semblait avoir été traitée comme un cuir luxueux tendu sur ses os fins et apparents. Ses yeux étaient à moitié ouverts, comme parfois lorsqu'elle dormait. Je me vois regarder son visage et sentir l'aura de la migraine se développer. C'était l'heure de la relève à l'hôpital et dans la petite confusion qui accompagnait le changement d'équipe, personne ne vint pour les soins.

Mais cela n'avait pas d'importance. Je voulais la laisser dormir. Je voulais que la douleur parte.

Plus de maux de tête.

C'est drôle, mais quand j'étais môme, passant d'un hôtel à l'autre, quand ma mère avait une migraine, j'appelais la femme de chambre et demandais qu'on fasse du silence dans les couloirs.

Je ressentis la même chose alors. Chaque bruit était une gêne potentielle.

J'avais envie de dire à tout le monde, je vous en prie, pas de bruit.

Arrêtez la cireuse. Coupez l'interphone. Baissez les stores. Tirez les rideaux. Diminuez l'éclairage.

Ne la dérangez pas maintenant. Ne faites pas un bruit.

Ne respirez même pas.

La mort pour un physicien quantique signifie entropie, inertie, signifie le moment ultime où les corps s'arrêtent et restent à l'arrêt. Il viendra un temps dans l'univers où chaque atome se trouvera à égale distance de chacun des autres atomes, et ce sera la fin de tout, l'instant ultime de l'univers tel que nous l'imaginons. Le long et lent retour vers l'infinie densité commencera, et un autre univers aura sa chance.

Je restai à l'hôpital à côté de ma mère et perdis en partie la vue ce jour-là. Une amibe d'eau grise se forma dans mon champ de vision et je n'ai pas vu clair depuis.

*

Une soupe de poulet aux vermicelles et un sandwich à la bolognaise. Un verre de jus d'orange. Du Jell-O vert comme dessert. Assis près de la fenêtre, je voyais les nuages passer comme une cataracte sur l'iris géant du ciel. Chaque nuit, dans la salle de détente, ils donnaient un nouveau film. Je m'asseyais à bonne distance des autres patients et regardais. J'avais bien d'autres souvenirs, bien sûr. Je me souvenais qu'au moment où ma mère mourut, je me retournai pour voir le soleil se lever derrière le store. Je me souvenais de tout ceci, et ces images et sensations étaient là, comme rangées sur une étagère de ma mémoire. Je me souvenais avoir vu une lueur blanche monter du garage. Je me souvenais m'être glissé hors de la chambre, puis avoir conduit dans la circulation du petit matin vers la maison-cube dans la Vallée. Je me souvenais avoir attendu dans la rue, surveillant la porte tandis que le livreur de journaux lançait un exemplaire du *Los Angeles Times* sur le perron et s'en allait d'un coup de pédale. Je me souvenais que quelques minutes plus tard, le bras mince d'une femme apparut et s'empara du journal.

C'était un autre message. Du Pr Lem. Elle m'envoyait un signal.

Ouvrez la boîte, disait-elle.

Regardez à l'intérieur.

Je descendis de voiture et traversai la pelouse jaunie. Je posai la main sur la poignée de la porte. Elle s'ouvrit sans résistance sur une salle de séjour peu meublée. On entendait la radio quelque part, la voix grésillante d'un présentateur qui débitait les désastres du jour. Je sentis l'odeur du café. Il y avait un petit canapé bleu. Un fauteuil à bascule en rotin blanc. Une table de cuisine assortie, en rotin blanc aussi, avec un dessus de verre, et deux chaises pliantes en aluminium. Le tout était flambant neuf et semblait avoir été livré la veille. Les murs étaient blancs, sans aucune décoration.

Lentement, je me dirigeai vers la cuisine et y jetai un œil. Le Pr Lem était assise sur un haut tabouret près du comptoir. Le café s'écoulait dans la machine comme la perfusion dans les veines de ma mère. Elle feuilletait le journal, mouillant son doigt d'un air absent pour tourner les pages.

J'ouvrais la bouche pour parler quand elle tourna son visage vers moi.

Personne ne bougea pendant un temps infiniment long.

Je ressentais si fort ma blancheur. Le rose de mes yeux, le bleu aluminium de mes lèvres. J'étais si soudainement *moi*.

« Vous êtes un étudiant », dit-elle finalement, et sa voix était normale, claire.

Je ne sais même plus si je réagis.

« Vous êtes inscrit à mon cours de Concepts.

– Oui.

– Est-ce que vous… m'avez suivie ? »

Je ne savais pas trop quoi répondre. J'attendais quelque chose, une révélation importante. Mais je commençais à

271

me rendre compte qu'elle n'arriverait pas, que tout cela avait été une erreur.

J'étais submergé par la honte.

J'avais envie de dire « *Mon nom est Angel Jean-Pierre Veronchek. Je suis un albinos, le fils du célèbre metteur en scène Milos Veronchek et de Monique Veronchek, récemment décédée, ancienne actrice et ex-mannequin française. Je mourrai un jour du cancer de la peau. Un jour je serai crucifié par la lumière.* »

« Voulez-vous quelque chose ? Voulez-vous vous asseoir ? » Le Pr Lem vint vers moi, une lueur d'inquiétude dans ses yeux intelligents, félins. « Voulez-vous une tasse de café ? »

Je tremblais. De tout mon corps, de toute mon âme, de tout mon être, je tremblais. Je réussis à sortir quelques mots. « Dans votre cours, vous avez dit… vous avez dit "ange".

– Ange.

– Comme mon nom, Angel.

– Votre nom est Angel ? »

Je levai mes yeux roses vers elle.

« Voulez-vous une tasse de café, Angel ? » Elle me conduisit vers le canapé du séjour.

Je m'assis, les mains posées sur mes genoux. « Je suis l'observateur. Ce matin j'ai observé la mort de ma mère.

– Ça va, me dit-elle aimablement, d'une voix douce, ça va aller, Angel. Pouvez-vous attendre ici ? Je vais chercher une tasse de café et je reviens tout de suite.

– Je suis l'observateur. » Je l'entendais composer un numéro de téléphone, les fameux trois chiffres.

*

La nuit, à la clinique, je restais allongé, englué dans une étrange combinaison de mémoire et d'oubli, mon passé et mon présent se mêlant comme les couleurs d'une mauvaise aquarelle. J'allais parfois à la fenêtre et écoutais le bruissement des arbres.

Une nuit, un aide-soignant entra dans la chambre. « Qu'est-ce que vous faites debout ? Vous êtes censé dormir. »

J'essayai de lui dire « Je suis Ange… »

Il sourit, sans avoir l'air de comprendre, et me conduisit au lit. « Bien sûr, vous êtes un ange. Et moi je suis Jimmy Stewart. »

*

« Vous avez fait d'excellents progrès. » Silowicz se frotta les mains. C'était quelques mois plus tard, le temps que les antipsychotiques agissent, le temps que Réalité, la drogue, et la réalité elle-même reprennent le pouvoir. J'avais déjà passé deux ans à Saint Michael après la mort de ma mère et l'incident avec le Pr Lem, deux ans que j'avais repliés comme des draps propres et remisés sur une étagère.

Mon esprit, encore loin d'être normal, fonctionnait à nouveau dans un présent permanent.

« Je sais que vous n'aimez pas les compliments, Angel, ajouta-t-il, mais…

– Cela n'a été possible qu'avec votre aide. » Je lui fis mon sourire le plus sincère, en l'espérant à peu près convaincant.

« Je vous ai simplement guidé. C'est vous qui faites le travail. »

Je regardais mes chaussures. Quelqu'un – Melanie, je suppose – m'avait apporté ces Nikes. Elles avaient des ressorts dans les talons et me donnaient l'impression d'avoir un trampoline accroché à mes pieds. Je craignais de me retrouver éjecté vers le plafond. Dernièrement, j'avais dû, au cours de nombreuses séances avec le Dr Silowicz, affronter le traumatisme de la mort de ma mère et me laisser convaincre que je n'étais qu'un humain ordinaire albinos et pas un répliquant de *Blade Runner*. Cela finissait par être drôle.

« Je crois que vous êtes maintenant prêt à parler du reste.

– Le reste de quoi ? » Je regardais toujours mes pompes à ressorts, attendant que mes pieds prennent leur envol.

« De ce qui est arrivé.

– Quelque chose est arrivé ? »

Silowicz éclaircit sa gorge chargée. « *Angel* », dit-il désapprobateur.

J'attendis. Je savais ce qu'il avait en tête.

« Elle nous a contactés.

– Qui ?

– Miss Teagarden. Elle a contacté Frank. »

Je sentis mon sang affluer dans mes veines incolores.

« Vous l'aviez effrayée, dit Silowicz, avec une nuance de sympathie dans la voix. Apparemment, vous –

– Qu'est-ce que j'ai fait ?

– Elle a dit que vous aviez failli la tuer.

– La tuer ?

– Vous étiez allés nager un soir, et vous… et vous aviez essayé de la noyer. »

La piscine, je me souvenais de la piscine.

Mais je l'avais sauvée, non ? – recueilli son corps dans mes bras. Elle toussait, s'étouffait. Non. Je réfléchis. Elle avait *fait semblant* de se noyer, et je l'avais sauvée. Ça avait été de la comédie, un jeu. Je secouai la tête. « Ce n'est pas ce qui s'est passé. Ce n'est pas ainsi –

– Elle a dit que vous étiez devenu jaloux, qu'elle vous taquinait, et vous –

– Cela n'a aucun sens. »

Il raconta ce qui était supposé s'être passé, entre la nuit où Angela m'avait emmené nager dans la piscine sur le toit du club de mise en forme et le matin où elle avait disparu, évoquant des choses dont je ne me souvenais pas.

274

Au début, elle avait cru que j'étais seulement un excentrique solitaire et s'était sentie attirée par moi. Elle était réellement venue s'excuser pour le bruit. Elle commençait réellement à m'aimer bien. Mais je me montrais très possessif, inquiétant même, et la suivais partout dans Los Angeles. J'étais entré dans son appartement. J'avais fouillé ses poubelles, recherché et questionné ses anciens voisins.

« Non, c'était *après*, elle avait disparu. Je la *cherchais*.

– Angel, c'était *avant*… tout s'est passé avant.

– De toute façon, Angela est morte. Lester l'a tuée. »

Silowicz secoua la tête, un air de regret sur son vieux visage aux expressions contradictoires – des yeux souriants, les lèvres serrées. « Elle a contacté Frank. Elle l'a supplié d'intervenir pour que vous la laissiez tranquille. Vous aviez cessé de prendre vos médicaments. Vous aviez une vue déformée des choses. » Il se tut, un temps infini, avant d'utiliser une expression très étrange. « Vous l'aviez tellement effrayée qu'elle ne savait plus où elle en était. Le noir total. »

Le noir total.

Ce que disait le Dr Silowicz prenait un sens terrible.

Tout ici, au Centre Psychiatrique Saint Michael, prenait un sens terrible, scientifique.

Je regardais mes Nikes à ressorts. « Pourquoi ne pas me l'avoir dit ?

– On n'a pas voulu vous ennuyer. Votre père surtout, il ne voulait pas –

– Réveiller un somnambule.

– Exactement. » Mon psychiatre me sourit gentiment. « Une excellente métaphore, Angel, comme toujours… réveiller un somnambule.

– Et pour la lettre ?

– Vous avez écrit cette lettre, Angel. » Assis sur sa chaise en plastique, les mains jointes, Silowicz se pencha vers moi. « Vous avez écrit pas mal de choses. » Il attrapa sa vieille serviette de cuir brun qui reposait à côté de sa vieille jambe de cuir brun, et en tira un manuscrit. Je le reconnus immédiatement. La plus récente version de *Los Angeles*, imprimée sur un papier bleu électromagnétique. « Tout est ici », dit Silowicz, en me la tendant.

Je l'ouvris sur la première page.

« OUVERTURE EN FONDU. EXT. LEVER DE SOLEIL SUR LA VILLE.. »

Silowicz poussa un gros soupir. « C'est l'histoire d'un albinos, fils d'un célèbre producteur de cinéma, qui tombe amoureux de la fille qui s'installe de l'autre côté du palier, dit-il. Dans la première scène, elle lui apporte une cocotte avec du sauté d'agneau. »

Je parcourus le texte.

INT. PALIER — APRÈS-MIDI

UNE FILLE NOIRE près de la trentaine, relativement grande, avec de longs cheveux raides d'un blond roux peu naturel, elle porte un jean, un t-shirt des Guns N'Roses. Ses pieds sont nus, les ongles de ses orteils peints en vert brillant métallisé. Ses yeux sont bleus.

Je tournai les pages.

Angel ouvre l'enveloppe. Un paquet de BILLETS DE CENT DOLLARS tombe au ralenti sur le sol.

GP sur la lettre que lit Angel :

Quand tu n'es pas là je disparais Quand je te vois je ressuscite

Le Dr Silowicz soupira. « Cet argent était prélevé sur une de vos cartes de crédit, Angel. C'est pourquoi Frank avait engagé ce détective privé pour vous suivre. Vous dépensiez de grosses sommes en liquide et il voulait savoir où allait tout cet argent.

– L'homme en gris. »

Silowicz acquiesça. « Vous l'appelez comme ça dans le scénario, mais vous lui prêtez des buts plus menaçants. Il vous a suivi dans ce club de strip-tease. »

Je secouai la tête. « Qu'est-ce que vous voulez dire ?

– Il y avait là une danseuse. Je ne lui ai jamais parlé directement, mais son nom au club était Cassandra. Selon Frank, vous l'avez rencontrée par l'intermédiaire d'un service d'escorte… elle est venue dans votre appartement, vous avez découvert qu'elle travaillait là-bas… enfin, vous l'avez harcelée aussi.

– Attendez une minute. Elle était différente –

– Complètement différente, une autre jeune femme, Angel. Ce n'était pas la même personne du tout. Mais vous l'avez harcelée aussi, apparemment. »

J'étudiai le visage gris, hérissé de poils, de Silowicz et revis la serveuse que j'avais interrogée au Mask. Cela faisait déjà pas mal de temps, et mon souvenir était comme un vieil enregistrement vidéo, mais je me rappelais qu'elle avait été très amicale la première fois, très évasive la suivante. Je revoyais ses regards furtifs vers la silhouette qui se découpait dans la fenêtre jaune.

Je murmurai « Une actrice différente dans le même rôle.

– Une façon intéressante de voir les choses. » Silowicz se tut, puis ajouta « Et cet homme, celui qui travaille là-bas – »

« Lester ?

– Lester. C'est horrible, ce qu'il a dit… l'incinérateur, la crémation. Mais il savait que vous harceliez les danseuses, et… enfin, il espérait vous faire peur.

– Je l'ai vue.

– Comment ça ?

– À Rio. Ce devait être elle, mais je ne l'ai pas… reconnue. » Je touchai mon visage. Des larmes. Je pleurais à nouveau.

Merde.

Retrouver ces souvenirs dans la brume de mon cerveau c'était comme vouloir retenir une simple larme dans un déluge.

« Ainsi rien de tout cela n'est réellement arrivé.

– Tout est arrivé, dit Silowicz, mais pas de la façon dont vous vous souvenez. J'ai l'impression que vous avez écrit certaines de ces scènes, puis vous les avez jouées, vous les avez… en quelque sorte adaptées aux faits. » Il soupira. « Il y en a d'ailleurs de magnifiques. » Il secoua la tête en signe d'appréciation. « Quand elle va dans le jardin voisin cueillir les jacinthes. C'est superbe, Angel. Vraiment. » Il me fit un clin d'œil. « Bien que j'aie cru reconnaître un petit peu de T.S. Eliot là-dedans. »

Au fur et à mesure qu'il les déroulait, certains de ces souvenirs me revenaient. Je me voyais retirer à un distributeur des tas de billets avant d'aller au Mask. Je me revoyais assis devant mon ordinateur, tapant le dialogue, les indications pour la lumière, les descriptions de scènes, puis imprimant les pages sur ce papier bleu électromagnétique. Je me souvenais avoir déposé cette lettre sur le perron de l'ancienne maison de Jessica et prétendu la trouver quelques jours plus tard. J'avais apparemment suivi les indications d'un scénario, une intrigue que j'avais écrite avec un logiciel de scénariste.

Voilà pourquoi je pensais qu'il y avait une équipe de tournage à chaque coin. Parce que c'était un film.

Je dis dans un souffle « J'ai passé la ligne. » J'avais trouvé un monde dans lequel tous les événements survenus étaient de la fiction.

« Comment ?

– Rien. » Je levai les yeux. « Rien. » Tout ceci avait été réel, bien réel – mais j'étais passé dans un autre monde.

Silowicz eut un sourire bienveillant. « Tous les êtres humains se créent leurs propres réalités, jusqu'à un certain degré. Les vôtres sont particulièrement vivaces. » Il en avait l'air fier. « Tout le monde s'est inquiété. » Il secoua la tête. « Et ce pauvre garçon –

– Quel garçon ?

– Victor Whitehead. Sa mère menace de porter plainte contre vous. »

J'essayai de me rappeler. Je me souvenais de sa chambre, je me souvenais que j'avais poussé Victor à évoquer Angela. « Qu'est-ce que j'ai fait ? » Je feuilletai le scénario.

« Vous l'avez forcé à regarder l'ampoule. Cela aurait pu provoquer un dommage permanent à ses rétines si vous l'aviez obligé plus longtemps. Mais surtout, ce môme est traumatisé.

– Son nom, Angela, pourquoi m'a-t-elle dit –

– Elle ne vous a jamais dit qu'elle s'appelait Angela. Ça fait encore partie de votre scénario. » Il respira bruyamment par le nez. « On a contrôlé vos appels téléphoniques, et on a vu… enfin, vous utilisiez ce service d'escorte… » Je vis une lueur d'embarras dans ses yeux. « Frank a fait sa petite enquête, et apparemment vous insistiez pour que toutes les filles disent s'appeler ainsi. »

Je restai silencieux.

Doucement, il s'éclaircit la gorge. « Je pense qu'on pourrait dire… que vous vous êtes scindé en deux… d'une certaine manière, vous vous êtes partagé entre les deux aspects de votre personnalité, ombre et lumière, féminin et masculin. Afin de recoller les deux moitiés, vous avez créé ce… personnage d'Angela, une image que vous avez projetée sur ces femmes – il soupira – et malheureusement sur votre voisine, Jessica Teagarden. »

Je me souvenais de ces yeux de différentes couleurs.

Je comprenais que c'étaient les yeux de différentes femmes.

« Vous avez essayé de vous reconstruire, je suppose, de réintégrer toutes ces pulsions opposées, comme les pôles de deux aimants. »

Je n'avais pas de réponse. Je ne savais pas quoi dire.

« C'est pourquoi je ne l'avais pas reconnue à Rio.

– Je pense qu'à ce moment, vous avez commencé à faire la différence. Vous avez sans doute reconnu Cassandra pour ce qu'elle était réellement et non la projection du personnage d'Angela.

– Un personnage.

– Ce sont tous des personnages dans votre histoire. Même moi.

– Mais elle est vivante, n'est-ce pas ? Jessica Teagarden, elle est vivante ?

– Oui, Angel, répondit Silowicz sèchement. Jessica Teagarden est vivante et elle va bien.

– Et ça finit comment ?

– Vous l'avez écrit – vous ne vous en souvenez pas ?

– Non. »

Il posa les mains sur ses genoux et se releva lentement. « Pourquoi ne pas vous lire, alors ? »

*

Dans la version de *Blade Runner* qui est passée en salles, Rick Deckard fuit Los Angeles avec Rachael. C'est une répliquante, bien sûr, créée par la Tyrell Corporation, mais on ne lui a pas donné de date d'expiration. On les voit tous les deux dans leur aéroglisseur au-dessus de montagnes verdoyantes, fuyant vers quelque monde parfait où règne la lumière. La scène est mélancolique, mais néanmoins triomphante.

C'est une des fins, en tout cas.

Dans la version du metteur en scène, qui est celle du DVD qui défile en permanence dans mon trou de San Raphael Crescent, il y a une tout autre fin : Deckard découvre Rachael qui l'attend dans son appartement. Il pourrait la tuer, ou la *retirer* de la circulation, selon le vocabulaire du film, mais bien sûr il ne le fait pas. Au lieu de cela, il la prend par la main et l'entraîne vers l'ascenseur. Le plan final est un arrêt sur image, et on ne sait pas si Rick et Rachael vont pouvoir réussir à sortir vivants du bâtiment, ni qui est humain et qui ne l'est pas.

Certains ont suggéré que Deckard était aussi un répliquant. Ridley Scott a récemment admis qu'il l'était.

Dans ma petite chambre blanche du Centre Psychiatrique Saint Michael, je lus mon scénario jusqu'au bout.

La dernière ligne de *Los Angeles* décrit Angela, dans l'incinérateur de Lester, cherchant maladroitement à appeler sur son mobile.

Elle entend ma voix qui répond « Allô ? »

– *Angel* », dit-elle au moment où les flammes l'embrasent.

Je reposai le tirage bleu du scénario que j'avais écrit et vis défiler le générique final de mon propre film de science-fiction.

Imaginez un plan fixe sur mon visage blanc exposé au soleil resplendissant de la Californie du Sud à la fenêtre du Centre Psychiatrique Saint Michael. Imaginez un plan large par hélicoptère du Grand Los Angeles, les autres vies impliquées, les autres histoires qui se déroulent… Imaginez l'écran qui devient noir, les lumières qui se rallument, et les spectateurs qui se lèvent pour sortir…

Le matin le soleil de Los Angeles se roule sur les montagnes poussiéreuses de San Gabriel et ronfle dans le smog gris-brun qui couvre la ville comme un drap sale. Quand le brouillard se retire, le soleil rejette le drap et se lève péniblement, la tête lourde, les yeux gonflés, les cheveux en bataille, il prend son temps pour sa toilette quotidienne avant d'endosser son costume le plus tapageur, le plus audacieux – il devient Louis XIV, Amon-Ra et Elvis à Las Vegas, tous en un. Il porte des boucles de cuivre, des anneaux d'or, et un collier rutilant où s'accrochent des pendants, des BMW, des Mercedes et des Porsche.

Sur l'autoroute, le soleil de Los Angeles étincelle de son sourire en or et boucle d'un ongle nacré ses cheveux givrés. Ses lèvres disent : Appelle-moi plus tard. Il doit se hâter. Il n'a pas le temps de parler. Son équipe l'attend. Les réalisateurs de pubs, les producteurs d'émissions télévisées, et les directeurs de la photographie des studios, yeux plissés, visages tannés, durcis et ridés, tous attendent qu'il arrive comme une limousine blanche à la première d'un film. Le soleil de Los Angeles s'est levé rien que pour eux.

L'après-midi, il resplendit, glorieux, arrogant, exigeant son carburant, sa caravane, son cortège d'assistants et de machines.

Mais quand le jour s'achève, le soleil de Los Angeles revêt sa cape de satin et rayonne de l'attention qu'il a reçue tout au long du jour. *Bonne nuit*, dit-il comme un chanteur de cabaret qui quitte la scène dans un dernier salut flamboyant, avec sa voix de velours et ses yeux brillants d'émotion. *Bonne nuit*.

Bonne nuit, douces dames, bonne nuit.

Pendant ce temps, le Los Angeles de l'ombre, gainé de jean bleu et de cuir noir, a attendu dans le parking en fumant des Camel sans filtre. Il s'appuie contre la carrosserie d'une décapotable et observe le ciel étoilé sans vraiment le voir, comme le privé dans un film noir. Il n'en a rien à foutre. Il regarde à travers vous. Si vous essayez de vous approcher, il se contente de secouer la tête et tourne les yeux dans l'autre direction.

Fiche-moi la paix, dit-il. *En fait, fous le camp*. Il ne veut pas de votre attention. Il n'a pas besoin de vous, et n'en a jamais eu. Qu'attend-il ? Quelqu'un d'autre. Quelqu'un de plus intéressant que vous.

Et puis il disparaît avec votre petite amie.

Quand j'entrai dans ma nouvelle chambre, dans la maison de mon père, j'y retrouvai tous mes biens, tout ce que je possédais à West Hollywood – les livres, les CD, les vêtements et même les rames de papier de couleur –, tout avait été déménagé ici. « Nous allons rester ensemble, dit mon père, toi, moi, Melanie et Gabriel. » Il eut une de ces toux grasses, une toux de vieil homme. « Tu vas vivre avec nous. Bien sûr, tu vas, tu viens, comme tu veux, jour et nuit. Ne t'inquiète de rien. » Puis il ajouta, en forme de plaisanterie « Mais tu ne peux pas quitter le pays. »

Le Dr Silowicz m'avait accompagné jusqu'à la porte. Mon père m'avait accueilli, et me mettant un bras autour des épaules, fait entrer dans la maison.

J'inspectai les lieux.

La chambre était beaucoup plus vaste que tout mon appartement de San Raphael Crescent, un long parallélogramme avec un grand lit très précisément placé au milieu. Le sol était une mosaïque de béton, de marbre, de dalles de verre transparent et de moquette beige à poil ras. Contre un des murs, venait d'être installée une bibliothèque en aluminium et acier. Sur les rayonnages, mes livres avaient été classés dans un ordre alphabétique parfait. Au bas, se trouvaient mes rames de papier, rangées selon mon habitude par couleur du spectre. Il y avait d'autres livres aussi, des livres de notre ancienne maison que je pensais avoir jetés ou donnés des années auparavant. J'allai vers les rayonnages et caressai le dos des *Grands Livres*. Je me demandai si mon père savait l'importance qu'ils avaient eue pour moi, ou si c'était seulement une coïncidence. Sur la table de chevet, ma machine d'ambiance aquatique et une collection bizarre d'objets divers, dont une bougie, des pièces de monnaie, même le Leica, étaient disposés au hasard pour donner l'illusion que quelqu'un vivait réellement ici.

Il y avait aussi un bureau en forme de boomerang avec un tout nouvel ordinateur à écran plat face à une baie vitrée qui, du sol au plafond, s'ouvrait sur la miroitante étendue émeraude du Pacifique.

« Regarde ça. » Mon père avait du mal à contenir son enthousiasme. Il prit une télécommande sur la table de chevet et la dirigea vers la fenêtre. Du plafond descendit un velum ambré, qui teinta la pièce d'une douce nuance orange. « Et maintenant... » Il appuya sur un autre bouton, et un store épais blanc se déroula, transformant la lumière naturelle en noir total. Il poussa encore un bouton, et une froide luminescence, produite par des sources cachées dans le plafond, se diffusa. « On a installé la même chose dans toute la maison, partout. » Il me lança la télécommande mince comme une carte, que je réussis à rattraper. « Tu peux t'en servir partout où tu vas. Tu la gardes avec toi, et tu baisses les stores. Tu n'auras plus ainsi à craindre que la lumière te blesse les yeux.

– C'est formidable, non ? » demanda Melanie, enthousiaste.

Mon père se retourna. « Attends de voir la salle de bains. »

Je le suivis. Carrelée de beige, blanc et brun, elle était parfaitement ronde et contenait une baignoire à remous et une douche non encastrée. Il y avait trois lavabos en métal et, pour plafond, un velux qui laissait passer le soleil.

Mon père remarqua mon regard. « Tu peux fermer ça aussi. » Il m'indiqua une commande électronique sur le mur. Il essaya les lumières, fit descendre le velum et me montra comment régler la température de l'eau en Celsius ou en Fahrenheit. « J'ai essayé de penser à tout, mais si j'ai oublié quelque chose, tu le dis. N'hésite pas à demander. Tu en parles au personnel, et le problème sera résolu immédiatement. Il n'y a aucune raison – » Il allait ajouter quelque chose, mais s'interrompit. « Bon, il n'y a pas de raison, voilà. » Mes médicaments aussi avaient été rapportés, les petites bouteilles ambrées rangées sur l'étagère en verre au-dessus des lavabos, y compris Réalité, qui dépassait de deux doigts les autres flacons.

On retourna dans ma chambre, Melanie à notre suite. Mon père s'installa côté séjour sur le canapé. Il frotta son front brun de sa main brune, et se mit à respirer profondément. Je fus surpris de voir qu'avec son pull marin, il ressemblait à Picasso. Je voulais lui demander de quoi il se mêlait, en s'arrogeant le droit de déménager ainsi mes affaires sans mon accord. Mais je ne réussis qu'à dire « Tu ressembles à Picasso. »

Il rit. « C'est ce que me dit aussi Melanie. C'est à cause de cette connerie de pull.

– C'est sympa, dit Melanie.

– Sympa ? » Il m'indiqua de la tête la chaise en face de lui. « Je ne sais plus ce que sympa signifie. Il faut que j'engage des gens pour me le dire. »

Je m'assis. Sa respiration était lourde, l'air passait bruyamment par ses narines poilues de vieil homme.

« Angel, je sais ce que tu penses. Je sais que tu es furieux. Mais je te demande une faveur. Tu préserveras ton intimité, tu feras ce que tu voudras. Mais reste ici. *S'il te plaît*. Je veux que tu restes ici le temps que tu te remettes, que tu fasses le point. » Il s'éclaircit la gorge. « Je n'ai pas été un bon père pour toi. J'ai fait des erreurs idiotes. J'étais trop occupé, trop pris par moi-même. J'ai laissé ta mère s'occuper de toi presque toute seule, et je sais que tu l'aimais, que c'était une bonne mère… » Il se reprit. « Enfin, non, ce n'était pas une bonne mère. » Puis il fit une sorte de grimace. « Oh… merde, je ne sais pas ce qu'elle était. Mais je veux changer les choses. Je veux te voir. Je veux que tu fasses partie de ma nouvelle famille, que tu connaisses mieux Melanie, que tu aides Gabriel. Il est adopté, mais c'est quand même ton frère, ton petit frère, un petit frère que tu aurais dû avoir il y a des années. »

Je jouais avec la télécommande, faisant monter et descendre les stores.

« Angel, aboya mon père, je te parle. »

Plus tard, cette nuit-là, je branchai ma machine d'ambiance aquatique et me laissai porter par son réconfortant flux musical. Puis je me souvins qu'il y avait de vraies vagues dehors, l'océan Pacifique tout entier. Je remontai les stores et ouvris la fenêtre. Je dormis avec le martèlement de la pluie et le ressac dans les oreilles, un bruit qui recouvrait tout, étouffait mes pensées troublées, calmait mes rêves anxieux d'un bienfaisant bruit blanc et atténuait les conflits de mon subconscient comme une couverture amortit la détonation d'une arme.

Le matin, je me réveillai à la lumière. Les premiers rayons qui jouaient sur la surface de la mer se reflétaient sur la maison. Le ciel avait été lavé. Le réveil digital, comme un phare, indiquait six heures et quart. Je pris la télécommande et baissai d'abord le velum, puis le store. La chambre était pratiquement dans l'obscurité, je pouvais me rendormir, retrouver le monde des rêves…

Mais je décidai de me lever. J'allai dans la salle de bains où je trouvai accroché un nouveau peignoir de coton nid-d'abeilles, de couleur crème, du genre de ceux qu'on vous donne dans un établissement thermal de luxe. Puis je parcourus le long couloir où alternaient les dalles de moquette et de marbre, passai au-dessus de la rivière artificielle et arrivai finalement à la cuisine. Melanie, assise sur un tabouret d'acier mat, feuilletait un exemplaire d'*Architectural Digest* qui présentait justement cette maison.

« Bonjour », dit-elle. Son sourire était affectueux, timide, peut-être même sincère.

La lumière renvoyée par les vagues était douce. « Salut. » Je saisis la cafetière et me versai une tasse d'un café Cona odorant, mais lui trouvai après quelques gorgées un goût étrange sans ma rasade habituelle de bourbon. « Où est Gabriel ? dis-je finalement.

– Il est avec Theresa. » Elle parlait de la nurse.

« Et Papa ?

– Au travail. » Melanie était habituée à ça, la maison, les voitures, les domestiques, l'argent. J'avais grandi dans la richesse. J'y étais habitué aussi. À San Raphael Crescent, tout seul, je m'étais déshabitué, oubliant presque à quoi ça ressemblait. Je m'assis près d'elle et examinai ma tasse. Elle était blanche, cylindrique, encore un modèle de structure géométrique parfaite.

« La maison est magnifique », dis-je en indiquant le magazine. Je savais que Melanie avait collaboré avec les architectes pour sa conception, sa construction et sa décoration intérieure.

Elle me remercia d'un sourire. « Tu t'es couché tard ? » Mon père et elle ne dormaient plus ensemble, s'ils l'avaient jamais fait. Il était trop vieux, disait-il, toussait trop, se levait trop souvent pour pisser.

« Pas si tard.

– Tu devais être fatigué. »

Je haussai les épaules. « Je vais bien.

– C'était l'idée de ton père, les stores. » Elle semblait s'excuser, sa voix était plaintive. « Il veut que tu restes. Il veut que tu te sentes bien ici, Angel, alors tu resteras avec nous aussi longtemps que tu le voudras.

– Je ne vais nulle part. » J'avalai une autre gorgée de café, pris ma tasse et retournai dans ma chambre avec le *Los Angeles Times*. Installé dans mon lit, je lus le journal de bout en bout, guettant dans les mots, les phrases, les paragraphes, ce qui pouvait avoir un intérêt. Côté nouvelles internationales, la purée habituelle, les subterfuges, les guerres et les rumeurs de guerre, les atteintes à la liberté, le totalitarisme en procès. Localement, les accidents, les attaques d'automobilistes dans leur bagnole, les hold-up dans les magasins d'alimentation et les courses poursuites minables. Le monde, comme d'habitude, approchait de sa fin ; les tueurs en série étaient lâchés ; les fous étaient aux commandes dans nos pays ; les patrons étaient des délinquants. C'était toujours le même vieux monde, rien n'avait changé, rien depuis des années. Je regardai même la publicité, celle qui annonçait des soldes dans tous les domaines, des automobiles aux vacances exotiques, avec la note en bas qui expliquait pourquoi l'offre n'en était pas vraiment une.

Rien n'était vrai. La vérité n'existait pas.

Même Angela n'avait pas été vraie.

Je passai sous la douche, mal à l'aise au milieu du large cylindre ouvert. Je laissai couler l'eau tiède sur mon corps pendant que je me branlais, convoquant les images mentales d'Angela – sur scène au Velvet Mask, au lit avec moi à West Hollywood, arrivant avec des brassées de jacinthes bleues et blanches, cette terrible, magnifique lumière qui me brûlait les yeux.

Je savais qu'elle n'était pas réelle, mais je ne cessais de penser à elle. Elle vivait encore dans mon imagination.

Mon cerveau s'éclaircit alors que j'éjaculais. J'avais besoin aussi de relâcher la tension affective, et je me mis à sangloter au milieu de la douche à l'architecture si parfaite.

Comment pouvait-elle me manquer autant si elle n'était pas réelle ?

Qu'est-ce qui n'allait pas chez moi ?

Comme toujours, je me souvenais de ses doigts, de ses longs ongles brillants sur ma poitrine, et me demandais à qui ils appartenaient vraiment. Cassandra ? Jessica ? Une autre fille ?

Épuisé, j'enfilai mon peignoir nid-d'abeilles et allai rejoindre Melanie dans la véranda. Elle s'était changée et portait un maillot de bain une-pièce noir.

Elle me sourit, sereine, ses cheveux rejetés en arrière, et m'étudia derrière ses lunettes de soleil Gucci.

*

La journée passa. Puis d'autres. Des semaines, des mois. La nuit, j'empruntais une des voitures de mon père et allais en ville. Je continuais de chercher sans trop savoir quoi. J'observais le halo rouge des feux arrière des voitures dans les rues obscures, les collines sombres parsemées de lumières jaunes et blanches qui clignotaient à travers la végétation dense comme des étoiles filantes.

La nuit de Los Angeles tombe comme un rideau sur une scène. J'ai passé des années à contempler ses draperies de velours, ses filtres translucides bleus, bruns et noirs. De Sunset Boulevard, on voit les fameuses lettres « HOLLYWOOD » scintiller au sommet de Mount Lee, tel un signal lumineux pour les millions d'individus qui viennent ici chaque année par curiosité ou pour devenir célèbres. Certaines soirées chaudes, on allume les torches et L.A. brûle. De grands panneaux de publicité, avec des cow-boys qui fument ou des fromages de Californie, brillent comme des phares dans la nuit. Des super-mannequins à la beauté glorieuse exposent aux carrefours la blanche perfection de leur dentifrice. Des rock stars hautes de deux étages jettent un œil insolent depuis leur toit. Bien sûr, rien ne brille plus que les panneaux de publicité pour les films – ceux de mon père en particulier. Dans celui-ci, Will Smith, en uniforme de flic, n'a pas l'air commode. Là, Cameron Diaz fait une prise de karaté en robe de mariée. Un Jack Nicholson aux cheveux gris, mais l'œil toujours vif, lance un regard sardonique aux feux rouges.

Du haut des collines, le bleu froid des piscines éclairées les fait ressembler à des pierres précieuses semées au hasard sur une robe de bal.

Le halo bleu des postes de télévision s'échappe des fenêtres des chambres à coucher.

Ailleurs, des maisons sont décorées pour Noël. Noël, c'est dans quelques mois.

De la baie vitrée de ma chambre à coucher dans la maison de mon père, c'était l'obscurité générale sur Zuma Beach. Seules quelques lumières de villas dissimulées dans les falaises étaient visibles. La crête des vagues retenait la faible lueur de la lune. Quelquefois, quand le ciel était voilé par la brume, on n'avait conscience que du bercement de la houle de l'océan, si persistant que je me demandais souvent comment il n'avait pas encore endormi toute la Californie.

*

Un matin, je dis à Melanie « Je crois que j'aimerais trouver un boulot.

– Quel genre ? » Elle avait installé un parasol du côté jacuzzi de la piscine pour que je puisse m'asseoir près d'elle. Elle entra centimètre par centimètre dans l'eau fumante.

« Je ne sais pas. Peut-être dans une librairie, ou une bibliothèque.

– Pourquoi ne pas travailler avec ton père ?

– Pour faire quoi ? » J'agitai mes jambes dans l'eau chaude.

« Tu rigoles ? Plein de choses. La production, le développement –

– Non. » Je secouai la tête. « Je serai toujours le fils du patron.

– Tu as raison. » Elle fit la planche, se mouilla les cheveux, et quand elle sortit de l'eau, sa tête fumait. « C'est pour ça que j'ai arrêté. J'étais devenue la femme du patron. » Melanie avait travaillé dans la production pour mon père et s'était entièrement occupée de deux films à succès. « Les gens n'étaient pas avec moi comme auparavant. Ils ne me prenaient plus au sérieux. » Elle haussa les épaules. « Ou alors ils me prenaient trop au sérieux. Je ne sais pas.

– Quelque chose dans la journée. » Je voyais un bureau, une table, des rames de papier de couleur, un ordinateur.

« Tu peux être lecteur pour le studio. Personne ne fera attention si tu es le fils du patron ou pas. Personne même ne le saura.

– Lecteur ?

– Tout ce que tu auras à faire, c'est de lire des scénarios, d'écrire un bref synopsis, puis de le passer à quelqu'un. Tu n'auras besoin de parler à personne. Tu pourrais même le faire ici.

– Je crois que j'aimerais être avec d'autres personnes, au moins un petit peu. » L'idée venait en fait du Dr Silowicz. Il m'avait suggéré d'aller davantage dans le monde, de me trouver quelque chose tout seul.

Melanie sortit de l'eau et s'assit en face de moi sur le marbre noir. Sa peau rose vif tranchait sur le noir du maillot. « Et ton scénario ?

– Quoi, mon scénario ?

– Tu l'as fini ? »

Je ris.

Elle regarda Gabriel, une petite balle rouge à la main, qui se jetait contre le maillage gris de son parc et marmonnait dans sa langue secrète, incompréhensible.

« Je me demande ce qu'il voudra faire de sa vie, dit-elle.

– Cela dépend de la façon dont il est élevé, et de ce qu'il voit ses parents faire. »

On parlait comme s'il était normal, comme si le problème de Gabriel, son autisme, son retard, quel qu'il soit, serait un jour réglé. C'est la foi que nos mères ont en nous. Ma mère l'avait eue pour moi.

« Tu penses que c'est héréditaire ? »

Un moment je crus qu'elle parlait de son état. Puis, je demandai « Tu veux dire ce qu'on fait dans la vie ? »

Elle acquiesça.

Je secouai la tête. « Regarde-moi. Je suis une catastrophe. » Je réfléchis longtemps en regardant un nuage joufflu se promener sur la mer au loin. Puis je ris doucement. « Peut-être que c'est héréditaire. Je suis une catastrophe, et mon père fait des films catastrophes.

– Je ne sais pas grand-chose à propos de ses parents biologiques.

– C'est déjà surprenant que tu saches quelque chose.

– En général, ils ne donnent pas d'information, mais, tu sais, quand il y a un problème médical, on a accès au dossier. » Une femme de chambre avait posé des serviettes nid-d'abeilles beiges sur le bord de la piscine. Melanie en prit une. « Je ne sais absolument rien à propos du père biologique de Gabriel, et je pense que personne ne sait, mais j'ai demandé le dossier médical pour le cas où il se serait passé quelque chose… » Elle jeta un regard vers son petit garçon.

« Sa mère ? Tu l'as rencontrée ?

– Nous l'avons vue le jour où Gabriel est né. Ce n'était pas prévu. On était là, tu sais, à l'hôpital. Tout avait été arrangé. Ils ont dû la transporter à cause d'un problème, une hémorragie ou autre chose, mais rien à voir avec Gabriel heureusement, et elle est passée sur un chariot devant nous.

– Il lui ressemble ?

– Je n'ai pas bien vu son visage. Elle était noire. »

Je ris en regardant ce petit garçon, sa peau sombre, mon frère. Je ne sais pourquoi, j'avais toujours pensé que sa mère était blanche et son père noir – mon propre scénario raciste, je suppose.

Melanie se leva en s'enveloppant dans la serviette. Puis elle se pencha au-dessus du parc et embrassa Gabriel une douzaine de fois en disant « Mon bébé, mon bébé, mon bébé. »

La question me vint soudain à l'esprit. « Ce n'était pas étrange de voir la mère de Gabriel passer comme ça devant vous ?

– Cela n'aurait pas dû arriver. » Elle se baissa et le prit dans ses bras. « Frank a été le plus secoué de tous.

– Frank était là ?

– Ouais, tu sais… c'est lui qui a tout arrangé. Ton père n'était pas là, comme d'habitude. Comme d'habitude, il était en route.

– Frank était à l'hôpital avec toi ? » Je ne sais pas pourquoi, mais cela m'irrita, cette idée que Frank s'insinue ainsi dans chaque aspect de notre vie privée. Je me demandais s'il allait traiter Gabriel comme il m'avait traité. Je ne le laisserais sûrement pas faire.

Melanie reposa Gabriel dans son parc et revint vers moi. « Frank a tout arrangé. Frank arrange tout pour Milos. Tu sais ça.

– L'adoption aussi ?

– Bien sûr. » Melanie eut un petit rire. « Il a même payé la note de téléphone.

– C'est tellement Frank. » J'agitais les pieds dans l'eau.

« Il prend soin de ton père. » Melanie fronça les sourcils, en mesurant l'affection que Frank et mon père se portaient réciproquement. « Ton père prend soin de lui.

– Symbiose. Frank est comme ces murènes qui arrachent la chair morte de la gueule du requin.

– En tout cas, il a eu l'air drôlement secoué.

– Qu'est-ce que tu veux dire, *drôlement secoué* ?

– Quand il l'a vue, la mère biologique de Gabriel, Frank – Melanie se mordit la lèvre – je ne sais pas. Il semblait perturbé.

– Pourquoi ?

– Je pense qu'il l'avait rencontrée quand elle était enceinte. Il devait la connaître. »

Mon visage brûlait. « Elle ressemblait à quoi ?

– Je te l'ai dit, je n'ai pas bien vu son visage.

– Et ses cheveux ? »

Melanie me regarda, un peu surprise. « Ouais. Ses cheveux étaient vraiment étranges. Blonds, pas naturels, comme s'ils avaient été teints des centaines de fois. »

Je regardai Gabriel et vis tout. Tout était dans ses yeux. C'étaient ses yeux à elle.

Les yeux d'Angela.

« Tu te souviens de son nom ?

– Angel, qu'est-ce qui ne va pas ?

– Est-ce que tu t'en souviens ?

– Non, j'ai –

– Est-ce qu'il est écrit sur un bout de papier ? Un document ? Un formulaire ou je ne sais quoi ?

– C'est dans son dossier médical, dit-elle terrifiée. J'en ai une copie là-haut. »

Je ne pouvais plus m'arrêter de regarder Gabriel parce que c'était Angela que je regardais. « Où ? Où est-il exactement ? » Je sortis les pieds de l'eau.

« Un tiroir, dans le placard. » Melanie se leva aussi.

« Quel placard ? »

Melanie souleva Gabriel, le percha sur sa hanche et me suivit dans la maison. Je sentis au petit gargouillis qui se manifestait dans sa gorge qu'il allait se mettre à pleurer.

« Attends, Angel, je vais te montrer. »

Je traversai l'entrée et montai quatre à quatre l'escalier de verre et d'acier vers la chambre de Melanie. Je sortis du placard les tiroirs encastrés et renversai leur contenu, sous-vêtements, chaussettes, bijoux, sur le sol.

Finalement Melanie me rejoignit. « C'est dans le second tiroir à partir du bas, sur la gauche. Tu pouvais demander.

– J'ai demandé. » Je découvris dans le tiroir des dossiers bien rangés, avec des enveloppes à l'intérieur.

« Ce doit être un des premiers. Un dossier bleu. »

Gabriel pleurait et poussait des petits cris aigus.

Je découvris un dossier avec le logo d'un hôpital privé. Il y avait toute une série de documents officiels à l'intérieur, le genre de papiers qu'on garde précieusement dans un tiroir mais qu'on n'utilise jamais car l'information qu'ils contiennent fait qu'on ne peut les montrer à personne.

Mais je voulais les voir, maintenant.

Gabriel hurlait à pleins poumons.

Je parcourus les pages imprimées jusqu'à ce que je découvre ce que je cherchais.

Mère biologique : Jessica Teagarden.

Suivaient son type sanguin, sa fiche médicale, son numéro de sécurité sociale, tout ce dont j'avais besoin pour la retrouver.

« Angel, qu'est-ce qu'il y a ? Qu'est-ce qui ne va pas ? »

Avez-vous jamais vu brûler le magnésium ?

Avez-vous jamais regardé au cœur d'un soleil blanc ?

Gabriel hurlait, sa bave coulait sur l'épaule de Melanie.

« Tout, dis-je. Ma vie entière. »

*

« Où est-il ? Où est Frank ?

– M. Heile est en haut. » La réceptionniste, paniquée, se leva. « Mais je dois – »

Je bondis dans l'escalier couvert d'une épaisse moquette vers le bureau de Frank, en serrant furieusement dans ma main rose le dossier médical de Jessica Teagarden. Je passai en trombe devant la fine fleur ébahie du barreau hollywoodien, de jeunes avocats et avocates et leurs assistants, tous exhibant les lunettes et le costume de leur profession, chic et sombre. Leurs beaux visages tendus, ils me suivirent des yeux dans le couloir ouaté où je filai comme s'il y avait le feu. De l'extérieur, l'immeuble des bureaux du cabinet Heile & Associés était typique de Wilshire Boulevard, une structure moderne de verre et de granit. Mais à l'intérieur, c'était une explosion de rose, de bleu et d'or, avec des meubles lourds anciens tapissés de satins brochés multicolores. Les bureaux de Frank ressemblaient aux pièces d'un musée secret, avec des Impressionnistes mineurs accrochés aux murs lambrissés et des tapis orientaux sur le sol de marbre. Je poussai, sous le nez de sa vieille secrétaire, l'énorme porte de bois et de cuivre qui ne pouvait être que celle de Frank.

Je fis une entrée fracassante. « J'ai tout découvert. »

Frank, assis dans un fauteuil pivotant de cuir rouge, était devant son gigantesque bureau de bois sculpté envahi par des papiers pelure de diverses nuances pastel. Son vieux porte-documents était ouvert à ses pieds, et des milliers de documents légaux réduits en morceaux répandus un peu partout.

« Angel, que fais-tu – »

J'avais les papiers d'adoption dans la main. Je tendis le bras vers lui, brandissant la preuve comme devant un tribunal.

Sa secrétaire, une grande femme avec une coquetterie dans l'œil, arriva à ma suite.

« Ça va, Felicia. » Frank lui fit le geste de partir, le geste caractéristique de mon père.

« Tu as intérêt à m'expliquer, Frank. Je veux savoir ce qui s'est réellement passé – »

Sa main me demanda de baisser le volume.

« J'ai besoin de savoir où elle est. J'ai besoin de savoir la vérité. »

Il sourit. « Plus de conneries ? »

Je ne pouvais même pas répondre.

Lentement, il se leva et se dirigea vers un canapé de cuir noir contre le mur.

« D'accord. Jessica Teagarden est la mère biologique de Gabriel, commença-t-il, ses yeux verts rivés sur moi. J'ai payé… payé une somme énorme pour l'aider, j'ai réglé tous ses frais médicaux, l'accouchement. » Il prit une profonde inspiration. « Mais elle avait alors découvert… enfin, elle savait déjà qui était ton père… et qui tu étais… qui tu es, Angel, et elle… elle avait décidé qu'il lui en fallait plus. » Son regard était tendu. Il cherchait à me convaincre de sa sincérité. « Elle s'est installée ainsi à côté de chez toi, pensant qu'elle pourrait… » Il eut un large geste de chef d'un orchestre silencieux. « Elle voulait s'insinuer dans ta vie. Elle voulait –

– *Se rapprocher de son fils* », dis-je, complétant sa pensée.

Il secoua la tête. « J'aurais aimé que ce soit aussi simple. » Il essuya les coins de ses lèvres. « Elle voulait me faire chanter.

– *Te* faire chanter ? Cela n'avait aucun sens. Pourquoi ?

– Angel, il faut que tu comprennes. Ton père ne – » Il hésita.

« Mon père ne – quoi ?

– Il ne *sait* pas. » Il quitta le canapé et se mit à faire les cent pas devant la fenêtre, en regardant la circulation dehors.

« Je ne vois pas ce que mon père aurait à foutre de la mère biologique de Gabriel. » Je secouai la tête. « Pourquoi n'a-t-elle pas plutôt suivi une voie légale ? Elle pouvait engager elle-même un avocat. Elle pouvait – »

Il soupira. « Ce n'est pas comme ça qu'elle fonctionne, Angel. C'est une putain de –

– Mais pourquoi te faire chanter, *toi* ? » Il devait y avoir autre chose. « De quoi s'agit-il réellement ? »

Frank laissa son regard errer dans la pièce. « Tu ne peux pas laisser tomber ? » Il se rassit lourdement sur le canapé de cuir, et se frotta les joues du dos de ses mains tavelées.

« Je ne laisse rien tomber. Désolé. »

Il soupira. « Je lui ai dit… des choses. Je ne sais pas pourquoi. Je ne sais pas ce qui se passait avec elle, mais je pense que j'avais besoin de parler à quelqu'un… de certaines choses que j'avais en moi depuis des années. Il y avait… quelque chose chez Jessica qui m'a poussé à lui dire…

– Quoi ? Qu'est-ce que tu lui as dit ? »

Il me lança un regard étrange.

L'après-midi brillait comme cristal à travers la vitre. Je jetai un œil dans la rue. Il était encore tôt, et les rayons de soleil suivaient le défilé de la circulation vers Santa Monica.

« Quand j'étais plus jeune, commença Frank, je buvais. Au petit déjeuner, je prenais une vodka avec mes céréales. Ça semble bizarre, non ? Ton père se souvient de ce que j'étais à l'époque. Le problème, c'est que ça n'interférait jamais avec mon travail. Si ça avait été le cas, je suis sûr que j'aurais arrêté bien plus tôt. Ce qui m'a finalement poussé à arrêter, en fait, c'étaient ces absences, ces trous noirs. Je me réveillais dans des chambres d'hôtel sans savoir comment j'y étais arrivé. Je me retrouvais avec des femmes que je ne me rappelais pas avoir rencontrées. Ça paraît délirant, n'est-ce pas ? » Il réfléchit un moment. « Tu m'as demandé pourquoi je ne conduisais pas. C'est parce qu'on m'a retiré mon permis de conduire il y a des années.

– Qu'est-ce que tu me racontes, Frank ?

– Je te raconte ce que j'ai dit à Jessica. » Il soupira. « Écoute. Il y avait une femme particulière, une femme qui n'était pas la mienne mais avec qui j'ai eu… des relations. » Il leva les yeux vers moi. « Je l'ai aimée plus que tout au monde… J'aurais fait n'importe quoi pour elle. » Il porta ses mains à ses yeux. « Elle avait décidé de rompre, probablement à cause de la boisson, mais il y avait autre chose aussi. Elle m'a dit un matin que c'était fini entre nous. Nous étions depuis des années ensemble, tu comprends, Angel, des années. Enfin, ce jour-là, j'avais déjà bu, et je me laissai vraiment aller. » Doucement, il s'éclaircit la gorge. « Le lendemain – » La voix de Frank se cassa. Bon Dieu, il montrait de l'émotion !

« Quoi ? Qu'est-ce qui s'est passé le lendemain ?

– Le lendemain, je me suis réveillé dans ma voiture, et la femme… elle était à l'hôpital. » Frank émit un petit bruit, quelque chose entre un rire et un pleur. « J'avais… je lui avais fait des choses. Je lui avais cassé le nez, explosé les pommettes, brisé le poignet. J'avais déjà fait des choses terribles dans ma vie, mais jamais à ce point. » Il ne me quittait pas des yeux.

Toute la chaleur sembla s'échapper de mon corps. J'entendais les fluides circuler dans mes organes. « Le monstre. » Le monstre qui était venu, une nuit, dans notre maison quand j'étais petit. Ces violentes images troubles… J'avais imaginé un animal horrible qui s'en prenait à la gorge de ma mère, qui la déchirait. « C'était toi.

– Je ne te dirai pas que je suis désolé, Angel. Je sais que cela ne signifierait rien.

– Pourquoi n'était-elle – » Je ne savais même pas ce que j'allais demander. « Pourquoi n'a-t-elle…

– Pas dit à la police ? Parlé à ton père ? Essayé de m'envoyer en prison ? Parce qu'elle m'aimait. Tu peux le croire ? » Il eut un sourire ironique. « Quelqu'un qui m'aime ? Cela aurait été tout révéler à ton père, à la terre entière. Ta mère était quelqu'un… de si secret. » Sa voix baissa d'un cran. « Comme toi, Angel.

– Et c'est ce que tu as raconté à Jessica ? »

Il acquiesça. « Et maintenant, tu le sais aussi.

– Comment l'as-tu rencontrée ?

– Jessica Teagarden était actrice. Je l'avais rencontrée à son arrivée à Hollywood il y a plusieurs années. Je couchais avec elle. Elle s'est installée à côté de chez toi… pour essayer de te rendre amoureux d'elle. Ça a marché, je crois. Il y a un peu du monstre en toi aussi, Angel, et elle l'a découvert. »

Voilà pourquoi elle savait pour le sauté d'agneau, et aussi pour les piscines, la nuit. Voilà pourquoi elle savait tant de choses sur moi. Frank les lui avait racontées. Je croyais qu'elle devinait. J'avais cru qu'Angela et moi étions unis par un lien magique, surnaturel. Je découvrais que c'était fabriqué. Jusqu'au nom qu'elle utilisait, Angela – choisi pour nous rapprocher, comme si nous avions réellement quelque chose en commun. *Combien y avait-il de chances ?* Elle avait posé cette question le jour de notre rencontre. Les chances étaient inexistantes. Rien n'avait été laissé au hasard. Je me retournai pour voir le soleil allumer les pare-brise des voitures sur Wilshire Boulevard, et ajoutai la dernière pièce au puzzle. « C'est ton fils, n'est-ce pas ? » Mon petit frère, une poignée de tofu dépassant de ses doigts, un filet de bave sur son menton. C'était le fils de Frank, sa chair et son sang. Je faillis vomir à cette pensée.

Frank se tut. Je l'entendis respirer pendant trente bonnes secondes. Puis il dit « Elle t'utilisait, Angel. C'était juste une fille avec qui j'avais couché et à qui j'en avais trop dit… Je pensais faire d'une pierre deux coups. Melanie et

ton père avaient essayé – il secoua la tête d'un air triste –
ils avaient essayé… »

Des spots dissimulés dans le plafond bourdonnaient
légèrement. Je levai la tête et regardai fixement cette
source de lumière dans l'espoir d'y trouver la vérité,
comme le faisait Victor, puis revins vers Frank. « Que lui
as-tu fait ? » Il me sembla voir le squelette sous sa peau,
une tête de mort me regarder.

« Ce que je lui ai fait ?

– Avant qu'elle disparaisse, elle m'a appelé, elle m'a
appelé dans le noir. »

Nos yeux se croisèrent.

« Nous étions dans la voiture, et elle me menaçait…
me menaçait de tout te dire si je ne lui donnais pas ce
qu'elle voulait. Elle a fait ton numéro, et quand tu as
répondu, elle a dit ton nom. C'est alors que j'ai attrapé le
téléphone… je le lui ai arraché des mains. Elle allait te
dire la vérité, et je ne pouvais pas la laisser faire. » Il
ferma les yeux. « Je n'aurais pas pu vivre avec ça. »

*

Je me souvenais, me souvenais qu'elle me disait qu'elle
m'adorait, que j'étais son *Ange à Aimer*. Peu importait ce
qu'elle avait fait. Tout serait effacé. Alors que j'embar-
quais dans l'avion, je savais que mon amour, ma foi en
elle, était comme la lumière. Cet amour l'illuminerait,
ferait disparaître les ombres. Il me la ramènerait.

L'avion décolla. J'examinai le paquet de photos que
j'avais prises de Gabriel, le petit garçon à l'origine de
tout ça. Tout ce qu'elle avait voulu, c'était le retrouver,
se rapprocher de lui. Elle avait commis une erreur, c'est
tout. Frank l'avait convaincue de donner son propre fils,
et plus tard, elle avait seulement voulu être près de lui.

Je tenais l'écrin de velours au creux de ma main.

Je voyais la lumière. Je voyais un ciel brumeux et des nuages multicolores qui se reflétaient sur la carrosserie lustrée d'une voiture. Je voyais le soleil voilé brûler sous une couverture blanche et grise, le jaune de millions de tonnes d'hydrogène enflammé qui perçait sous l'édredon de vapeur, mes mains blanches sur le noir absorbant du volant d'une superbe voiture neuve, les récentes rides qui s'étaient formées sur le visage altéré par le soleil d'Angela, et ses cheveux, maintenant coupés court à l'afro, épousant la forme parfaite de son crâne, et ses yeux, magnifiques, en amande, avec leurs longs cils, et ses doigts minces et délicats aux ongles parfaitement manucurés, peints d'écume verte métallisée. Je voyais dans l'espace les photons d'énergie qui se dirigeaient vers la terre, vers nous, se reflétant et se réfractant sur les courbes de métal des voitures, lançant des éclairs sur la route mouillée devant nous.

Assis dans l'avion, je pensais comme toujours à la lumière, à ce qu'elle faisait réellement, comment elle arrivait jusqu'à nous, particule ou onde.

J'imaginais Angela, les jambes repliées sous elle, mettant un disque sur la stéréo. C'était les ImmanuelKant-Lern, bien sûr. Une musique ténébreuse, solennelle, mais pas aussi austère que leurs premiers morceaux, on y entendait même quelques instruments acoustiques. Dans ce rêve éveillé, Angela, déjà familière des chansons, chantonnait avec eux, et à son doigt un saphir sombre retenait un éclat fugitif de lumière.

*

Bon sang, ce qu'il faisait froid. La dernière fois où j'avais ressenti un froid pareil, c'était à la Vancouver School, contemplant par la fenêtre la plaine canadienne gelée. Mais là j'étais quelque part sur Madison Avenue, à New York, que le vent balayait, me glaçant le sang comme le ferait la peur. J'étais stupidement descendu du taxi trop tôt. Je ne tenais plus dans les embouteillages. Comme nous étions dans la bonne rue, j'avais payé le chauffeur avant de mesurer, une fois sur le trottoir, le chemin qu'il me restait à faire. Je dois rappeler qu'un albinos qui vit à Los Angeles ne pense pas à apporter un pardessus quand il vient à New York.

Un albinos qui vit à Los Angeles n'a pas de pardessus.

Je marchais dans les rues aux ombres papier glacé de Manhattan, les mains profondément enfoncées dans les poches, claquant des dents, mais personne ne sembla faire attention à moi, sauf un regard rapide parfois qui se détournait immédiatement. Je n'avais jamais vu des êtres humains aussi déterminés. Ces gens filaient sur les trottoirs comme les citoyens de Tokyo devant Godzilla, ils se faufilaient, évitaient, accéléraient tout autour de moi dans un sauve-qui-peut mal maîtrisé. Il était tout juste six heures du soir, et le soleil était déjà couché. Une sorte de tristesse typique de la côte Est avait envahi l'atmosphère, un halo nordique plus viscéral que visuel.

Je me demandais ce que ce serait de vivre ici, dans les rues anonymes, avec les New-Yorkais anxieux, trop absorbés par leurs névroses pour remarquer dans la foule un homme ultrablanc.

Mais cette pensée fila aussi vite que ces passants. Je ne pourrais jamais quitter mon Los Angeles.

Frissonnant, après être revenu deux fois sur mes pas, je finis par trouver le bon immeuble. Un portier en uniforme en gardait militairement l'entrée dallée de marbre et décorée d'appliques de cuivre.

Je lui dis qui je venais voir.

« Quel est votre nom, monsieur ?

– Angel.

– Un moment, s'il vous plaît. » Il prit le téléphone et fit un seul chiffre. Je ne pouvais m'empêcher d'imaginer Angela à l'autre bout du fil, ses yeux, ses doigts fins.

« Un Angel veut vous voir », dit-il, en pianotant sur la surface du comptoir. Puis il me regarda en soupirant. « Angel comment ?

– Angel Veronchek. De Los Angeles. »

Il reprit son téléphone. « Il dit qu'il est de L.A.... Veronchek... » Le portier attendit quelques secondes, puis replaça le combiné sur son socle en secouant la tête. Il me lança un regard sévère. « Attendez au restaurant de l'autre côté de la rue. Elle vous rejoindra dans cinq minutes.

– De l'autre côté de la rue ?

– Juste en face, dit-il en montrant la porte. Il s'appelle Cosmos. Vous ne pouvez pas le manquer.

– D'accord. »

De nouveau sur le trottoir gelé, je voyais de l'autre côté de la rue le Restaurant Cosmos, un méli-mélo fluorescent d'ombres et de lumières derrière une façade scintillante. Je traversai Madison Avenue, entrai dans le restaurant et demandai au serveur une table près de la terrasse. Je voulais la voir sortir de l'immeuble. Je voulais la voir marcher vers moi. Je voulais la voir dès la première seconde où elle apparaîtrait.

Le serveur me conduisit à une table. Je commandai un café et un verre d'eau. Je devais prendre des pilules – Réalité, bien sûr – donc autant le faire tout de suite. Je ne quittais pas la rue des yeux, les passants affairés, décidés, des extraterrestres avec leurs manteaux de cuir noir et leurs lunettes à monture noire.

« *Angel*. »

Je levai la tête.

« Qu'est-ce que tu fais là ? » Jessica – son nom était *Jessica* – avait dû traverser la rue sans que je la voie. Je l'avais peut-être aperçue sans la reconnaître. Probablement à cause de ses cheveux, si différents à présent. Ils étaient très roux, du roux irlandais, et aussi raides que ceux d'une vedette de cinéma. Son maquillage était élégant, ses lèvres teintées d'un beige brillant. Elle portait un manteau de cuir blond avec un col en mouton.

« Je ne – » J'étais venu avec la ferme intention de m'excuser, de mettre les choses au point. « Je vais beaucoup mieux maintenant. Je te promets que je ne ferai rien… »

Puis soudain, je sus que j'avais, sans me l'avouer, une autre idée en tête.

Jessica eut un petit sourire. « Je suis contente de l'apprendre. »

Je regardai dans le restaurant tous ces gens étranges. « Tu es venue t'installer à New York.

– Je me suis fiancée, Angel. J'ai rencontré quelqu'un.

– Il vit ici ? »

Elle eut l'air de s'adresser à un enfant. « C'est ici que *je* vis maintenant.

– Oh, mais je pensais –

– Quoi donc ?

– Je voulais… » J'avais du mal à parler. « Je voulais te dire que j'étais… voulais te dire combien j'étais désolé… » Je ne pouvais m'empêcher de la regarder, son visage, ses yeux – ils étaient si bleus. Bleu, bleu, bleu électromagnétique. J'essayais de séparer dans ma mémoire la fille qui était venue cette nuit-là m'offrir le sauté d'agneau, de toutes les autres, la fille du Mask, Cassandra, toutes ces filles du service d'escorte… Je me souvenais mieux d'elles maintenant, au moins de certaines d'entre elles, mais elles se fondaient encore en un tout et parlaient d'une seule voix.

Quelque chose avait dû apparaître sur mon visage car le sien s'adoucit et retrouva cet air de compréhension, celui que j'avais découvert ce premier jour. C'était agréable de savoir que certaines choses n'étaient pas dans le scénario, que certaines choses avaient été rapportées de l'autre univers. « Ça va, Angel, dit-elle en se glissant sur la banquette en face de moi.

– J'espérais apprendre ce qui s'était passé. Pourquoi as-tu – » Mais je m'arrêtai là, incapable de poursuivre.

Ça ne collait pas. Ce n'était pas du tout ainsi que je les avais imaginées. J'espérais des retrouvailles émues. On se serait enlacés, et le passé aurait fondu comme du sucre dans du thé chaud. Je voulais revenir en arrière. Je voulais me réveiller à l'hôpital. Je voulais entendre *On a fait une recherche de toxiques. Il y avait à peu près de tout là-dedans...* Mais j'étais toujours là, au Restaurant Cosmos sur Madison Avenue, à New York. Jessica portait toujours son manteau avec un col en mouton, visiblement prête à partir.

« Ce qui s'est passé. » C'était une constatation. Elle exprimait sa stupéfaction, comme si j'étais supposé savoir, comme si le monde entier savait.

Elle secoua la tête et sourit. « Tu sais que tu es vraiment fou à lier, Angel ?

– Je n'avais pas l'intention de blesser qui que ce soit. Je n'étais pas... moi-même. » Je crois que je faisais à nouveau de l'hyperventilation. Une tache aveugle se formait sur mon champ de vision, un phosphène s'était placé juste devant le visage de Jessica.

J'essayai de voir ces yeux, de retrouver cette nuance de bleu, mais ils étaient cachés.

« Ta famille, tous ces gens, ton docteur... ils te mentent tous, Angel. Ils croient te protéger, mais ce n'est pas le cas. »

Je sortis de ma poche les photos de Gabriel. « J'ai pensé que... » Mais les mots ne venaient pas. Je ne la voyais même plus distinctement. Une nouvelle migraine se formait. Je ressentais la même chose qu'au moment où Lester m'avait frappé dans le crématorium. La même sensation que sur l'autoroute en allant vers Orange Blossom Boulevard. Celle encore que j'avais eue sur la plage, exposé à la lumière.

Rouge. Orange. Jaune vif. Feu.

Après un bref coup d'œil, elle repoussa les photos. « Je ne peux pas », dit-elle. Les cheveux roux de Jessica s'enflammèrent sous la lumière du restaurant. Elle regarda par la vitre vers son immeuble de l'autre côté de la rue. « De toute façon, mon fiancé ne va pas tarder à rentrer. Et il ne sait pas. »

Je sortis l'écrin de velours, l'ouvris et le poussai vers elle. « Je t'ai acheté ça. J'étais à Rio, et je –

– Rio ? »

Je haussai les épaules. « C'est une longue histoire. »

Elle se pencha, en regardant le saphir brillant. « Qu'est-ce que tu veux ? »

Je secouai la tête. « Je veux… Je voulais seulement… »

Elle se leva brusquement. « Tu veux *m'épouser* ?

– Je ne – » Je bégayai. « C'est juste –

– Tu as failli me tuer. Tu t'en souviens ? Tu as essayé de me noyer.

– Je suis désolé. Je ne m'en souviens pas de cette façon. De mon point de vue, ça ne s'est pas passé ainsi.

– Ton point de vue ? » Elle eut l'air incrédule. « Écoute. Pourquoi ne pas reprendre ta bague et retourner à Los Angeles, où tu as ta place ?

– Tu n'étais pas ainsi… – je réussis à le dire – dans l'autre monde.

– L'autre…

– Tu m'aimais.

– … monde ? Merde. Ça va vraiment pas. T'es en plein délire.

– Tu ne veux même pas de ces photos ? »

Je ne sais pourquoi, je regardai la lampe suspendue au-dessus de nos têtes, louchant sur l'ampoule comme si j'allais y trouver une réponse. J'avais passé la ligne, et dans cet autre monde, Angela vivait mais ne m'aimait pas.

Je laissai l'ampoule me brûler les yeux pendant quelques secondes pénibles, puis les fermai, et quand je les rouvris, elle était partie.

*

Il existe une seule autre sorte d'objet qui peut réunir les propriétés des particules et des ondes. C'est la corde. C'est simple, vraiment. Quand on la voit de face, une corde paraît et agit comme une particule. Latéralement, elle paraît et agit comme une onde. Je ne sais pas si vous en avez aussi entendu parler. La Théorie des Cordes s'impose apparemment comme la grande Théorie des Champs Unifiée que les physiciens ont cherchée pendant si longtemps. Elle ouvre de nombreuses branches de la science. Il y avait même un article à ce propos dans les pages Sciences du *New York Times* que j'ai lu dans l'avion lors de mon retour à L.A. Je ne prétendrai pas que je l'ai compris, et je pense que le Pr Lem avait dû expliquer la Théorie des Cordes alors que j'avais déjà quitté ses cours. Mais cette théorie permet de décrire à la fois les propriétés des particules et les propriétés des ondes sans avoir recours à la complexe géométrie multidimensionnelle. Ou même aux mondes multiples.

Mais cela n'a aucune importance. Je commençais de toute façon à perdre tout intérêt pour la physique.

*

J'étais revenu de New York. Mon père nous prépara des sandwiches au fromage grillé avec des tonnes de beurre qu'on mangea sur la vaste île en inox qui trônait au milieu de sa cuisine, et évita très soigneusement d'évoquer mon voyage. « Je n'ai en principe pas le droit de manger du beurre. » Il rit. « Mais je m'en fous. C'est à peu près la seule chose qui me fasse encore plaisir. » Il fit un clin d'œil à Melanie. Il ne s'était pas préoccupé de couper les sandwiches en deux et les avait balancés tels quels sur le comptoir.

Une des domestiques, une jolie fille avec de longs cheveux noirs, surgit derrière lui et s'efforça de nettoyer le bazar. Il finit par lui demander d'aller voir ailleurs, et il ne restait plus que nous dans la cuisine, les Veronchek, une famille bizarre s'il en est. Mon père, avec un sourire avide, poussa vers moi une grande coupe de fruits. Il avait toujours aimé les fruits et s'en faisait un festin comme s'il prenait là une revanche sur son enfance malheureuse.

J'essayais de me rappeler si mon père m'avait jamais préparé un repas, et il dut lire dans mes pensées parce qu'il dit « Ta mère était toujours là, elle te surprotégeait. Elle ne me laissait jamais t'emmener nulle part. Elle disait toujours que c'était à cause de ta peau, que tu étais si délicat, et d'une certaine façon j'ai –

– Ça va, Papa, oublie.

– Et puis tout est arrivé, le docteur, le Canada, cette école à Vancouver. Tout. Le divorce et la maladie de ta mère, et puis, enfin, cette histoire à la fac... tu as pété les plombs. »

La nurse amena alors Gabriel et Melanie s'occupa de lui.

« Il veut quoi, mon jeune homme ? Tu as faim ? »

Le petit garçon courut vers le réfrigérateur. Je remarquai qu'il était moins bébé, mince et tendu comme une corde.

« Où vas-tu ? demanda Melanie.

– Est-ce qu'il veut que je lui prépare un sandwich aussi ? » Mon père était plein d'espoir.

« Ah non, pas ces choses-là. » Melanie fit la grimace. Elle chercha dans le réfrigérateur transparent un bol de plastique, en retira le couvercle et tendit à Gabriel un cube caoutchouteux blanc.

« C'est ce que tu veux ? » Mon père descendit de son tabouret et se pencha vers lui. « Du *tofu* ? »

Gabriel ressemblait à un épagneul, avec sa tête penchée sur le côté. Son petit visage était crispé. Il contracta sa bouche et essaya de sortir un mot.

« Qu'est-ce qui se passe, mon cœur ? Dis-moi ce que tu veux. »

Le petit garçon continuait à regarder mon père. Je crus qu'il allait parler mais sa bouche s'ouvrit sur une bouillie blanche gluante.

Mon père secoua la tête, posa sa main sur le menton de Gabriel et lui referma gentiment la mâchoire.

Je ne pus m'empêcher de rire.

Melanie prit une chaise haute, et je l'aidai à y asseoir le môme en glissant ses jambes maigres sous l'abattant. Elle lui prépara un petit plat de tofu et de brocolis. Tout excité, il ouvrit de grands yeux gourmands. Melanie se versa un verre de jus de fruits et s'installa en face de lui. Elle n'était pas aussi belle que ma mère, pas aussi glamour, mais chaleureuse, naturelle, le corps épanoui, des cheveux châtains, une peau mate, de doux yeux marron et un visage qui n'avait jamais été retouché. Elle avait des mains adroites, qui bougeaient sans cesse, caressaient, flattaient, soignaient. D'après mon père, elle venait d'une famille riche et l'argent ne comptait pas pour elle. Elle avait dû l'épouser par amour, dit-il, pas pour son physique, il n'y avait qu'à le regarder. Je ne l'avais pas cru, bien sûr. Et là, dans leur grande cuisine, je ne le croyais toujours pas. L'argent et le pouvoir étaient intervenus d'une façon ou d'une autre dans la décision de Melanie d'épouser mon père, mais je voyais qu'elle aimait vraiment ce petit garçon, et peut-être cela était-il suffisant.

C'est alors qu'ils se mirent, mon père et elle, de chaque côté de Gabriel et lui collèrent sur les joues des baisers bruyants. Le visage de Gabriel s'éclaira d'un sourire débordant de joie et de bouillie, et ses yeux se fermèrent de plaisir. Il tenait un morceau de brocoli dans une main, un cube de tofu dans l'autre, qui gouttaient entre ses doigts en vert et blanc.

Mon père me regarda. « Il adore ça », dit-il avec son léger accent. « C'est comme une drogue. »

*

À Los Angeles, la lumière se fraye un chemin en vous. Elle déchire votre œil de ses dents photoélectriques. Vous essayez de vous en protéger en fermant les yeux, mais vous la voyez toujours, palpitante boule incandescente, jet de lave sous vos paupières.

Rouge. Orange. Jaune vif. Feu.

Elle danse sur votre champ de vision ; elle glisse sur les feuilles vernies des succulents comme un banc de poissons colorés ; elle lèche votre peau comme un chat à la langue d'ultraviolets et réchauffe les rues de la ville comme une lampe à bronzer.

C'est la lumière. La lumière de Los Angeles. Jouant sur les chromes de la BMW devant vous, elle brille comme une douloureuse métaphore de la vérité. Elle souligne la beauté et crée une aura intense autour des corps parfaits et dorés. Le jour à Los Angeles, ce n'est que chrome et métal brillants, des radios trop bruyantes dans chaque voiture, des bras bronzés qui portent des cigarettes à des lèvres rouges. Des BMW, des Mercedes, des Jaguar, des Porsche ; des chevelures magnifiques, des lunettes de soleil réfléchissantes, des boucles brillantes accrochées à des oreilles en sueur ; un ciel bleu et blanc, un fantastique soleil en très gros plan, des chemises blanches impeccables, des visages superbes dans des voitures flamboyantes.

Imaginez ce que cela a dû être aux débuts du cinéma et dans les années vingt, pour des Charlie Chaplin, D.W. Griffith et John Ford, pour tous ces gens du cinéma qui sont venus ici, sur ce plateau sableux, vivre de la lumière constante, imaginez ce que cela a dû être de saisir ces longs levers de soleil dorés et ces couchers glorieux. Filmer jour après jour, heure après heure, cette lumière pure et ces ombres tranchées. Ils installaient leurs caméras et tournaient, exposant bobine après bobine, pellicule sur pellicule, s'exposant eux-mêmes, leur corps, leur peau, et leur âme, exposant aussi le reste du monde, film après film, scène après scène.

C'est alors qu'arrivèrent les voitures, que la Vallée s'industrialisa et se couvrit d'usines et de cheminées, que la ville se fit de plus en plus attirante, et la lumière de Los Angeles de plus en plus somptueuse grâce à la technologie du cinéma qui réussit à saisir toutes les nuances de son spectre, ses roses et ses bleus, ses ors et ses jaunes, toutes ses subtilités en Technicolor. On attendit que le soleil vienne à nous, on l'invita, le séduisit parfois, en essayant de le capturer dans nos petites boîtes noires, heureux de le posséder quelques instants, de le filmer, de l'utiliser dans nos fictions et nos rêves privés, et quand il partait pour la nuit, on restait là, souriants – brûlés, gaufrés, écorchés, mourant de cancer de la peau, mais grisés, amoureux.

Je me levais de plus en plus tôt, et finis par descendre vers six heures du matin pour m'occuper un peu de Gabriel. Je lui donnais parfois même à manger. Attablé avec ma tasse de café noir, j'enfournais, cuillerée après cuillerée, un petit déjeuner dans sa bouche affamée et balbutiante. Même si, maintenant, il aurait dû pouvoir prononcer des phrases entières et se nourrir tout seul, tout ce que mon petit frère désirait c'était manger et bredouiller de façon incohérente. Il y avait aussi quelque chose d'autre en lui – quelque chose qui appartient aux jeunes enfants, son odeur, ses joues douces, ce filet de bave sur son menton – qui me faisait tout oublier. Je m'émerveillais devant les cheveux fins et bouclés de Gabriel, sa peau brune et ses lèvres rouges.

Après le petit déjeuner, je l'emmenais dans le séjour et on s'allongeait sur le sol, moi dans mon peignoir nid-d'abeilles, Gabriel dans son pyjama. Mon père quittait toujours la maison vers six heures et demie, et on était seuls, Gabriel, Melanie et moi. Je m'allongeais sur le tapis et je le prenais contre moi, ses jambes sombres contre ma poitrine crayeuse. Grâce à une thérapie quotidienne, il essayait d'apprendre à parler. Chaque après-midi, un spécialiste venait, un jeune homme, avec un front dégarni et des lunettes cerclées de fer, s'asseyait avec lui et mettait une série d'images sur la table – un chat, une maison, un enfant, une voiture. Mon petit frère regardait dans le vide, gazouillait et se tordait les mains.

Il est important aussi de mentionner ceci :

Un jour, pas longtemps après mon retour de New York, Frank quitta son bureau décoré dans sa maison de Beverly Hills, traversa la cuisine, et alla dans son garage où l'on pouvait remiser quatre voitures. Il prit dans un sac le tuyau de plastique qu'il avait acheté quelques années auparavant dans une quincaillerie et l'installa sur le tuyau d'échappement de sa Porsche – la Porsche rouge dont il avait été si gêné de me parler parce qu'il ne pouvait pas la conduire. Il fit passer le tuyau par la fenêtre côté passager, puis s'assit côté chauffeur et mit le moteur en marche. Je ne sais pas combien cela dura, mais je pense qu'il a dû passer un certain temps à réfléchir aux événements complexes de sa vie avant de perdre conscience. Il s'était entièrement dévoué à ma famille. Il était attaché à mon père, à ma mère – et à moi aussi, je suppose. En dehors de sa femme, il n'avait pas de famille. Il avait laissé plusieurs lettres. Une pour mon père, bien sûr, avec tous les détails et informations légales pour leur film qui était en préparation, ajoutant des copies de contrats et des conseils pour le choix des acteurs. Il y avait une lettre pour Gabriel, lettre qu'il ne devait pas ouvrir avant ses vingt et un ans et que je gardais en attendant.

Et il y avait aussi une lettre pour moi, dans laquelle Frank me disait qu'il était désolé de tout ce que j'avais subi, qu'il savait combien j'en avais souffert. Il disait aussi qu'il fallait que je sache tout à propos de lui et de ma mère, c'était la moindre des choses. Il espérait que ça ne me blesserait pas, mais je devais savoir qu'il l'avait aimée et que pendant un temps au moins, elle l'avait aimé aussi. Quand il avait perdu Monique, écrivait-il, sa vraie vie était finie. Ces dernières années avaient été passées à remplir des obligations. Il espérait l'avoir bien fait et que je lui pardonnerais un jour. Il comprenait parfaitement, cependant, si je ne le pouvais pas. Les derniers mots de sa lettre disaient : *Je n'ai peut-être pas été une très bonne personne, Angel, mais je n'étais pas un monstre.*

Tous les soirs, je restais après dîner avec mon père à bavarder, refusant même un verre de vin. Il buvait son bourbon de qualité et fumait son cigare cubain de contrebande, en rejetant la fumée jusqu'à ce qu'il fasse trop froid pour rester dehors, et alors il se dirigeait tranquillement vers sa chambre. J'allais dans la mienne pour voir des DVD. J'essayais parfois de voir un des films de mon père, au moins par politesse, mais je ne m'y faisais pas – les explosions, les histoires sentimentales, les héros mélodramatiques lancés dans des missions impossibles. Dans les films de mon père, les personnages n'ont aucune ambiguïté. Ils sont carrés, parfaitement définis, leurs buts parfaitement clairs. J'aurais désiré être comme eux, être seulement moi-même, avec une mission bien déterminée, comme un personnage dans un film. Mais j'étais perpétuellement dans l'incertitude, une autre version du personnage que j'étais censé être. Particule ou onde.

La nuit, je laissais défiler le DVD et reposais dans la lueur céruléenne de la télévision, toujours rêvant des rêves de cinéma. Parfois, j'ouvrais la fenêtre et écoutais le fort ressac de Malibu, bras écartés, yeux grands ouverts aussi, regardant le plafond, tout sauf endormi, laissant les psychotropes du Dr Silowicz parfaire leur alchimie d'oubli.

Puis je dormais d'un sommeil sans rêve, la tête implacablement vide, du sommeil de celui qui se remet d'une longue maladie. Un matin où je dormais ainsi profondément, je sentis quelqu'un me secouer la main. J'ouvris les yeux et vis Gabriel. Il avait tellement grandi, ce môme. Il voulait jouer. « Angel, dit-il, parlant aussi clairement que s'il l'avait toujours fait, Angel, il est temps… il est temps de te réveiller. »

RÉALISATION : NORD COMPO À VILLENEUVE-D'ASCQ
IMPRESSION : BRODARD ET TAUPIN À LA FLÈCHE
DÉPÔT LÉGAL : AVRIL 2007. N° 90528 (40696)
IMPRIMÉ EN FRANCE